El camino
que no
elegimos

Ana
Merino

El camino que no elegimos

Ana Merino

Ediciones Destino
Colección Áncora y Delfín
Volumen 1718

© Ana Merino, 2025
Por mediación de MB Agencia Literaria, S. L.

© Editorial Planeta, S. A., 2025
Ediciones Destino, un sello editorial de Editorial Planeta, S. A.
Avda. Diagonal, 662-664, 08034 Barcelona (España)
www.planetadelibros.com
www.edestino.es

Primera edición: noviembre de 2025
ISBN: 978-84-233-6877-8
Depósito legal: B. 18.224-2025
Composición: Realización Planeta
Impresión y encuadernación: Limpergraf, S. L.
Printed in Spain - Impreso en España

A Manuel

Dos caminos divergían en un bosque amarillo,
y siento no poder recorrer ambos...

ROBERT FROST

I

¿Qué sostiene un matrimonio?

Por más civilizados que quieran ser, todos los divorcios dejan un poso de amargura. El de Juana Cepeda había sido ejemplar a la vista de los demás, pero a ella le había quedado una sensación de vacío y desafección. Se veía, a sus cincuenta años, cargando con la etiqueta de señora divorciada y sin hijos. Y le pesaba, porque vivía lejos de España y durante años justificó esa distancia vinculando su exitosa carrera a un equilibrado matrimonio. Juana era catedrática de español en un pequeño pero prestigioso *college* de la zona de Nueva Inglaterra. Su exmarido también era catedrático allí, pero en el Departamento de Biología. Se conocieron en la escuela graduada, cuando ambos terminaban sus doctorados en la Universidad de Iowa, y con el tiempo consiguieron afianzar sus plazas en aquel pequeño *college* que los contrató nada más defender sus respectivas tesis. Veintiún años después la relación se había terminado.

Connor lo verbalizó una mañana de la primavera de 2016 mientras desayunaban: «Juana, te quiero mucho, pero ya no estoy enamorado de ti».

¿Qué significan esas palabras cuando tienes cincuenta años y te has pasado poco más de dos décadas con la persona que, ahora, te confiesa que ya no te ama? A Juana le pilló desprevenida, pues se había acostumbrado a la convivencia afectuosa, y el sutil distanciamiento físico no le resultaba problemático. No había interpretado los silencios y la falta de intimidad como las señales claras de que algo no funcionaba. Además, sus síntomas premenopáusicos la agotaban: sequedad vaginal, sudores nocturnos, hinchazón dolorosa de los pechos y migrañas densas justo al despertar. Su cuerpo estaba sometido a una montaña rusa de sensaciones desagradables que no propiciaban el deseo sexual. Y como Connor estaba concentrado en sus clases, la dirección de proyectos y las investigaciones, nada parecía presagiar la confesión de aquella mañana: «Creo que sería bueno que me tomase un tiempo para pensar», le dijo a Juana con voz compungida.

¿Qué tenía que pensar? Ella miró a Connor perpleja mientras la tetera anunciaba con su peculiar pitido que el agua estaba hirviendo. Se levantó de la mesa y apagó el fuego de la cocina. Puso una bolsita de infusión en una taza y se sirvió el agua caliente. La taza era de cerámica rústica en tonos azules y la había comprado hacía un par de años en una feria de artesanía.

—No entiendo a qué viene esto —acertó a responder tras soplar sobre el vapor que salía de la taza.

—Me voy de aquí, nuestro matrimonio no se sostiene.

¿Qué sostiene un matrimonio? La infusión desprendía un aroma a jazmín que a Juana le encantaba. La casa donde vivía con Connor era perfecta; la cocina americana daba a un salón amplio y luminoso decorado con un gusto exquisito y lleno de plantas preciosas. Tenían una vida cómoda y estable. Cátedras consolidadas en un prestigioso *college* privado. Rutinas agradables y una convivencia respetuosa y amable. Jamás discutían por nada, se escuchaban, se daban apoyo y eran verdaderos compañeros de fatigas. Habían pasado muchísimos años juntos, compartiendo intereses y grandes momentos, por lo que el deterioro del amor se había fraguado muy lentamente y era casi imperceptible, como esa capa de hielo invisible sobre el asfalto que provoca peligrosos accidentes los días fríos de otoño, esos resbalones que hacen que el coche pierda el control y se ponga a girar como una peonza en medio de la carretera. El desamor como una lengua transparente de hielo fino afilando sus colmillos y lanzando a la cuneta la relación de Juana y Connor.

Connor ya no estaba enamorado; darse cuenta de aquello implicaba asumirlo con responsabilidad y ser valiente. Llevaba casi dos años inventándose excusas que le permitían navegar por el espacio tenebroso de las mentiras. Había empezado a citarse con mujeres que conocía en páginas de contactos. Al principio pensó que era una crisis marital y que las aventuras, simplemente, le estaban ayudando a sobrellevarla. Connor había llegado a los cuarenta y ocho sumido en inconfesables dudas sobre el significado de su vida. Fue preguntarse acerca del sentido de la existencia misma, de su presente y de lo que le quedaba por vivir, y empezar a fantasear con el sexo explícito del universo cibernético. Vida y sexo no eran lo mismo, pero sentirse vivo y proyectarlo en el placer inmediato del sexo se volvió una práctica recurrente. Comenzó con las páginas pornográficas: las imágenes de mujeres de pechos exuberantes y pubis depilados le excitaban muchísimo. Poco a poco su mente fue invadida por el imaginario de las películas, y se masturbaba varias veces al día, como cuando era adolescente. Descargaba las imágenes y los vídeos en su teléfono móvil, y se quedaba embobado con la luminosidad de la pantallita, viendo cómo penetraban a diferentes mujeres una y otra vez. Lo contemplaba con secreta fascinación, le parecía que en aquel disfrute fingido de las actrices moldeadas con silicona y los actores de miembro erecto se concentraba la esencia vitalista del placer más excitante.

Junto a las imágenes llenas de jadeos aparecían mensajes de chat que le ofrecían conversaciones calientes. Connor ya no recordaba cuándo había cruzado el umbral del voyerismo y se había atrevido a chatear con una de ellas. De allí pasó a planear citas en conferencias de trabajo o congresos inventados. Por encima de la razón estaba el impulso del placer y su sórdida excitación. Dos años le llevó darse cuenta de que tenía un problema, pero también comprender que su matrimonio estaba roto. Y mientras intentaba desengancharse de su adicción al sexo quiso romper con Juana.

Estas dos determinaciones confluyeron, además, con su fascinación por Lieke, una investigadora neerlandesa que había venido a pasar dos cursos con una beca de posdoctorado a su departamento en el *college*. Pero con Lieke aún no había sucedido nada. Connor quería esperar hasta que estuviera todo terminado con Juana antes de intentarlo. Su adicción al sexo de pago era el síntoma de su desamor. Por Lieke, y la posibilidad de estar con ella, se sentía fuerte para dejar toda aquella locura de mujeres desconocidas a las que contrataba por teléfono, cada vez que se iba de viaje a alguna ciudad grande, y pagaba siempre con dinero en efectivo. Necesitaba reinventarse en una nueva vida, salir del abismo de dos años disparatados y ofrecerse a otra mujer como un hombre nuevo.

Connor intuía que todo lo que había generado su crisis existencial era puro egoísmo. Sabía que había jugado con fuego y que ya no quedaba nada del hombre del que se había enamorado Juana. Lo curioso es que su mujer por dentro era la misma. A ella los años solo le habían sumado veinte kilos. Juana disimulaba su gordura con ropa amplia y a veces se planteaba hacer régimen para recuperar la figura de la época del doctorado y la tesis, de aquel período luminoso en que empezó como profesora asistente en el *college*. Connor, en cambio, físicamente, a sus también cincuenta años, estaba casi igual, solo las canas y algunas arrugas delataban el paso del tiempo. Pero por dentro Connor estaba irreconocible, como si el joven enamorado que llegó con Juana al *college* de Nueva Inglaterra hubiera sido abducido por un vampiro. Su sangre se había helado.

En algún momento pensó en confesarle toda la verdad. Pero ¿de qué hubiera servido realmente ese gesto? Reconocer y airear sus miserias solo la hubiera hecho miserable a ella. La confianza tenía un límite y él era otro ser. El Connor que había amado a Juana ya no existía, y el que se había vuelto loco con la adicción al sexo tenía que desaparecer. Además, este último había aniquilado al anterior, destruyendo la relación con su mujer.

Lieke era la oportunidad que Connor creía necesitar. La coyuntura que le salvaba de la angustia del pasado y le daba esperanzas, y le convertía en un tercer hombre, el definitivo. Ella era una científica más joven que le admiraba. Le sacaba más de quince años, y aunque eso era una diferencia considerable, se entendían a la perfección. Connor notaba la atracción, pero era consciente de que con Lieke, si comenzaban una relación, no podía jugar a la doble vida. Lo mejor era romper limpiamente e irse de la casa, explicarle a Juana su desamor y salir sin demasiados traumas.

Pero para Juana esta frialdad quirúrgica había sido todo un shock:

—¿Te vas? ¿Cuándo? —preguntó incrédula.

—Hoy, en cuanto terminemos el desayuno.

Era domingo 24 de abril y Connor había calculado que ese sería el mejor día para anunciar la ruptura e irse. El lunes Juana tendría que volver al trabajo y el ritmo laboral la ayudaría a digerir el cambio de situación. Además, él no quería discutir, estaba dispuesto a ceder lo que fuera necesario para que ella quedara lo mejor posible. Su salario como científico era notablemente superior al de su mujer, y la casa, de nueva construcción y comprada hacía diez años, tenía una hipoteca que él asumiría con gusto. Explicarían a sus amigos, allegados y colegas las nuevas circunstancias y él sería discreto, muy discreto, en sus avances con Lieke. Juana no sufriría la humillación pública, o al menos retrasaría ese mal trago.

—¿A dónde irás?

—He reservado una habitación en el hotel del *college*.

—Vives en esta casa, Connor, ¿cómo te vas a ir al hotel del campus? —Juana tenía la sensación de estar en mitad de una pesadilla.

—Es mejor que me marche. Quedarme aquí no es bueno para ti.

—No entiendo nada.

—Lo siento mucho. —A Connor se le quebró la voz: se sentía culpable y veía en el gesto incrédulo de Juana la candidez desvalida de la muchacha que había conocido muchos años atrás.

Juana se quedó en la puerta del porche observando a Connor salir con una maleta y la mochila del ordenador portátil. Parecía que se iba simplemente de viaje a algún congreso, pero se iba a quedar en el hotel del *college*. La mujer pensó que desde la ventana de su despacho se podía ver el edificio del hotel.

Cuando Connor se vio fuera de la casa, sintió un inmenso alivio, que se entremezclaba con la ansiedad y la pena. Desde el espejo retrovisor observó el gesto perplejo de su mujer en el porche de la entrada mientras le veía abandonar el que había sido su hogar. Las siguientes horas iban a ser terribles para ella, porque el Connor en el que confiaba y del que estaba enamorada había desaparecido y solo le quedaba la imagen de un hombre apresurado que metía su maleta en el coche y se iba sin atreverse a mirarla a los ojos. Para Connor, esa escena tan incómoda y punzante de la que salía apretando el acelerador era una liberación. Ya no tenía que seguir actuando, fingiendo ser alguien que no era. Y sí, sabía que el nuevo personaje era un miserable egoísta, pero era él y se reconocía a sí mismo con todas sus debilidades, por eso necesitaba alejarse de la vida que representaba con Juana y descansar de tanta tensión.

Connor llegó al hotel. Había reservado una habitación amplia para instalarse un tiempo hasta que encontrara un apartamento propio. El cuarto, en una segunda planta, daba justo hacia el *college*, y podía ver desde allí los edificios más carismáticos, incluido el de su mujer. Abrió las cortinas, dejó entrar la luz primaveral y se tumbó en la cama. Su vida con Juana había sido ese lugar que ahora contemplaba con indiferencia desde la habitación del hotel. El otro Connor, el hombre insomne que llevaba dos años con pensamientos obsesivos y autoflagelándose por sus adicciones mientras luchaba por salvar su matrimonio, había salido de su cabeza. Decirle adiós a Juana, romper con ella y marcharse de la casa le había liberado de su otro y antiguo yo, el que sostenía un matrimonio en el que ya no creía. La mala conciencia que sentía se iba difuminando al ritmo de su respiración pausada sobre la cama. Había dejado la casa, había dado el paso fundamental. Era un cabrón, pero, al menos, ya no se escondía llevando una miserable doble vida.

Connor no se atrevió a pensar en cómo estaría Juana en aquel momento. No quería que se le apareciera la conciencia del otro Connor. Ese día marcaba el comienzo del fin de su matrimonio. El primer paso para abandonar a su viejo yo y a Juana. Ya no se reconocía en el hombre que la había amado, y pensar en ese hombre le incomodaba. Todo le disgustaba, veía pasar su vida y sentía deseos de beberse las botellitas de licores del minibar. Dar un trago, paladear el sabor del whisky, dejar que su boca se meciera en la sensación vaporosa de los grados de alcohol y dormir profundamente, aunque fuera por la mañana, dormir, simplemente dormir.

Cuando el coche de Connor se alejó por la curva del camino que daba a la carretera, Juana entró en la casa y se sentó en el sofá del salón y se puso a mirar fijamente a un mismo punto de la pared blanca. Se acordó de los pingüinos de un viejo zoológico que había visitado muchos años atrás, y de cómo le había impresionado aquel grupo de animales mirando fijamente la pared blanca del recinto. Los animales se encontraban absortos en un habitáculo de cristal, abstraídos ante un espacio que imitaba el paisaje polar. Juana sintió lástima por los pingüinos y, en ese primer momento de abandono y dolor perplejo por Connor, no podía evitar la evocación de esa imagen. La quietud pasmada de los animales, la inmovilidad de sus miradas en un tiempo detenido se dibujaba en su cabeza. Su desesperación se parecía a la vulnerabilidad de aquellos animales cautivos.

Juana se pasó todo el día en silencio sin saber bien hacia dónde llevar sus pensamientos o cómo digerir la huida apresurada de Connor. Intuía con horror que era una ruptura real e irreversible, un suceso que jamás se hubiera imaginado que le fuera a pasar a ella. Después de perderse por más de una hora en la blancura de la pared, paseó en círculos por el salón rozando el cristal de los ventanales con la yema de los dedos, el bosque de detrás de su casa se veía como una irreconocible e inquietante masa densa. Luego, trató de calmarse y fingir normalidad y se puso a corregir tareas de los estudiantes, contestó correos electrónicos de forma mecánica, lavó las sábanas y las toallas, ordenó el garaje y pasó el aspirador por toda la casa. No se atrevió a llamar a Connor y él tampoco llamó para saber cómo estaba ella. Hubo un abismo de silencio tan grande que Juana solo pudo escuchar su propia respiración dando suspiros, sintiendo vértigo y migraña.

Al final de la tarde, Juana escribió un mensaje breve a su amiga Cécile: «¿Podemos desayunar mañana?».

Su amiga no tardó en contestar: «Dime dónde y a qué hora».

«¿Te importa si me paso por tu casa sobre las 9?», respondió Juana marcando rápidamente las letras de su teléfono.

«Perfecto», escribió Cécile adjuntando el emoticono de un dedo pulgar alzado.

Juana buscó en el armario de la cocina algo que pudiera ayudarle a dormir mejor. Necesitaba calmarse para afrontar la noche. Había pastillas de valeriana y algunos Tylenol PM para la congestión nocturna, que se encontraban junto a las cajas de infusiones y las vitaminas. Miró el armario con atención y colocó las especias que estaban desordenadas.

Una de las luces de la cocina parpadeaba y se dio cuenta de que no había comido nada en todo el día. Sobre la mesa seguía el desayuno sin recoger. Un plato con tres galletas integrales, media tostada con aceite y miel mordisqueada y un cuenco con frutas silvestres casi sin tocar. Incluso la bolsita de la infusión de jazmín todavía estaba dentro de la taza vacía.

2

El desconsuelo y la culpa

Juana descansó muy poco esa primera noche sin Connor. Tomó valeriana y trató de no pensar en nada, no evocar ninguna imagen, simplemente sentir su cuerpo respirando y la oscuridad invadiéndolo todo. La primera imagen tras el impacto había sido la de los pingüinos cautivos en la blancura artificial de un recinto cerrado. La noche mostraba otras siluetas y Juana no quería verlas, era consciente del triste desvelo que le apretaba el pecho, como un vacío que la corroía por dentro. ¿Qué estaría pensando su Connor? La noche anterior se había acostado a su lado como si todo estuviera bien y ella se había dormido enseguida. Comparó las dos noches como si fueran dos viñetas. La cama con dos cuerpos frente a la misma cama con un solo cuerpo. En unas horas todo había cambiado y a ella nadie le había consultado sobre esta brutal transformación. Su vida estaba dando un vuelco y ella no sabía la dirección que iba a tomar.

Esperó a que amaneciera y se arregló para ir a desayunar con Cécile. Tenía que contárselo a su amiga, verbalizar lo que le había sucedido con Connor. Sacarse el puñal que notaba clavado en la tiroides, hablar y que la escucharan. Compró muffins y llegó cabizbaja a la casa de su amiga. Cécile notó al instante que le había pasado algo grave.

—¿Estás bien? —acertó a preguntar.

—Connor me ha dejado. —Juana no se anduvo con rodeos.

—¿Cómo? —A Cécile las palabras de su amiga la pillaron por sorpresa.

—Connor se ha marchado de la casa. Dice que ya no está enamorado de mí.

Escucharse explicando lo que había hecho Connor le resultaba extrañísimo.

—Lo siento, Juana, lo siento mucho —dijo Cécile desconcertada mientras le daba un largo abrazo.

—No entiendo nada, de verdad, no soy capaz de entenderlo.

El abrazo de Cécile la reconfortaba, y por fin afloraron las lágrimas que llevaban un día contenidas.

Se sentaron a la mesa de la cocina y Cécile se atrevió a preguntar:

—¿Te ha explicado lo que le ha pasado?

—No, simplemente se ha marchado —respondió Juana con pesadumbre—, ojalá pudiera comprender lo que hay en su cabeza. Es todo tan absurdo y desconcertante...

Cécile pensó en Connor y en la idea que tenía de él como el silencioso compañero de Juana, amante de las plantas, cordial y afectuoso. Trató de asociar su temperamento a algún personaje de la literatura que se le pareciera y se dio cuenta de que, pese a los años, no lo conocía lo suficiente como para intuir toda una trama. ¿Habría otra persona? Fuese lo que fuese, a lo largo de los meses podría dar sentido a lo que Juana describía y saber qué le había pasado exactamente a Connor. El alma humana, pese a los siglos y las épocas, solía repetir los mismos errores. La mirada de Juana concentraba desconsuelo y angustia, y Cécile le acariciaba el hombro, acompañándola en su dolor, en la aflicción inconsolable que había comenzado el día anterior. Connor ya no estaba enamorado de Juana y ya nada sería como antes.

Cécile y Juana eran amigas íntimas desde hacía años, y ambas expertas en la literatura del siglo XIX. Cécile cubría en el *college* el área de lengua y literatura francesa, y Juana el de la española. La tesis de Cécile había estudiado la obra de Stendhal y el realismo literario, mientras que la de Juana había analizado los personajes femeninos de Galdós. Parecía como si ambas se hubieran dividido el siglo XIX, porque el escritor francés había vivido entre 1783 y 1842, y el español entre 1843 y 1920. Los dos literatos sumaban casi ciento cuarenta años de una historia de la literatura que se centraba en el realismo y su aparente imparcialidad. Ya no quedaban tantos humanistas amantes del XIX, y el alma de Cécile estaba impregnada de un activismo exaltado que se traducía en eventos y lecturas públicas, donde siempre se buscaban buenas excusas para celebrarlo. Cuando organizaban las actividades *decimonónicas* se solían juntar con Alina Kliger, una profesora de ruso ya jubilada, experta en Turguénev, un escritor que justamente había vivido y muerto en el siglo XIX, entre

1818 y 1883, a caballo entre la vida de Stendhal y la de Galdós. El entramado de las biografías de los tres escritores les fascinaba, y creían que el *college* era una especie de santuario que preservaba la memoria literaria de un siglo capital en el canon de Occidente. Eran las últimas del xix, las que todavía lo leían y lo defendían en las aulas, las que sentían que las grandes novelas florecieron en ese siglo, y dedicaban su vida a estudiarlo con intensidad.

Habían trabado una profunda amistad con la ahora emérita profesora de ruso desde el día que comenzaron a trabajar en el *college*. Alina era entonces la jefa del departamento y fue la persona que ayudó a Cécile a instalarse a su llegada, a mediados de verano del inquietante año en el que derribaron las Torres Gemelas de Nueva York. La joven Cécile de entonces había decidido aceptar aquella oferta de profesora asistente en uno de los prestigiosos *colleges* privados esparcidos por el área de Nueva Inglaterra. El lugar ideal para comenzar su carrera y consolidarse como profesora tras disfrutar de una extensa beca de investigación en la Sorbona de París. Hija de madre francesa y padre estadounidense, era el resultado híbrido de ambas culturas, y nunca quiso perder de vista a la vieja Europa, aunque al final solo regresaba para conferencias, visitas familiares o sabáticos. Sus planes de trabajar en alguna universidad francesa se fueron posponiendo con las renovaciones de su contrato, que finalmente se transformó en una plaza fija con una brillante cátedra.

Juana había entrado a trabajar en el *college* en agosto de 1998, tres años antes que Cécile, y también había sido Alina la que la había recibido y ayudado a instalarse. Juana disfrutaba como una niña con sus clases y sus investigaciones, impregnadas de la esencia idealizada de otro siglo. Prácticamente nada había alterado su apacible carrera durante los dieciocho años viviendo y dando clases allí. La biblioteca del *college* contaba con unos fondos extraordinarios y había mucho apoyo a la investigación. Además, al estar relativamente cerca de Boston, Juana había podido acercarse en múltiples ocasiones a las colecciones de la biblioteca de Harvard para trabajar con el manuscrito original de *Fortunata y Jacinta* de Galdós, que, por avatares del destino, tenían allí, entre sus posesiones más preciadas del siglo XIX. La súbita ruptura con Connor le estaba haciendo despertar abruptamente de su idílica ensoñación académica y asumir que vivía en el siglo XXI y nada era lo que parecía. Juana sentía que había perdido el control de su vida, que la realidad inesperada que enfrentaba dependía de lo que había decidido su marido. Pensó en toda la emoción de las novelas que le gustaba leer, en las que sus heroínas se entregaban con pasión a la plenitud de los sentimientos. Pensó en esas pobres protagonistas de amores desgraciados y pasiones secretas, y en lo feliz que era ella cuando leía todo aquello en su confortable sofá. Quería recuperar la calma de las lecturas y la vida que le habían roto el día anterior durante el desayuno. Le habían servido el desamor con infusión de jazmín y tostadas cuando, en realidad, debería estar prohibido dar semejante noticia los domingos por la mañana.

A Cécile, sentimentalmente, nunca le iba mal, porque ella no se había casado y tampoco tenía interés alguno en hacerlo. Con la literatura que estudiaba y su trabajo en el *college* tenía suficientes emociones. Tuvo algunos novios oficiales en su época de investigadora parisina, pero las relaciones no funcionaron y se quedó tan tranquila. Cuando veía a sus colegas y amigas sufrir con sus matrimonios en crisis y sus divorcios, ella se sentía afortunada por haber sabido evitar esos malos tragos y se distraía con romances intermitentes en sus viajes y algún reencuentro con antiguos novios. Concluía que a los cincuenta la mayoría terminaban estando solas, y ahora Juana tampoco era la excepción, pese a la seguridad que había proyectado con Connor y todos los años que llevaban juntos.

Cécile, con cuarenta y cinco, se estaba ahorrando llegar al medio siglo arrastrando los desengaños de sus congéneres. Además, muchos de los matrimonios que saltaban en pedazos habían sido desde el principio apresurados, era demasiado fácil casarse, y las personas se lanzaban al precipicio del matrimonio sin pensar. Cualquiera podía sacarse un título para oficiar bodas, y los enamorados veían en una ceremonia y la gran celebración el sumun de sus sueños románticos. El virus del matrimonio impulsivo era parte de una conducta social que buscaba celebrar el amor a toda costa y exhibirlo, aunque luego se deteriorase a gran velocidad.

Si algo había aprendido Cécile de la literatura es que las pasiones humanas están en constante efervescencia. Su perfil era el de la narradora omnisciente, le gustaba observar a los demás e imaginar sus sentimientos como si fueran los personajes de una larga novela. Poder entrar en las cabezas ajenas y escuchar sus pensamientos, como hace un confesor o un psicoanalista. Juana no añadió mucho más a su desconsuelo, se limitó a llorar en silencio con grandes lagrimones y a mojar el muffin en la infusión de manzanilla que le había servido su amiga. Lo que había decidido Connor no tenía mucha explicación. Ella no sentía que algo no estuviera funcionando, seguía con la inercia de una vida plácida y ordenada, tenían todo lo que necesitaban y sus carreras profesionales habían sido exitosas. ¿Acaso esa seguridad y ese éxito había sido la razón de la ruptura? Cécile no tenía respuestas, nadie tiene las respuestas que explican el deterioro del amor. Cada relación tiene su propio deterioro, y en el caso de Juana la relación se sentía como un frondoso árbol que sin saberlo estaba podrido por dentro y que, de pronto, se caía, arrancando de cuajo sus raíces.

Connor se despertó sintiéndose culpable. Sabía que las semillas de la culpa las había plantado el otro Connor en su cabeza. El viejo Connor, que lo juzgaba y seguía apegado a su anterior vida. El que secretamente dudaba de todo y no quería que nada cambiase. La culpa se mezclaba con los recuerdos, con fragmentos de su vida con Juana. Recordó cuando se conocieron en Iowa City, en una fiesta en casa de unos amigos comunes. Una pareja que también estaba allí de paso, ella era española y trabajaba en un laboratorio y él era mexicano y estudiaba con Juana, aunque su área de investigación era la lingüística. La memoria regala escenas que se mezclan con las emociones. Connor y Juana eran muy jóvenes y a él le gustó el marcado acento español de Juana al hablar en inglés. Empezaron a salir, todo fluyó con mucha naturalidad, durante años ese era el motor de su relación, la mutua confianza y el entenderse sin necesidad de decir nada. El lazo invisible del amor anudando los silencios cómplices. La complicidad de ambos era ahora una mezcla de desconsuelo y culpa.

La pena concentrada y perpleja de Juana abrazada a su amiga frente a la culpa de Connor mirando hacia otro lado, enfrentándose a un desdoblamiento de su ser en el hotel. Despertándose de un sueño profundo y seco. Las botellitas de licor habían cumplido con su cometido y Connor había descansado. La habitación era confortable y al hombre le gustó la idea de pasar allí unas semanas hasta que pudiera ocupar el pequeño apartamento que acababa de reservar para alquilar, pero que no quedaba libre hasta mediados de mayo. Viviría en el hotel tres semanas que le servirían para neutralizar la sensación de culpa. No quiso pensar en la Juana del presente. Puso la televisión y se quedó atontado viendo las noticias. El presidente Barack Obama anunciaba que mandaría más tropas a Siria para luchar contra el Estado Islámico. Un coche bomba había explotado al sur de Damasco dejando, al menos, ocho personas asesinadas. La guerra le resultaba lejana y ajena. Los lunes Connor no tenía clases y no pasaría por su despacho. Se sentía seguro en esta nueva madriguera junto al campus, la habitación del hotel era su nuevo escondite, donde la culpa no podría florecer. Esa culpa, que tan bien fabricaba su otro yo, se había quedado en el porche de la casa, junto a Juana.

Connor bostezó, se preparó un café y se dio una larga ducha. Su vida había dado el giro brutal que necesitaba, pero sentía un extraño cansancio que lo adormecía. Limpio y desnudo, se volvió a meter en la cama al salir de la ducha. No podía evitar acurrucarse entre las sábanas y cerrar los ojos. No quería pensar en nada, pero se acordó de sus maravillosas plantas, de sus tiestos, de sus orquídeas, de que su pequeña selva no tenía la culpa de que él ya no estuviera enamorado de Juana.

3

El escudo contra el monstruo

Marco DeLuca era un buen policía. Llevaba desde mayo de 2015 trabajando en el pueblo del *college* donde daban clase Cécile y Juana. Era un hombre muy atractivo, nieto de una mujer negra de Alabama que se quedó viuda muy joven con una niña de meses por culpa de una bala perdida que mató a su esposo. Después de esa tragedia se fue a vivir a Pittsburgh con esa hija que sería la madre de Marco. A esa ciudad del acero también habían emigrado desde Nápoles los abuelos de Marco con sus tres vástagos. El policía había heredado los ojos miel y el carácter extrovertido de los italianos y los labios carnosos y el pelo afro de los ancestros maternos. El color de su piel seguía siendo oscuro, aunque más claro que el de su madre. Era de un marrón luminoso que solo si le daba mucho el sol se ennegrecía. A los abuelos italianos no les hizo demasiada gracia la unión de su hijo con una mujer negra. A sus hijos les habían enseñado a hablar en italiano y a sentirse más mediterráneos que atlánticos, y no se imaginaban que uno de ellos terminaría enamorándose de una mujer afroamericana.

El amor no contempla diferencias ni detalles raciales de la misma forma que lo hacen los que no están enamorados y se dedican a opinar y hacen observaciones. Los abuelos italianos de Marco no eran abiertamente racistas, pero sentían prejuicios y miedos hacia los negros, y hubieran preferido mil veces otra esposa para su hijo. Pero las etiquetas de clase o raciales no pueden frenar el impulso invisible que alimenta la pasión de los que se desean. El amor, la pasión y el deseo están por encima de la raza o la condición social. Lleva pasando desde tiempos inmemorables y siempre termina ganando el deseo de los enamorados, aunque el precio social sea muy alto.

Marco había sido el fruto de la tenacidad del amor, que se empeña en procrear por encima de las conveniencias y prejuicios de los demás. A sus abuelos napolitanos les enorgullecía que hubiera salido tan parecido a ellos, que la sangre italiana corriera por sus venas y fuera la dominante, o eso deseaban creer cuando lo veían vestido con la túnica blanca en el altar de la iglesia mientras ayudaba al cura junto a otros dos muchachos, uno pelirrojo hijo de irlandeses y el otro filipino. Marco creció en un barrio de Pittsburgh donde sus amigos tenían mezcla de muchas razas y a él no le interesaba hablar de ese tema. Solo su abuela italiana, a la que veía con frecuencia, hacía comentarios y preguntas precisas sobre los orígenes y ancestros de sus amigos, o se empeñaba en rasurarle el pelo para que no se le notara demasiado el rizo afro.

«Le traerá menos problemas —le decía a su hijo—. Cuanto menos se le note lo negro mejor para él.»

Alguna vez su padre se enfrentó abiertamente a la abuela por ese asunto: «Sois unos racistas, de verdad sois racistas».

«No, hijo —respondía la abuela enfadada—. A Marco lo quiero más que a mi vida, pero en este país lo negro nunca sale bien parado, y yo solo intento protegerlo. Porque a tu mujer tú puedes protegerla, pero ese chico crecerá y las cosas no van a ser tan fáciles para él.»

Cuando Obama ganó las elecciones en 2008 y se convirtió en el 44º presidente de Estados Unidos, el padre de Marco no dejó de celebrarlo frente a sus padres ni de señalar el detalle de que fuera mulato, como su hijo. Si Obama lo había conseguido, todos los hombres parecidos al nuevo presidente saldrían adelante y se podían sentir tranquilos y muy orgullosos de su apariencia. Pero la historia no es siempre tan simple, pues a los ocho años de la presidencia de Obama llegó un presidente blanco que avivó los conflictos y el malestar racial, y al propio Marco le generó muchos problemas.

En el ejército, a Marco le pusieron el sobrenombre del Italiano, y en la comisaría también. Su nombre era claramente italiano, y cuando le preguntaban él respondía que sus abuelos paternos venían de Nápoles. El cincuenta por ciento de la sangre italiana disimulaba el cincuenta por ciento de su sangre negra, su nombre y su apellido proyectaban esa percepción, pese a que, en el fondo, tenía muchos rasgos marcadamente africanos y el sol del verano lo volvía negro. Marco, allí donde llegaba, se convertía en el italiano de ojos de miel, boca carnosa, piel oscura y dientes perfectos con sonrisa inolvidable. Así lo vio Cécile la primera vez que se cruzaron. Se fijó en sus ojos y en su boca. Pensó: «Qué hombre tan guapo», era la primera vez que veía un policía atractivo por la calle principal del pueblo junto a la que estaba ubicado el histórico *college*.

La casualidad hizo que se lo volviera a encontrar semanas después, en un taller que la policía del pueblo impartió en el *college* como parte de un programa de prevención de incidentes violentos. Fue a finales de esa fatídica primavera del 2016 en la que a su colega y amiga Juana la había dejado su marido Connor. Las clases acababan de terminar y quedaban días libres en junio, después de la entrega de calificaciones y la ceremonia de graduación de los estudiantes que se licenciaban. Juana todavía no se había marchado a España a pasar las vacaciones, y Cécile quiso animarla para que la acompañara. La veía tan decaída por el disgusto de haber sido abandonada por su marido que trató de convencerla con ímpetu. Pero Juana se negó en redondo: meterse en un cursillo para saber gestionar la violencia de un loco asesino le parecía casi tan deprimente como que te dejaran plantada en pleno desayuno después de más de veinte años de convivencia.

—No voy a ir, no insistas.

—Será interesante.

—Esas cosas es a ti a la que se te dan bien, y eres tú la que siempre las haces. Yo, la verdad, ahora mismo no tengo capacidad para digerir nada, y creo que cuando necesite reaccionar se me habrá olvidado todo. No tengo humor para pensar en un loco armado entrando en mi aula el próximo curso.

Cécile se solía inscribir en todo tipo de cursillos. Después de hacer el de resolución de conflictos laborales, el de primeros auxilios y el de torniquetes, que explicaba formas de parar la sangre, este de incidentes violentos parecía formar una continuidad con todo lo anterior. Ya le habían enseñado a taponar heridas de bala en los brazos y las piernas; ahora sabría cómo reaccionar frente a las balas antes de que llegaran a impactar. El cursillo estaba diseñado para el profesorado y los trabajadores del *college*; como era un programa piloto de inscripción voluntaria, solo se apuntaron doce personas. Constaba de una larga sesión informativa de varias horas con un pequeño descanso en una de las aulas más espaciosas, adaptada para la ocasión. Habían organizado en varias mesas una zona con café, infusiones, zumos y algo de bollería para desayunar.

Marco llegó cuando todos estaban conversando y tomando un café. Los integrantes del grupo que haría el taller se conocían de verse por el campus y algunos eran amigos, pero habían tenido que escribir sus nombres en unas pegatinas grandes adheridas a la parte superior derecha del pecho. Era para asegurarse de que todos pudieran interactuar con naturalidad y facilitar las cosas a los dos policías, un hombre y una mujer, que impartían el cursillo y que, por supuesto, no conocían a nadie personalmente. Marco llevaba una chapa identificativa con su nombre y apellido en el bolsillo derecho de la camisa. Cécile se alegró al ver que el poli guapo formaba parte del cursillo, una linda casualidad que hacía que la mañana fuera más interesante.

Comenzó la sesión después de las presentaciones de rigor, cuando cada uno tuvo que saludar al grupo y explicar a qué oficina o departamento pertenecía, el tipo de trabajo que hacía y si impartía o no clases. Había siete profesores, y el resto era personal administrativo, entre el que destacaban dos consejeros de admisiones y la secretaria de la decana, a los que Cécile reconoció y saludó con amabilidad. Sin embargo, al que observó con mucho interés fue al guapo policía. Marco, a quien miraba fijamente, no parecía darse cuenta del gesto atento de la profesora pelirroja mientras presentaba un vídeo introductorio. El documental, de unos veinte minutos, resumía la dramática historia de los tiroteos en las universidades estadounidenses. Arrancaba nada menos que con el de la Universidad de Iowa del 1 de noviembre de 1991. A Cécile le sonaba, porque alguna vez Juana lo había comentado, y había vuelto a aludir a ello cuando trataba de convencerla para que se apuntara al cursillo:

—Cuando llegué a Iowa City para hacer el doctorado, en el otoño del 93, todavía estaban traumatizados por la locura de un estudiante graduado que dos años antes había asesinado a varias personas. Connor ya estaba allí con sus cursos de Botánica, y siempre recuerda que fue una cosa terrible, se llevó por delante a medio Departamento de Astronomía. Lo siento, no voy contigo, es lo último que necesito.

Juana tenía razón, esos cursillos y el documental rememoraban acontecimientos reales muy deprimentes. Para Cécile, las historias de cómo se gestaron diferentes tiroteos mortales resumían la estupidez más absoluta de un país que consiente que las armas sean accesibles. En el caso de Iowa, que al parecer inauguró la siniestra costumbre de los tiroteos masivos en los campus universitarios, había sido un estudiante chino de veintiocho años que acababa de doctorarse y estaba obsesionado porque no le habían dado un premio a su tesis. Escribió varias cartas enloquecidas y se plantó en el campus lleno de ira y con una semiautomática.

Luego aparecía en la pantalla la masacre de abril de 1999 del instituto Columbine, en Colorado, donde dos estudiantes asesinaron, a sangre fría, a doce compañeros y un profesor y dejaron más de veinte heridos. Esa la recordaba bien por el documental de Michael Moore, que se llevó la Palma de Oro en Cannes y un Óscar. Todos creyeron que aquel reportaje sería decisivo para que la sociedad estadounidense reflexionara, pero nada había cambiado con el tema de la accesibilidad a las armas de fuego.

El vídeo también mencionaba la de Virginia Tech, de abril de 2007, con treinta y dos asesinados. Y la última que recogía el documental era de octubre del año anterior, con ocho estudiantes y un profesor asesinados en un *college* comunitario de Oregón. A medida que pasaba el vídeo, la irritación de Cécile iba en aumento; la cronología de las tragedias, de las cuales se aludían las más cuantiosas en muertos, era una muestra clara de lo tóxico de la sociedad y sus políticos. Continuaba habiendo disparos masivos en los centros escolares y recintos universitarios y eran los infelices profesores y el personal que allí trabajaba los que tenían que ponerse en guardia, los que debían aprender a reaccionar y protegerse.

Pero a esa rabia se le sumó la amargura de los atentados de París de noviembre del 2015, todavía resonando en su memoria. Recordó la angustia que sintió al saber que su amado París había sufrido un terrible ataque terrorista en las calles, en varias terrazas y en la conocida sala de conciertos Bataclan. El sangriento y desolador año 2015 francés había arrancado en enero con los atentados contra el semanario satírico *Charlie Hebdo*. El humor irreverente, el amor a la enseñanza, el disfrute de la vida, todo se convertía en susceptible de ser destruido por hombres llenos de ira que se justificaban con odio.

La mujer policía encendió las luces de la sala. En el centro, delante de la pantalla, estaba Marco preparado para conversar sobre las impresiones y pensamientos que había generado el vídeo. En ese momento se cruzaron las miradas de Marco y Cécile.

—Es una vergüenza —dijo Cécile— que seamos nosotros lo que estemos haciendo este cursillo y no nuestros políticos, que son los que tienen que parar ya la venta de armas.

Marco respondió con serenidad:

—La tenencia de armas es un derecho constitucional.

—Veo que eres un claro defensor de ese derecho —contestó Cécile con ironía.

—No estoy hablando de mí. Estoy hablando de lo que origina que estén las armas al alcance de los ciudadanos.

A Marco le hubiera gustado añadir que pensaba que era una mierda que hubiera armas al alcance de todos los ciudadanos. Porque para ellos, los policías, ese derecho lo hacía todo más complicado, siempre llevando chaleco antibalas, siempre pensando que en cualquier momento les podían pegar un tiro. El círculo vicioso de la violencia, en el que la policía era normalmente la acusada de tener el gatillo demasiado suelto. Pensó en sus años trabajando en Nueva York, cuando se graduó de la academia al volver del ejército y decidió vivir la aventura de esa gran ciudad. Cómo entonces le pesaba esa sensación de estar constantemente expuesto, las calles en algunos barrios se transformaban por la noche en campos de batalla. En la angustia que verbalizaban en la distancia su madre y sus abuelas. En su abuela materna reviviendo el horror de la bala perdida que había matado a su esposo, y en su abuela italiana, que iba a rezar y a ofrecer la misa en su parroquia todos los días para que Dios y la Virgen María y los santos que veneraba protegieran a su nieto. Cuando Marco dijo que se marchaba a trabajar a un pueblo de Nueva Inglaterra las tres mujeres respiraron aliviadas. Pensaron, con razón, que allí habría menos peligros, y su abuela italiana fue a agradecerle a Dios el gesto con su nieto mulato, manteniendo el ritual de su misa diaria con enorme fervor y encendiendo velas a los santos.

El primer intercambio entre Cécile y Marco sonó tenso. La profesora hablaba por todos aquellos que, como ella, pensaban que el derecho a poseer armas era una estupidez anacrónica. Marco estaba preparado para esa reacción, pero le tocaba ser neutral, explicar las razones por las que las armas eran accesibles, el tipo de armas y las estrategias para sobrevivir. Sobre una de las mesas habían colocado reproducciones exactas de las armas en plástico duro y de diferentes colores. Pidió a todos que se acercaran a la mesa y las tocaran y las cogieran. Cécile se levantó incómoda y siguió al resto del grupo, pero no quiso coger ninguna. Pensó que era absurdo y obsceno.

Marco comenzó a explicar algunos detalles mientras la gente las examinaba. «A las fuerzas del orden nos lo ponen muy difícil, a este tipo de armas nos enfrentamos cada día. Verán que no pesan mucho y son muy accesibles y fáciles de manejar», dijo el policía, que se había situado junto a Cécile. La profesora lo miró de reojo y pensó en lo mucho que le gustaba ese hombre, tenerlo cerca hacía que se evaporara la furia que sentía. «Lamento que estén tan expuestos», acertó a decir la mujer.

«Al menos a nosotros nos han preparado para enfrentar esas situaciones, los que me preocupan son ustedes», respondió con un tono entre cordial y próximo que a Cécile le agradó.

«Aquí hay poca acción, ¿no?», dijo Cécile, más conciliadora.

«Esperemos que nunca tengan que hacer uso de las estrategias defensivas que les vamos a enseñar.» Cuando Marco respondió mirando directamente a Cécile, la mujer se lo imaginó desnudo. Estaba desnudando con la imaginación al policía contra el que minutos antes había descargado toda su rabia por la estupidez de un sistema que permite que cualquiera pueda entrar en una tienda a comprar armas y transformarse en un monstruo. Se fijó en su boca, en su nariz, en sus pómulos, en la textura oscura y cremosa de su piel morena. Definitivamente ese hombre no era el monstruo, era seguramente el escudo contra el monstruo, el escudo más guapo y sexi que había visto en muchísimo tiempo.

4

El juego de las casualidades

Cécile y Marco se encontraron días después de aquel cursillo de prevención de incidentes violentos en la cooperativa del pequeño supermercado del pueblo. Era un edificio junto a la gasolinera donde se podía comprar fruta y verdura variada, carne y pescado, todo muy fresco, además de lácteos y huevos de granjas locales y productos de primera necesidad. Cécile estaba comprando una caja de fresas y notó que alguien la observaba. Era nada menos que el poli guapo. No pudo evitar sonreír y Marco le devolvió la sonrisa. «Qué agradable es que te sonrían», pensó Cécile. Marco se acercó a saludarla y Cécile miró lo que el hombre llevaba en su carrito: una botella de cristal de leche fresca entera, un paquete de carne picada, kéfir líquido de cabra para beber, queso parmesano, patatas y huevos orgánicos. Ella llevaba media sandía, tres limones, cinco tomates, un kilo de cerezas, una caja de arándanos y la que tenía de fresas en la mano. Si los alimentos del carrito de la compra los definieran, aquel hombre era sobre todo proteínas y ella vitaminas. Marco no tenía puesto el uniforme, iba con vaqueros y una camiseta blanca de manga corta que resaltaba el tono oscuro de su piel. Cécile llevaba un vestido corto veraniego de algodón rosa fucsia de estampado de tigresa y unas sandalias negras abiertas que mostraban las uñas de los dedos pintadas de rojo. Había humedad en el ambiente y el pelo de Cécile estaba más abultado y cardado de lo normal. Marco lo llevaba muy corto y la observó con fijeza, consciente de que lo hacía de forma sensual, mientras le preguntaba qué tal con cordialidad y cercanía. «Bien», dijo ella nerviosa mientras notaba en su estómago un cosquilleo y la piel de sus brazos se erizaba.

El lenguaje corporal la hacía sonreír, bajar la mirada y tocarse la melena. Cécile se sintió estúpida, había ligado multitud de veces con hombres cuando estudiaba la carrera y el doctorado en la universidad o iba a congresos y conferencias. Esa timidez absurda que la embargaba no tenía sentido, o tal vez sí, porque la atracción que sentía era física, una especie de energía que oxigenaba sus pulmones. Pura química, el invisible impulso básico y humano, auténtico y milenario, sin los filtros de la tecnología de las citas por internet. Sin estar modulado por las conversaciones forzadamente cultas en los bares de los hoteles tras los congresos. Cécile no estaba en aplicaciones de citas porque le parecía ridículo perder el tiempo en simulacros de vidas inventadas y, además, el *college* y el pueblo eran demasiado pequeños y estaban llenos de gente cotilla, por lo que anunciar en las redes que buscaba aventuras no era una buena idea.

Marco tampoco tenía interés en las relaciones por

internet, pese a que uno de sus primos le había recomendado que usara las aplicaciones cuando se quejó de lo difícil que era conocer mujeres en su nuevo destino. Pero a Marco le dio pereza abrirse una cuenta, ser policía le parecía conflictivo en el universo paralelo y simulado de las redes, por lo que tiró de algunos encuentros con viejas amigas en Nueva York y un par de exnovias nostálgicas de sus tiempos en Pittsburgh. Estaba viviendo en un pueblito y el sexo lo dejaba para las salidas de vacaciones. En su vida cotidiana sus principales aficiones eran patrullar durante el día, jugar a los videojuegos de la FIFA y salir a correr. Parecía un crío jugando con la consola o viendo películas y series de acción y ciencia ficción. También entrenaba para correr maratones y seguía las competiciones deportivas, como la liga europea de fútbol, los mundiales, el baloncesto..., y era leal a los equipos de Pittsburgh: los Steelers de fútbol americano y los Piratas de béisbol.

Las rondas en la carretera, sus horas de entrenamiento corriendo por un circuito cerca de la comisaría y sus dos televisiones gigantescas de pantalla plana, una en el salón y otra en el dormitorio, eran sus mejores compañeras. La vida sencilla y feliz sin más profundidad existencial que la quietud contemplativa de las carreteras sin apenas coches sospechosos, si acaso alguno que se saltaba un stop o aceleraba más de la cuenta. Venir a este pueblo había significado encontrar la calma y refugiarse en la vida sencilla. Si Cécile se hubiera podido asomar al cerebro de Marco, habría pensado que estaba observando la cabeza hueca de alguno de sus estudiantes deportistas. Porque ella basaba sus emociones en lo que consideraba que era una actitud inteligente y comprometida, y el tiempo de ocio era para ella de lectura y reflexión, y capacidad para opinar con ímpetu de asuntos políticos e ideológicos. Por eso Marco y Cécile no tenían nada que ver, y si se hubieran abierto cuentas en una página web de citas solo hubiesen coincidido en la cercanía geográfica, por todo lo demás, el algoritmo nunca los hubiera juntado. No tenían nada en común y, sin embargo, los dos se atraían enormemente.

Eran tan distintos que no sabían cómo actuar. Ella bajaba la mirada y él la miraba profundamente. ¿Quién no ha vivido alguna vez esa situación?

Antes del mundo cibernético, donde se planean por chat fugaces y tórridos encuentros pactados, existían los rituales de las casualidades y el deseo. La breve conversación entre Cécile y Marco dejó a ambos un rastro de ganas de volver a coincidir. Al día siguiente, Cécile se levantó pensando en Marco y trató de calcular una nueva ruta para sus paseos que incluyera la comisaría de policía. Lo malo es que acababa de comenzar el verano, y el sendero junto a la carretera no tenía árboles y el calor húmedo no invitaba a caminar por allí. Intentar coincidir con Marco frente a la comisaría era infantil y ridículo. Además, ¿qué años tenía ese poli? Estaba claro que ella era un poco mayor que él y se estaba dejando llevar por una fantasía, algo en aquel hombre había activado su inconsciente. Se notaba que Cécile no tenía demasiados planes ese verano, estaba en un campus semivacío tratando de terminar varios artículos. No había conferencias a la vista, ni viajes exóticos, solo la remota posibilidad de cruzarse con el policía guapo, como la primera vez que lo vio pasear por el pueblo o cuando se lo encontró de instructor en el cursillo o al coincidir con él en la cooperativa. Estaba aburrida, y mientras desayunaba se puso a mirar en su teléfono la página web de la policía. Marco formaba parte de la división de las patrullas. La mujer leyó con curiosidad las cosas que hacían: responder a emergencias y llamadas de socorro, prevenir crímenes, vigilar que se cumplan las normas de tráfico, tener presencia pública, investigar accidentes e iniciar investigaciones criminales.

Aparecía también el horario de los tres turnos y algunas fotos de archivo, antiguas y recientes. Marco DeLuca era sargento y destacaba en una foto entregando un paquete de mantas al Programa de Donación de Sangre del *college*. Cécile amplió la foto con los dedos en su dispositivo y se puso a mirar cada detalle. Allí se mostraba Marco con gesto amable junto a una mujer rubia que cargaba las mantas. Él con los brazos en jarras, con un uniforme de camisa negra de manga corta y un chaleco donde resaltaba la insignia policial sobre el pecho izquierdo. El chaleco estaba lleno de cosas: la radio, unas gafas de sol, una linterna, sobresalían del bolsillo los mangos de unas tijeras para cortar tela; y, cómo no, tenía una pistola en el lado derecho del cinturón.

Cécile pensó si se veía realmente saliendo con un policía. El arma la incomodaba, lo que representaba se volvía problemático, ese hombre era demasiado ajeno a ella y a su mundo, se dijo mientras recogía los platos, simplemente se hallaba en el plano irreal de las fantasías de verano.

Lo curioso es que, en ese mismo momento de la mañana, Marco estaba pensando en Cécile y se había metido en la página web del *college* para saber más de ella. Su currículum lo había intimidado un poco al principio: le habían dado varios premios de investigación que resaltaban con menciones diversos proyectos. Experta en Stendhal, uno de sus libros era sobre la pulsión femenina, la ideología y el pensamiento introspectivo en *Rojo y negro*. También había escrito sobre la experiencia estética y la belleza y el síndrome de Stendhal. Buscó por curiosidad en internet quién era ese tal Stendhal, y al ver que era un tipo francés del siglo XIX se sintió más tranquilo, no tenía por qué saber nada de ese sujeto, y tampoco sintió que se estuviera perdiendo demasiado. Calculó, por las fechas de su doctorado, que Cécile era unos cinco años mayor que él.

Cualquiera de sus amigos de Pittsburgh le habría dicho que esa mujer no jugaba en sus ligas. Probablemente sin ese cursillo no se habrían conocido de una forma tan amigable. Él era el temible rey de las multas, el vigilante de las carreteras secundarias. Sonrió, ya llevaba once meses en la zona y se sentía aclimatado. Por fin se le había cruzado una mujer que le gustaba y le parecía atractiva y eso era una buena señal. Ahora solo tenía que coincidir con ella, y todo lo demás que pudiera pasar, fuera o no de su liga, ya se vería. Marco dedicó la mañana a jugar a la FIFA con un amigo veterano que había quedado paralítico y se conectaba con él en línea. Luego preparó un almuerzo ligero y se dispuso para la jornada. Le había tocado el turno de tarde, que comenzaba a la una y terminaba a las once de la noche; era el turno en el que más multas ponían, y a él le entretenía el perfil despistado de los conductores a los que pillaba infraganti. Sin embargo, los días de verano habían comenzado con mucho calor y humedad, por lo que decidió que saldría a correr por la noche después de la larga jornada. A Marco le gustaba correr a oscuras, cuando todos dormían, con el cielo de las noches de verano en las que podía ver las estrellas. Le daba serenidad ese silencio nocturno y correr por las carreteras desiertas.

Mudarse a este pequeño pueblo había sido la mejor decisión, cortar de raíz con la anterior vida y toda la violencia y el dolor acumulados. No echaba de menos la vida en Nueva York. Sí se acordaba de los amigos y de los restaurantes que solía frecuentar, pero el trabajo en las calles de la gran ciudad ya no era para él. Con la muerte de Derek, su compañero de patrulla, todo había cambiado. Pensaba muchas veces en él y todavía le costaba aceptar que se había ahorcado. A Marco le dolía profundamente su ausencia y se obsesionó tratando de adivinar qué estaba pasando por la cabeza de su amigo cuando decidió dejar este mundo sin ningún tipo de explicación. Habían sido compañeros durante casi cinco años, desde que habían salido de la academia de policía. Derek era más joven y no había sido veterano de guerra como Marco. Venía de Brooklyn y tenía ascendencia irlandesa; risueño y bromista, le gustaba patrullar y hablar de deportes, sobre todo de béisbol. También hacían rondas por las calles y lidiaban con situaciones difíciles, conocían los rincones más sórdidos y hacían bien su trabajo. A veces la rutina puede ser peligrosa y había tensión con algún susto envuelto en disparos, pero al final del día siempre volvían vivos a sus casas. Todavía lo veía sonriendo bajar del coche y despedirse cuando él lo acercaba a su portal. Se había quedado con ese gesto jovial de Derek cuando terminaban la jornada juntos.

En el plácido pueblo de Nuevo Hampshire, Marco patrullaba solo y se acordaba con mucha intensidad de Derek, y lo invocaba en voz alta como si su antiguo compañero estuviera presente y fuera un espíritu capaz de escucharle. «Aquí estamos —le decía Marco a su amigo muerto al comenzar la jornada y sentarse en el coche—, a ver qué novedades nos trae hoy este pueblito.»

Fue Marco el que encontró el cuerpo de Derek, que también estaba soltero y vivía en un bloque de apartamentos cerca del suyo. Tenía copia de su llave y, cuando vio que no aparecía y no respondía al teléfono, fue a la casa a buscarlo preocupado, como si presintiera algo fatal. No se equivocó, allí estaba su amigo colgando del ventilador del salón. Marco le sujetó las piernas con desesperación, pero ya estaba muerto y su cuerpo rígido. El forense certificó que se había ahorcado la noche anterior, a Marco no le cabía en la cabeza que eso realmente hubiera pasado, que Derek deseara la muerte.

Lo lógico, como le indicó su jefe en esa aciaga época, era que Marco hubiera ido a terapia para gestionar el dolor y dejar de buscar culpables pensando que tal vez había sido un crimen encubierto. Marco no quiso tratarse, como tampoco había querido ir años atrás cuando volvió definitivamente del frente, nada menos que siete ciclos de servicio con despliegue en diferentes conflictos. A su regreso de la guerra, pasó todas las entrevistas y fue aceptado en la academia de policía, y evitó verbalizar el sufrimiento que sentía por todo el horror que había vivido con la cercana muerte de varios compañeros de su batallón. Del mismo y hermético modo se tragó el suicidio de su amigo Derek, entre la incredulidad y la rabia guardada en lo más profundo de su ser.

A las tres de la tarde, cuando el sol caía de lleno sobre el asfalto, Marco siguió a un coche que iba a diez millas por encima de lo estipulado. Era Juana, que andaba pensando en sus cosas mientras conducía. Había quedado en ir a ver a Cécile un rato, pero antes quería hacer un par de recados y dejarlo todo listo para su viaje a España. Planeaba pasar algo más de tres semanas en Gijón con sus padres y su hermano, viajar un poco sola, ir a Zaragoza a ver a su hermana, a su cuñado y a sus sobrinos y luego, a finales de julio, acompañar a su hermana y a sus sobrinos a Panticosa, a un festival de música. Ese verano quería estar el máximo tiempo posible fuera del *college*, la casa de Nuevo Hampshire se le estaba cayendo encima y quería creer que la ajetreada dinámica familiar y su viaje por España la ayudarían a distraerse y pensar en otras cosas.

Su padre le había pedido que le comprase melatonina para dormir, porque en Estados Unidos la vendían en mayor cantidad y más barata. Tenía que comprar juguetes para sus sobrinos, unas muñecas Bratz góticas, que le parecían horrorosas, pero eran las que su sobrina quería, y unos Legos para el más pequeño. A Juana le gustaba llenar las maletas con detalles para los críos y algo de ropa que compraba en una tienda grande, a las afueras de un pueblo cercano, donde estaban los centros comerciales. Allí siempre encontraba regalos interesantes, comida gurmé y prendas de otras temporadas que se vendían a buen precio.

Desde hacía días la española notaba un tintineo en el oído, como si tuviera agua. Había ido a la pequeña consulta para las emergencias y no le habían visto infección. Le sugirieron que tomara antihistamínicos porque quizás fuera sinusitis, pero ella se había puesto en lo peor, pensaba que eso era el principio de un dramático final. El abandono de Connor le había perturbado el ánimo, y la ansiedad se agudizaba sobre todo en esas fechas en las que pensaba viajar a ver a la familia y todavía no le había contado nada a ninguno de los que estaban en España. Habían pasado dos meses desde ese horrible domingo de abril, y ella, más allá de sus conversaciones con Cécile, todavía no era capaz de verbalizar cómo se sentía. Juana tenía puesto el piloto automático, vivía la rutina de cada día en completa negación, como si Connor simplemente se hubiera ido de viaje a buscar las semillas o los esquejes de una planta misteriosa y secreta.

Marco tuvo que conectar el sonido de las sirenas, porque Juana no se daba cuenta de que lo tenía detrás con las luces encendidas. El ruido la sacó de su marasmo apesadumbrado de abandonos, muñecas góticas y melatonina, era a ella a la que estaban dando el alto, sobre el leve pitido de sus oídos estaba la clara y potente sirena del policía. «Lo que me faltaba», pensó Juana mientras pisaba el freno y se orillaba junto al arcén. Marco aparcó detrás, se bajó del coche y se acercó a la ventanilla de Juana, que inmediatamente se disculpó: «Lo siento, de verdad que lo siento, no me he dado cuenta de que estaba pisándole. Soy un desastre, cuánto lo lamento, señor oficial». El policía la miró serio y le pidió el carné y la documentación del auto. Ella lo buscó toda nerviosa en su bolso y le dio el carné de conducir a Marco con cara de pena y murmurando otra vez sus disculpas. Después sacó los papeles del registro y el seguro de la guantera y se los entregó. Marco se metió en su coche, un Ford grande adaptado para el cuerpo policial, y consultó los datos por radio. Era claramente profesora de la universidad y tenía un sincero gesto tristón que le resultó tierno. Se acordó de su abuela italiana, que ponía la misma cara cuando se angustiaba y quería convencer a alguien de algo. Su abuela también tenía un acento marcado, como si nunca hubiera decidido renunciar a Italia, da igual los años que llevase en Pittsburgh, masticaba el inglés con acento italiano, y lo mismo sucedía con Juana, ella masticaba y tragaba el inglés con su acento español. Regresó al coche de la mujer a devolverle la documentación:

—Veo que esta es su primera infracción —le dijo a Juana mientras le entregaba el carné y los papeles del seguro y el registro.

—Y no imagina lo mucho que lo siento —insistió la pobre Juana.

—¿Entonces lo dejamos en una advertencia? —El gesto de Marco desprendía simpatía.

—¿De verdad? —acertó a decir Juana mientras sonreía y se daba cuenta de lo guapo que era Marco—. Se lo agradezco muchísimo, señor, le prometo que no vuelvo a distraerme; gracias, gracias, gracias.

Juana respiró aliviada y se alejó prudente por la carretera pensando en que había tenido suerte de encontrarse con una persona amable y atractiva. Cuando llegó a la casa de Cécile, después de hacer las compras, fue lo primero que le contó a su amiga:

—Han estado a punto de ponerme una multa por exceso de velocidad, pero no, me la han perdonado.

—¿En serio?

—Me ha parado un policía bastante guapo, no me di cuenta de que estaba pisándole. Figúrate cómo estoy que hasta piso el acelerador.

—¡Marco! —exclamó Cécile—. Un hombre mulato, ¿verdad?

—Sí, muy exótico para esta zona.

—Es el policía con el que hice el entrenamiento para incidentes violentos, me lo encontré ayer en la cooperativa y me alegró el día.

—Pues a mí me lo ha alegrado al no ponerme la multa. Debe de ser nuevo, ¿no? No me suena de verlo por aquí.

Juana no había podido evitar pensar en Connor y en lo mucho que le gustaba correr, y en lo que a ella le molestaba su manía de acelerar y en la secreta e inconfesable alegría que sentía cada vez que le caía alguna multa. Se acordó de que, en la misma recta en la que acababan de pararla, años atrás habían multado a Connor, ella iba de copiloto y le había avisado de que bajara la velocidad, pero él no hizo caso. A los treinta segundos apareció un policía algo mayor, con pelo cano y un grueso bigote, que fue implacable. Juana tuvo que hacer un esfuerzo para no sonreír cuando vio como le entregaba la multa a su marido. Siempre que veía coches en la carretera sobrepasando la velocidad rogaba para que apareciera la policía y les pusiera multas a todos. Su deseo secreto era una lluvia de multas para los que cometían infracciones y se transformaban en pilotos de carreras cada vez que cogían el coche. Y hoy había sido ella la que se había pasado, pero ella no quería correr, simplemente se dejaba llevar por la sensación de estar dentro del coche pensando en mil cosas a la vez y dándose mucha pena por lo sola que se había quedado. Porque el panorama de saberse sola en un tipo de vida tan diferente y aislada de su cultura la tensaba.

A Cécile le divirtió la casualidad del encuentro de su amiga con el poli guapo. Le gustó sentirlo cerca, saber que estaba en las carreteras del pueblo vigilando. Solo faltaba que el juego de las casualidades se pusiera de su lado y ellos se volvieran a encontrar, que con los largos días del verano se repitieran las coincidencias. Las dos mujeres se escucharon y se acompañaron en ese rato en el que Juana le entregó las llaves de su casa a Cécile con una pequeña lista en la que estaban apuntados los teléfonos de España y una hoja las instrucciones de cómo debía regar las plantas. Sí, las plantas de Connor, porque en la casa de Juana se habían quedado las macetas con toda la vegetación exótica de su marido, él no tenía todavía el lugar apropiado a donde llevárselas, pero Juana ya no quería que Connor volviera a entrar en la casa, hasta había cambiado la cerradura de las puertas, y por eso le pidió a Cécile que se las regara en su ausencia.

Las rupturas son un proceso en el que todo se fragmenta y las cosas cambian de lugar. Connor se marchó, primero al hotel y después a un pequeño apartamento cerca del edificio donde estaba viviendo Lieke. Él planeaba conquistarla, pero en aquella época trataba de disimularlo. La ruptura con Juana era demasiado reciente y antes quería dejar las cosas en orden. Había pedido enseñar en verano, y Lieke se había marchado a Europa de vacaciones. Él pasaría el trimestre dando clases e investigando, el verano era un tiempo para ordenar y ajustar los detalles más importantes, empezaría el papeleo del divorcio con Juana y trataría de organizar las gestiones para que el posdoctorado de Lieke se alargara y tuviera la opción de pasar a ocupar un puesto de instructora visitante.

Connor había dejado en su antigua casa bastantes plantas, entre las que destacaban su colección de orquídeas, un par de lirios africanos y una vistosa alocasia amazónica de hojas gigantescas. Se había llevado sus tres bonsáis, pero en su pequeño estudio era imposible meter todos los tiestos. Con el abandono, Juana había sentido mucha desafección hacia las plantas y las regaba con desgana, viéndolas como los testigos silenciosos de aquella ruptura. Estaban las plantas de Connor, pero también las que él le había regalado a ella para conmemorar aniversarios y otros momentos luminosos que ya se habían apagado: begonias, azaleas, aloe vera y un *Ficus lyrata*. Durante años, las plantas habían sido la decoración más celebrada de la casa, mostraban al Connor delicado, al hombre cuidadoso que se proyectaba en ellas hablando su lenguaje. Las regaba con mimo y se preocupaba de que nunca les faltara de nada, por eso había entendido como un castigo que Juana le prohibiera entrar en la casa. Fue justo al mes, el 24 de mayo, con el aniversario de su abrupta confesión y su marcha. Juana le dijo que no podía volver a la casa, que, aunque ella no estuviera cuando las regaba, le dolía demasiado saber que había estado. Connor no intentó convencerla, se sentía culpable y le dejó en un correo electrónico las instrucciones precisas para que supiera lo que necesitaba cada una. Las mismas instrucciones que Juana imprimió y llevó a Cécile el día que Marco la paró en la carretera y le perdonó la multa.

5

¿Dónde están las señales?

Con el abandono, a Juana le llegó un insomnio pertinaz. Un denso desvelo que se enredaba en imágenes de la vida pasada, donde buscaba elaborar teorías y sacar conclusiones. Trataba de entender lo que había pasado, si es que el desamor podía ser comprensible mirado desde el dolor mismo del que sufre el alejamiento. A Juana la habían dejado de un día para otro, con una rotundidad que la abrumaba. Era julio, habían pasado más de tres meses y todavía se quedaba ensimismada contemplando su propia perplejidad, el dibujo gris de su pena convertida en suspiros, en bocanadas de aire que condensaban la esencia de la tristeza más pura. El desamor que ella no había buscado ahora marcaba su vida.

El abandono la acompañaba día y noche, la sensación de gran pérdida que, en secreto, se negaba a aceptar y en la distancia se volvía más irreal. Había ido a España a pasar las vacaciones y actuaba como si Connor se hubiera quedado simplemente en el *college* trabajando y no hubiera pasado nada malo entre ellos. Eso les dijo a sus padres y a su hermano Nacho las semanas que fue a visitarlos a Gijón:

—Este verano se le complicaron las cosas a Connor porque le toca ser uno de los investigadores principales en unas propuestas de proyectos que van a concurso nacional, y ha aprovechado para dar unas clases sobre medio ambiente.

Lo explicó de una forma tan natural que ella misma se sorprendió. Se dio cuenta de que era la única que poseía toda la información y podía manejarla a su antojo: «No, no se ha animado a venir, no le quedan muchos días de vacaciones, y este año no le toca ningún congreso europeo».

No mentía, Connor estaba trabajando en verano en el *college*, pero omitía el importante dato de que ya no vivían juntos y él quería el divorcio. Sus padres, que estaban jubilados, no hacían demasiadas preguntas sobre su mundo americano. Se conformaban con que su hija los llamara y fuera todos los años a verlos. Además, ese verano Juana había llegado justo para celebrar su santo y ver las hogueras, y, como había venido sola, era mucho más cómodo, pues se había quedado en la casa con ellos. Cuando venía con Connor se alojaban en un hotel cerca de la playa. Juana hablaba mucho con sus padres de la vida en Gijón, de los viejos amigos, de las cosas que hacían cada día y las novedades del barrio. Los padres de Juana pensaban, con razón, que el pueblo del *college* de su hija ya les pillaba muy lejos. América, por más que fuera el paisaje de muchas de las películas de sobremesa que habían visto, no podía ofrecerles nada que les interesara, eran ya muy mayores y ni siquiera hablaban el idioma.

Nacho, el hermano de Juana, que andaba ilusionado con una nueva relación y vivía en un apartamento cercano, tampoco le preguntó demasiado sobre la ausencia de Connor en ese viaje, se conformó con sus explicaciones y simplemente le pidió a su hermana que le diera saludos cuando hablaran por teléfono. Tenía cuarenta y un años y era el menor de los tres, aunque aparentaba ser el mayor por culpa de una barba abundante, canosa y desordenada. Había estudiado Veterinaria y trabajaba supervisando unas vaquerías que daban leche orgánica. Él sí estuvo una temporada conviviendo con Juana y Connor diez años atrás cuando fue a hacer unas prácticas a una vaquería cerca de donde vivían. Le gustó la experiencia americana, aprendió cosas interesantes y recordaba con cariño las cinco semanas que estuvo allí. Le resultaba gracioso el lema de Nuevo Hampshire, «Vive libre o muere» («Live free or die»), que aparecía en las matrículas de los coches. Todavía bromeaba con ese eslogan y lo locos que estaban los americanos con la dichosa idea de la libertad: «¿Siguen los moteros sin llevar casco y armados hasta los dientes? —preguntaba con ironía a su hermana— A menudo país de pirados te fuiste a vivir.»

A Nacho, la vida de Juana y Connor le había parecido aburridísima, muy centrada en el trabajo, siempre de juntas y reuniones, trabajando en la biblioteca, en los proyectos de los laboratorios y con las clases. Le gustaba reencontrarse con ellos en Gijón e ironizar sobre lo incapaz que era Connor con el español: «Mira que lleva años viniendo, y no hay forma de que tu Connor mejore su rudimentario vocabulario, ya podías hablarle más en español a ver si lo amplía un poco, ¿no?», le comentaba a su hermana. Y era verdad, tantos años juntos y ella había sido la que se esforzaba siempre con el inglés. Pero él no tenía la culpa, había estudiado alemán, y ni siquiera esa lengua se le daba demasiado bien. Aprender idiomas no es igual para todo el mundo, lo excusaba Juana, molesta. Pero lo cierto es que a Connor no le dio por ponerse a estudiar español, y solo aprendió lo suficiente para pedir platos típicos en los restaurantes, ser educado y preguntar ideas básicas. Las conversaciones profundas siempre eran en inglés y los demás, siempre tenían que explicarle las cosas. Y quizás por eso no había cuajado una relación tan estrecha entre la familia de Juana y Connor. Sus padres no sabían inglés, y sus hermanos, aunque se defendían bien, terminaban hablando con él de la comida, las fiestas, el trabajo y poco más. Además, ella no se había casado en España, lo había hecho a la americana, en el Ayuntamiento de Iowa City, sin fiesta, sin nada que pudiera hacerles recordar el acontecimiento. Un día, poco antes de defender la tesis, y justo cuando habían aceptado la oferta en el *college* y ya se veían marchándose de Iowa a Nuevo Hampshire, decidieron casarse. Eran pareja y habían tenido la suerte de que hubiera plazas docentes para ambos en áreas totalmente distintas. Les pareció tan estupendo estar los dos contratados en ese pequeño y prestigioso *college*, que fueran a doctorarse y que el azar les regalara estar juntos que lo sellaron con un matrimonio rápido.

A los padres de Juana no les sentó bien que, a finales de marzo de 1998, su hija mayor se casara sin pensárselo, sin consultarlo con la familia, sin planear nada. Un impulso que hizo que sus progenitores nunca recordaran el aniversario, y Juana y Connor, aunque lo celebraban con una cena, tampoco le daban demasiada importancia. Por lo menos, desde hacía tres o cuatro años. Así empezó la cabeza de Juana a dar vueltas a esa incógnita: ¿dónde estaban las señales que indicaban que aquello se acababa? ¿Por qué no había sido capaz de anticipar esta ruptura?

Desde su presente, el pasado y la ansiedad del futuro se mezclaban en un hilo de pensamientos circulares. Trató de recordar cómo había sido el verano anterior. Saltar un año hacia atrás, a las mismas fechas. Recordó que fue ella la que había ido a ver a sus padres mientras Connor estaba en París, en un congreso sobre medio ambiente y sostenibilidad. El Departamento de Biología del *college* había abierto nuevos rumbos pedagógicos hacia la realidad medioambiental. Después del congreso parisino, Connor había viajado a Málaga para otro encuentro con colegas, y luego habían pasado unos días juntos en la playa, concretamente en el pueblito de San José, en la desértica costa de Almería. A Connor le interesaban los parques naturales y quería analizar los contrastes entre aquel desierto natural y la industria de los invernaderos. Juana alquiló un dúplex cerca de la carretera de entrada a las playas protegidas del parque natural. Podían ir andando hasta la de Genoveses, era una carretera ancha de tierra por la que pasaba un camión con agua humedeciéndola de cuando en cuando para que los coches no levantaran tanto polvo. Las otras playas estaban más lejos y ellos se quedaron, sobre todo, en Genoveses, amplia y luminosa, con un camino agradable flanqueado por pinos que daban sombra.

Esos días a Connor no le notó nada extraño, estuvieron muy tranquilos dos semanas disfrutando de aquel hermoso litoral. El único sobresalto fue un día en Genoveses, cuando a Connor le picó una medusa grande en la zona del estómago y parte del pecho y tuvieron que ir al pueblo para que le dieran algo que le calmara el dolor. Juana recuerda la inflamación y los granitos rojizos como ronchas dibujando el cuerpo de la medusa y los lamentos de su entonces esposo. ¿Habría dejado ya de quererla? ¿Era la picadura de aquella medusa la señal de algo? Años atrás, veraneando en Menorca cuando estudiaba la carrera, a ella le había picado una medusa en un pie y también sintió esos granitos abultándole la piel. El dolor le recordó a las ortigas, jugando en su niñez en el campo y ortigándose las piernas, y volviendo llorosa a casa para mostrarle a su abuela los sarpullidos. Pero a Connor la medusa le dio de lleno, la silueta del animal se podía ver perfectamente marcada en su tronco. En Juana, el roce de la medusa y de las ortigas había sido más leve, o así creía recordar.

«Esto es peor que la yedra venenosa», dijo Connor con voz afligida. Él también había buscado equivalencias parecidas al dolor que sentía y recordó su infancia en los montes Apalaches, en Carolina del Norte. Había crecido en Boone, un pueblecito de aquel territorio, con su padre, un instructor de cerámica ahora jubilado que tocaba el banyo y que sabía hacer música con dos cucharas soperas. Sus padres se habían separado cuando era pequeño y su madre se había ido a vivir a Nueva Zelanda. Como había sido un niño no buscado de una pareja adolescente, su madre se había vuelto a enamorar, y se había marchado y había tenido tres hijas con otro hombre. Con doce años, Connor tuvo que aceptar que su madre quisiera vivir otra vida y empezar de nuevo.

El recuerdo de la yedra venenosa en la pierna y el horrible picor de los días posteriores no era tan intenso como aquella mañana en la playa de Genoveses. Vio la imagen de su madre poniéndole una pomada blanca, él debía de tener ocho o nueve años. «Espero que no se te extienda —le dijo—. No te rasques, sobre todo no te rasques.» La medusa era escozor, la yedra era picor, pero ambas sensaciones estaban hermanadas por un rastro de quemazón doloroso, intermitente, que palpitaba. El rostro de su madre se mezcló con el de Juana, y con el de la enfermera en el ambulatorio de San José mientras la última le ponía un ungüento de hidrocortisona. Los tres rostros que lo miraban con delicada compasión parecían superponerse. En ese momento, Connor se acordó de su madre y pensó en lo poquísimo que hablaban. Luego vio a Juana con gesto preocupado tratando de consolarle y se sintió culpable por lo tóxica que se había vuelto su vida secreta y lo absurdo que era todo lo que hacía en esa doble vida. Lo peor era que en aquel momento no veía solución a su deterioro existencial, a su realidad fingida. Se sentía un estafador y le dolía el cuerpo, la marca de la medusa era gigantesca como la mancha en su propia vida.

«Madre mía, se pueden ver hasta los tentáculos, pobre, cómo le debe de estar doliendo», le dijo Juana a la enfermera, que asentía con la cabeza. El enrojecimiento de la piel, con ampollas y sarpullidos, estaba acompañado de una fuerte inflamación. La enfermera anotó la receta para que fueran a la farmacia a comprar más crema y les dio instrucciones: «Se la tendrá que aplicar tres veces al día». Connor suspiraba, le dolía todo el cuerpo, y ese dolor también inflamaba su mala conciencia, algo en su cerebro también ardía. Recordó la rabia que sintió cuando su madre se fue tan lejos y se casó con aquel señor neozelandés. Su madre le prometió que se iría a vivir con ella en cuanto se instalara, pero al final no cumplió su palabra. Él tampoco cumplía su palabra porque no respetaba a su mujer y sentía que su vida estaba vacía. ¿Se habría sentido así su madre cuando lo abandonó? Alguna vez le había dicho que lo tuvo muy joven y que se dio cuenta de que era mejor que se quedara con su padre y sus abuelos en Boone. Fue en el viaje a Nueva Zelanda que Connor hizo justo al finalizar la carrera, gracias a sus ahorros por trabajar en una tienda de comestibles y a un dinero que le regaló su padre por graduarse con excelentes notas. Seguía viviendo en el pueblito de Carolina del Norte y en ese mismo lugar había estudiado porque allí estaba la Universidad Estatal de Appalachian. Al ser una institución pública y él un estudiante residente en el estado, los costos fueron asumibles. Cuando terminó la carrera, Connor logró una beca para estudios de posgrado en la Universidad de Iowa, pero en el intervalo de los dos meses y medio antes de irse a Iowa aprovechó para volver a ver a su madre y conocer a sus hermanas. Su madre estaba irreconocible, habían pasado doce años desde que lo dejó en Boone con su padre. Para ella, su hijo también era otro ser. Se miraron extrañados, como si no se reconocieran. Connor intentó imaginar cómo hubiera sido su vida si ella se lo hubiera llevado a la otra punta del mundo. Sus hermanas tenían entonces once, nueve y siete años. Eran risueñas y se alegraron de conocer por fin al hermano mayor, al que mandaban tarjetas por Navidad y por su cumpleaños.

Su madre pensaba que había tomado la mejor decisión, lo creía firmemente. Era el tiempo anterior, los dos años que llevó la doble vida y descuidó a su hijo, el que le dejaba un rastro de pena. Allí no supo manejar la situación, y el niño fue testigo de grandes peleas y muchísimo drama entre sus padres. Sin embargo, la gran angustia para Connor fue que su madre dejara de estar en la casa. Porque los niños no descifran las señales de la misma forma, y se sintió culpable de que ella se marchara. En 1978, Nueva Zelanda estaba demasiado lejos de Carolina del Norte, las llamadas de teléfono eran carísimas y solo quedaba el goteo constante de la correspondencia, de las cartas largas escritas a mano en las que su madre trataba de explicarle a su hijo que no era tan fácil llegar allí e instalarse como había pensado, porque ella y su marido vivían en una zona agrícola alejada de la ciudad. Todo se complicaba y se disculpaba, se había quedado embarazada, y él ya era un niño mayor y debía quedarse en Boone cuidando de su padre y sus abuelos, que tanto le querían. Connor tardó cuatro años en superarlo, al menos en que dejase de dolerle tanto, y al final de la primavera de 1982 aprendió a perdonarla y perdonarse. El mes de junio arrancó con el estreno de la película *E. T.*, y soñó con ese pobre extraterrestre recogido y escondido en la casa de unos niños californianos en un vestidor, rodeado de peluches y ansioso, esperando que sus congéneres volvieran a buscarlo. Y sintió que la película le mandaba un mensaje secreto de un universo más lejano, de una nave alienígena infinitamente más distante que el hogar de su madre. Sus raíces estaban en el pueblito de Boone, pero su triste corazón quería seguir latiendo al lado de su añorada madre, a la que su memoria iba difuminando cada día, y él, por más que la hubiera llamado, le hubiese escrito y se lo hubiera pedido cientos de veces, no había logrado convencerla para que viniera a buscarlo a Estados Unidos. Lo curioso es que la película le dio una extraña paz. Fue cumplir los dieciséis y empezar a relativizar las cosas; comenzó a preocuparse por otros asuntos, a tener más independencia, a trabajar algunas horas en un supermercado y ganar su dinero, a salir en grupo y montar juerga y barullo en la sala del cine, a comer palomitas y bebidas de cola a su antojo, a pasear por la carretera hasta el atardecer con la pandilla y tomar helados cremosos con la chica que le gustaba. Había crecido y se sentía bien saliendo a la calle con los amigos, y su padre, que también se había enamorado, le daba toda la libertad que necesitaba. El tiempo lo cura todo, eso decía su abuela paterna, y era cierto, la pena se transformó en una herida de imágenes que cicatrizaban, y el niño

Connor se convirtió en un adolescente capaz de pasar página. Lo curioso es que el dolor de la picadura de la medusa le hizo regresar a ese tiempo amargo, a ese lugar del desamparo, a esa rabia y esa culpa de la niñez que creía superada. Como si el escozor y la inflamación fueran las señales claras de una antigua angustia.

6

La vida y sus certezas

Lieke, que se había sentido muchas veces culpable, había viajado de los Países Bajos a Estados Unidos para poner una distancia secreta. El novio que tenía en Groningen, con el que llevaba mucho tiempo, había dejado de ser la persona de su vida, y no se atrevió a decírselo de forma clara antes de marcharse a hacer el posdoctorado a Nuevo Hampshire. Había ido retrasándolo todo, alargando la ruptura con evasivas durante un año. Tampoco Stephan, que era como se llamaba su novio, había querido darse por aludido, por eso cuando Lieke volvió a Groningen en el verano de 2016 y dijo la verdad todo se volvió desagradable y dramático.

Stephan había ido ilusionado a buscarla al aeropuerto de Ámsterdam, confiando que el reencuentro y el verano reforzarían los lazos, pero no fue así. Lieke se había sentido bien en el pueblo americano, la beca del posdoctorado le permitía sacar tiempo para sus investigaciones, y mientras se encargaba del invernadero del *college*, que estaba en el último y renovado piso del edificio de ciencias. Además, había desarrollado buenos lazos profesionales con el Departamento de Biología y quería alargar su estancia, y ella sentía que allí podía tener un futuro académico. Stephan había ido a verla a finales de marzo, durante la semana de vacaciones de primavera, y habían quedado en la ciudad de Boston, que estaba a tres horas en autobús del *college* y era un buen punto intermedio en el que hacer turismo. Visitaron museos y teatros y recorrieron los lugares más emblemáticos de los alrededores. Entonces Stephan ya intuyó que algo no funcionaba entre ellos, que Lieke estaba demasiado hermética y ensimismada, pasearon mucho, pero hablaron poco. Stephan había depositado sus esperanzas en el reencuentro de junio confiando que retornara la Lieke anterior a la aventura americana, pero la Lieke de antes ya no existía. El joven se enfadó muchísimo cuando ella le dijo que no sabía lo que quería y le pidió que no la acompañara a ver a su hermano a la República de Moldavia. Le pareció muy injusto que rompiera los planes de aquel viaje. Para él, Lieke se había vuelto egoísta y caprichosa. La mujer se disculpó y le devolvió a Stephan el dinero del billete de avión, que no iba a usar porque no quería que viajara con ella en esas fechas. Lieke se fue sola a la ciudad de Iasi, en Rumanía. Allí pasó dos días completamente a su aire antes de que su hermano Gerben la fuera a buscar. A Gerben no le contó nada de su ruptura con su novio hasta que se presentó en el vestíbulo del hotel.

—¿Dónde está Stephan? —preguntó Gerben sorprendido.

—Le he pedido que no viniera, he roto con él.

—¿Me estás hablando en serio?

—Suena fatal, pero es lo que hay.

—Madre mía, Lieke, me dejas de piedra. ¿Por qué no me lo has dicho antes?

—No tenía ganas de darte explicaciones por teléfono ni escribírtelo por WhatsApp.

A Gerben le caía muy bien Stephan y quiso indagar más sobre lo sucedido:

—¿Qué ha pasado?

—Creo que ya no estoy enamorada de él.

—¿Desde cuándo?

—Este último año la cosa realmente no ha funcionado —respondió Lieke con tristeza.

—¿Has conocido a alguien en Estados Unidos? —A Gerben le sonaba muy rara la decisión de su hermana, la sentía como algo repentino e inesperado.

—No, pero he estado trabajando allí muy tranquila.

—¿Qué quieres decir? —le interrogó su hermano.

—Sentía como si Stephan fuera parte de mi pasado, como si hubiera cerrado capítulo.

—Pufff. —Gerben resopló con disgusto.

—Te parecerá horrible lo que estoy diciendo, pero ya no quiero estar con él.

—No sé bien qué decir, yo estoy enamoradísimo.

Gerben llevaba trabajando seis meses de profesor de lenguas en Chisináu y había comenzado una relación con Ruxanda, una joven moldava que trabajaba con él, y estaba muy ilusionado con la visita de su hermana y su novio y con la idea de que los cuatro tuvieran la oportunidad de conocerse y pasar tiempo juntos.

—No sé lo que le voy a contar ahora a Ruxanda, os ponía de ejemplo de pareja perfecta.

—¿De dónde has sacado que fuéramos la pareja perfecta? —preguntó Lieke con sorpresa.

—Lleváis toda la vida —respondió su hermano con rotundidad.

—Ocho años no es toda la vida —dijo Lieke sin titubear.

—A mí me lo parece —afirmó nuevamente su hermano.

Lieke se quedó en silencio. Gerben era su hermano pequeño y notaba su tristeza y su decepción.

—A veces lo que parece verdadero amor se termina —trató de explicarse Lieke—. Nosotros éramos muy distintos, a mí me apasionan las plantas y a él diseñar motores.

—Os complementabais —dijo Gerben—. No me parece la mejor excusa, él ya estudiaba ingeniería cuando os conocisteis, y a ti ya te gustaban las plantas. No me vengas con teorías sobre lo diferentes que sois.

—Tienes razón, no puedo explicar lo que ha sido. El desgaste, la distancia, no lo sé bien. Y encima he sido un poco cobarde tardando tanto en decírselo.

—¿Llevabas mucho planeándolo?

—No era consciente, pero cuando me aceptaron para la beca posdoctoral fue un alivio poder marcharme de Groningen y tomar distancia con la relación.

Gerben la escuchaba con tristeza.

—En marzo vino a verme —le siguió explicando su hermana—, y pasamos la semana en Boston y fueron unos días extraños. Yo creo que se dio cuenta de que ya no estaba enamorada pero no quería aceptarlo.

—¿Al menos se lo insinuaste?

—No, pero estar juntos no era lo mismo de antes.

—Tal vez en tu cabeza, Lieke, porque si no lo dices uno no tiene cómo adivinarlo.

—En eso me equivoqué, tendría que habérselo dicho entonces y no haber esperado hasta ahora.

—Además, habíais planeado este viaje.

—Sí, y he tenido que cancelar su billete y le ha sentado fatal.

—¿Qué has hecho tú sola estos días aquí?

—Visitar la ciudad, no sabía nada de este lugar y sus gentes.

—¿No te ha resultado triste estar aquí tú sola?

—Ese es el tema, Gerben, estaba tranquila y aliviada. Tú eres el primero al que le cuento que he roto con Stephan.

A Lieke caminar sola por la ciudad de Iasi le había sentado muy bien. Descubrir un lugar ajeno a su vida que le permitía tomar distancia, no hablar con nadie y simplemente pasear y visitar edificios, museos y ver exposiciones. Necesitaba perspectiva, entender qué le estaba pasando, y la ciudad de Iasi había sido el punto que marcaba en el mapa su nuevo comienzo. Por aquel entonces no se le pasaba por la cabeza que pudiera surgir algo con Connor. Al profesor lo veía como a un reconocido catedrático en Botánica que le servía de guía y la ayudaba con sus investigaciones. Compartía con ella su pasión por las plantas y se pasaba muchas veces por el invernadero a conversar y estudiar las orquídeas. Él mismo le había contado que tenía una pequeña colección en su casa. El invernadero del *college*, construido en ese tejado del edificio de ciencias, reproducía en cada uno de sus espacios microclimas perfectos para que las plantas crecieran felices. Y ella se sentía allí tan feliz como las plantas que cuidaba.

El idioma rumano le sonaba melódico, la gente sabía inglés y en el hotel la habían ayudado a orientarse. Se notaba que la ciudad estaba viva y había gente joven con ganas de divertirse, el presente era luminoso y veraniego. Lieke descubrió cosas inesperadas, como la casa de varios poetas, el amor a la literatura concentrado y la historia de los judíos que vivieron allí y cómo ese lugar fue cuna del teatro yidis.

En el primer tramo del viaje, hasta el paso fronterizo para entrar en Moldavia, se hizo el silencio entre los dos hermanos. La carretera y los coches parecían de otra época, como de un tiempo rural y lejano. El coche de su hermano también era un modelo antiguo y ruidoso, acorde con esa realidad de tiempo detenido. Les tocó esperar un buen rato parados dentro del coche hasta que les dieron permiso para pasar por el puesto de inspección.

—Y pensar que Iasi fue la capital del principado de Moldavia —dijo Gerben a su hermana, suspirando, tras entregar los pasaportes por la ventanilla del coche a un militar que se los llevó a la garita.

Lieke lo miró con curiosidad y él siguió hablando:

—Esta zona se la repartieron los nazis y los soviéticos.

—Sí, tengo la sensación de estar en otra época —comentó Lieke.

—Vamos a ver muchos vestigios del comunismo, un montón de edificios grises, y solo tienen una carretera en condiciones y con un asfalto durísimo que es para tanques. El resto son carreteras secundarias cutres de dos carriles.

—Qué exótico es todo... —respondió Lieke con ironía.

—La gente de aquí lo ha pasado mal —continuó explicando Gerben—, no han podido reunificarse con Rumanía porque hay una región donde la minoría rusa es muy fuerte. Sigue habiendo rivalidades ocultas entre las dos Europas.

—Nuestra historia es más sencilla —dijo Lieke—, considerando lo tranquilo que era todo en los Países Bajos.

—Lo de Moldavia, Lieke, fue una sangría brutal con los soviéticos. Se llevaron a Siberia a todos los que consideraron burgueses o terratenientes, y luego mataron de hambre a los moldavos que quedaron.

—Qué pena dan todos esos horrores que sucedieron —agregó Lieke.

—Una triste ironía, porque todos estos territorios son bastante fértiles y producen mucho grano y unos vinos muy ricos —dijo Gerben.

—Yo no sabía que la ciudad de Iasi había sido un centro cultural judío importantísimo y que los nazis se cargaron a la mitad en unos días y el resto tuvo que huir. Asusta ver lo fácil que es borrar comunidades enteras... Y era Europa.

—Ya, pienso mucho en lo privilegiados que somos. A los abuelos de Ruxanda les quitaron las tierras de su granja y los mandaron a Siberia, su padre nació allí. Ellos pudieron volver, pero otros muchos se quedaron en el camino. Hasta que no vives aquí y conoces a la gente, y te cuentan sus historias, no te haces una idea.

La carretera hacia Chisináu era sinuosa, desde la ventanilla del coche Lieke veía casas modestas y sembrados.

—Esto es otro mundo —dijo su hermano.

—También Nuevo Hampshire es muy diferente.

—Lo imagino, pero esto no sale en ninguna película. La vida de estas gentes no la evoca nadie, no tenemos los mismos referentes.

—Nos pasa igual a nosotros —respondió Lieke—. Normalmente tengo que explicar que Groningen es la capital del norte, pero a la gente solo le suena Ámsterdam. Nos pasamos la vida explicando todo lo que nos rodea a los que no lo conocen. Eso es lo normal.

—Yo vine por un intercambio, por unos meses, para conocer otros lugares y distraerme, y ahora estoy enamorado y quiero saberlo todo. Ruxanda ha dado un giro a mi vida.

—Bueno, pero lleváis poco tiempo.

Lieke veía en su hermano el impulso ciego de los primeros meses de enamoramiento. Imaginó que vivir en un lugar tan distinto había estimulado esa percepción apasionada.

—Sí, vale, cuatro meses, pero siento que es ella la

persona que busco, que quiero estar siempre a su lado. Me imagino el futuro con ella. Nunca antes lo había sentido con tanta fuerza, y sobre todo con esa certeza.

Lieke se quedó callada. Lo que describía, ilusionado, su hermano, era lo de siempre, el amor de los comienzos en que todo está por llegar. Ella lo había sentido por Stephan años atrás, también se veía a su lado y no se podía imaginar otra vida que no fuera la de un proyecto común. Pero el desamor llegó y fue como una semilla que brotaba en una grieta. La planta del desamor se hizo arbusto y sus raíces fueron expandiéndose por la tierra de la relación. Y eso no iba a explicárselo a su hermano, porque cada enamoramiento tenía su propia dinámica. Gerben había llegado a la percepción del amor mucho más tarde que ella. Recordó cuando ella misma lo había querido definir y lo había celebrado igual, y ahora podía afirmar que lo hizo demasiado joven. Sonaba a cliché, pero todavía no había madurado cuando se enamoró de Stephan, y el tiempo había desgastado la relación. Ya no eran los mismos de esa primera época de enamorados y la palabra *certeza*, que escuchaba en boca de su hermano, en su cabeza sonaba a ruptura. Lieke vio su propio desamor con la misma seguridad que su hermano evocaba su enamoramiento. Pero eso no se lo iba a contar, cómo explicarle que el amor y el desamor aparecían movidos por una casi idéntica certeza. El conocimiento de las cosas sin temor a errar. El amor sin errores o el desamor sin errores. Todo estaba en la misma frecuencia, era la vida con todas sus verdades.

7

El tamaño del deseo

Cécile fantaseó con encontrar a Marco el primer día que fue a regar las plantas a la casa de Juana, pero no hubo suerte. Hacía calor y los ventanales filtraban muchísima luz. A Cécile le gustaba la casa de su amiga porque era muy luminosa, y aunque estaba alejada del campus, en una pequeña comunidad llamada Etna, el trayecto por la carretera rodeada de bosques resultaba muy agradable. Tardó en abrir la puerta porque la copia de la llave se quedó trabada. Pese a estar recién puesta, era una cerradura de las que obligan a tirar hacia dentro y colocar bien la puerta. Cuando logró entrar parecía que las plantas la estaban esperando. La casa se veía muy distinta sin Juana y Connor, se acordó de lo rápido de la separación y de la tristeza de su amiga mientras leía con atención las instrucciones de Connor. Le resultaba extraño ser ella la cuidadora de aquel vergel cuando sabía que Connor se había quedado en el pueblo dando clases. Se lo había cruzado varias veces por el campus cerca de la biblioteca y se habían intercambiado saludos y algunas vaguedades sobre lo solo y calmado que se quedaba el *college* en el trimestre de verano, cuando los únicos que tomaban clase eran los estudiantes de segundo año. Pero con la calma tendrían tiempo para investigar, y más ella, que ni siquiera daba clases ese verano.

Quedaron en escribirse para tomar un café y ponerse al día, pero Cécile sabía que no lo iban a hacer, porque ella era demasiado amiga de Juana y, en el fondo, sería muy incómodo para los dos. Cuando se rompen las parejas las amistades toman posiciones. Algunas son capaces de mantener el equilibrio y establecer una nueva relación con cada parte. En este caso Cécile era la aliada de Juana, y por eso era ella la que tenía la llave y estaba en la casa tratando de entenderse con todas las plantas. Lo irónico era que las instrucciones que leía sonaban a Connor, a su forma de hablar, a su tono afectuoso describiendo cada maceta y las necesidades de cada flor, cada brote, cada hoja. Las orquídeas debían tener el sustrato húmedo, había que sumergirlas en agua. La mujer se vio llenando la bañera y metiendo todos sus contenedores de plástico transparente en agua, y luego dejándolas escurrir. Observó con curiosidad las maderitas que hacían de tierra. Regar todas aquellas orquídeas era más laborioso de lo que imaginaba, y tenían, además, muchas otras macetas y plantas exóticas distribuidas por diferentes espacios. La venganza de Juana se había transformado en una extraña obligación para ella, que nunca había tenido más de dos o tres plantas en su vida. Algún cactus en su despacho, cerca del ordenador, y las típicas hierbas de cocina para el consumo en eficientes macetas cuadradas que duraban la elaboración de varias salsas de pesto con albahaca o aderezos de perejil. Cuando le regalaban plantas, se las terminaba dando a alguien que tuviera más maña y más tiempo que ella para cuidarlas.

Esta vez no pudo decir que no a su amiga, Juana necesitaba de su apoyo, se lo pidió con gesto alicaído e inquietante mientras se empeñaba en que Connor no pisara más la casa. «No quiero que vuelva, me ha abandonado, me ha jodido la vida, no me apetece que entre en mi casa como si no hubiera pasado nada.» Juana también le explicó que Connor se las quería llevar, pero que hasta que no encontrara una nueva casa en condiciones le era imposible tenerlas. «Pretende venir por aquí a cuidarlas. Pues resulta que no, que no me da la gana, y no le ha hecho ninguna gracia. Tal vez en algún momento del verano me avise de que ha encontrado una *mansión* adecuada y por fin se las puede llevar.» Juana remarcaba la palabra *mansión* con rabia y malestar. «Entonces, si yo no he vuelto, te lo digo, y por favor le abres la puerta y que las recoja todas. La verdad, me da igual lo que haga con ellas, son suyas.»

No, no le daba igual, pero Cécile no se atrevió a discutir con su amiga. Se le notaba tan frágil y dolida al mismo tiempo, que la mejor forma de apoyarla era estar a su lado y asentir con la cabeza. «Tranquila que yo las riego, no te preocupes, y si se las tiene que llevar y no estás, ya me ocupo yo.» Por eso allí estaba Cécile regando todas las plantas y pensando en las aristas de la súbita separación que ella tampoco había visto venir. El salón de la casa de Juana le gustaba mucho, y aprovechó la serenidad que le había dado su cometido de jardinera para sentarse a leer varios artículos que llevaba en su tableta y anotar algunas ideas interesantes. Últimamente había pensado mucho en el síndrome de Stendhal, en la emoción frente a la belleza sublime al contemplar el arte, los paisajes o las construcciones arquitectónicas delicadas y espectaculares. Sentía envidia de aquellos viajeros de los siglos XVIII y XIX, sobrepasados por la hermosura de lo que los rodeaba. Leía sobre Stendhal y su relación con Italia y sobre esos aspectos biográficos mezclados con la autoficción de su libro *Roma, Nápoles y Florencia*, que había aparecido inicialmente publicado en 1817. Sensaciones y reflexiones que cumplirían dos siglos al siguiente año. Suspiró meditando sobre los itinerarios ficticios y la necesidad de contar la belleza como una exaltación de la vida. El amor, o la pasión, o el deseo, o lo que fuera que habita en todos nosotros sin distinción. Cécile contemplaba con deleite la bañera llena de orquídeas florecidas. La exuberancia de la naturaleza domesticada se acompasaba con su trabajoso ritual, y la humedad de las maderitas desprendía un olor relajante. Las pobres plantas habían sido testigos del desamor y estaban esperando a Connor, aunque no pudieran hablar y expresarlo, ellas eran parte de esa vida que se había ido súbitamente de la casa.

Comenzó a caer una lluvia fina cuando Cécile terminó de leer, y decidió dejar sobre la mesa la edición de bolsillo de *Del amor* de Stendhal, llena de anotaciones a lápiz. Así seguiría releyéndola en la siguiente visita. La casa de Juana era un buen lugar para continuar con algunas lecturas, y de este modo no se olvidaría de su responsabilidad con las plantas.

Mientras se subía al coche calculó que, si se ponía a trabajar en serio, podría avanzar no solo en los artículos que tenía planeados, sino en el esqueleto de un libro sobre lo biográfico y la autoficción en Stendhal, su querido escritor francés, un hombre lleno de seudónimos y contradicciones al que dedicaba muchos de sus pensamientos. Porque la idea de pasar la mayor parte del verano en el pueblo del campus estaba asociada al compromiso de avanzar con sus investigaciones. Tenía en mente hacer pequeñas excursiones por la zona, la posible visita de unas amigas, y quería aprovechar para ir a la playa en algún momento. Las playas de Maine, que eran sus favoritas, estaban relativamente cerca, pero todavía no había diseñado ningún plan concreto de vacaciones. Estando sola, no había prisa, tenía la capacidad para decidir en el último minuto.

Marco también se acordó de Cécile varias veces cuando fue a la cooperativa a comprar, pero tampoco se cruzó con ella. Tenían los horarios invertidos y era difícil que se volvieran a encontrar de forma casual. Sin embargo, llegó el 4 de julio y se cruzaron en las celebraciones de la explanada, a la que Cécile fue con Alina, la colega jubilada de ruso, y otros amigos a ver los fuegos artificiales. Acababa de aparcar el coche y Marco estaba vigilando en la entrada del aparcamiento improvisado, relativamente cerca de la zona donde habían montado la estructura de madera con los cohetes. Había mucho barullo de gente, pero se reconocieron inmediatamente, ella sonrió y le preguntó qué tal estaba. Él le dijo que muy contento de verla, aunque preferiría poder coincidir con ella en una situación menos bulliciosa y sin tener que estar trabajando. Y Cécile, que ya llevaba dos semanas de lecturas académicas, sumergida durante horas en las diferentes hipótesis sobre los apasionados romances que marcaban la personalidad de Stendhal, en su teoría del amor y sus viajes, le sugirió al atractivo policía que podían quedar para tomar un café.

—En eso estaba pensando —dijo Marco inmediatamente—. Mañana libro, ¿te apetece que nos veamos en el Dirt Cowboy Café?

—Es perfecto —respondió Cécile.

—A mí por la mañana, sobre las once, me va bien —replicó Marco antes de que la profesora pudiera añadir algo más.

—Sí —asintió Cécile sorprendida—, es una buena hora, como no tengo clases este trimestre de verano, también me vale.

—Entonces te veo mañana —dijo el policía mientras hacía una señal a un par de coches para que se desviaran hacia otra parte, porque en la zona donde estaban ya no quedaban plazas libres.

El rato que Cécile pasó con Alina, su esposo Pete y otros amigos viendo los fuegos artificiales empezó a sentirse nerviosísima. Ella había facilitado sutilmente el encuentro del día siguiente. Se iba a ver con el policía que le gustaba y realmente no tenía ni idea de qué podían hablar. Habían quedado a las once de la mañana y parecía obvio que se atraían, pero ¿qué sentido tenía ese encuentro tan temprano?

Marco fue más preciso y pragmático en sus pensamientos. Con ese café podrían saber si la química los llevaba a algún sitio. Era su primera cita con una mujer en el pueblo del *college*, y hacia Cécile sentía muchísima atracción. Además, ella había sugerido verse y tomar café, era absurdo seguir esperando más coincidencias. Miró el resplandor de los fuegos artificiales, el sonido de la pólvora se mezclaba con recuerdos tristes y lejanos. Tragó saliva varias veces suspirando, y mientras trataba de diluir la amargura de la pena que se acumulaba en su garganta, buscó la silueta de Cécile entre el bullicio, pues la idea de volverla a ver al día siguiente le estaba dando mucha paz.

Por la mañana, Marco se levantó con la fresca y recogió y limpió con meticulosidad su estudio. Incluso lavó las sábanas y cambió las toallas, preparó su pequeño apartamento como si fuera a recibir una visita. Marco no residía en Nuevo Hampshire, vivía junto a la estación del tren, en el pueblo fronterizo de White River Junction, en el estado de Vermont. Tardaba una media de quince minutos en llegar a la comisaría del pueblo del *college* desde su sencillo apartamento de White River, y le gustaba ese lugar, alejado de su trabajo, donde se sentía más anónimo e independiente. Al principio, cuando llegó al pueblo del *college*, se quedó en unos apartamentos cerca de la comisaría de policía. Pero enseguida se dio cuenta de que necesitaba algo de distancia. La zona alta del valle era como un archipiélago lleno de pueblos que se distribuían entre los dos estados. El río Blanco los iba separando entre áreas habitadas y agrupaciones de árboles, formando bosques que le daban a toda esa región un encanto especial.

El café donde se habían citado estaba muy cerca del *college*, desde la pequeña terraza de mesas redondeadas y sillas que había dispersas en la acera se podía ver el *green*, la parte de césped central alrededor de la cual se distribuían los edificios más carismáticos: la biblioteca con su torre y el edificio fundacional del año 1784 con el ladrillo pintado de blanco. Marco llegó antes de tiempo y aparcó al lado de la calle que daba al hotel del histórico *college*. En cierta forma, el pueblo vivía muy conectado a la institución universitaria y todo lo que ofrecía. El museo, también de la universidad, estaba a escasos minutos de allí y tenía una sorprendente colección de piezas. El policía lo visitaba con frecuencia porque albergaba una serie de relieves asirios de Nimrud. El sitio arqueológico de Nimrud estaba situado al sureste de Mosul, en Irak. Ese lugar, cuajado del pálpito histórico de los inicios de la civilización, de objetos y estatuas que evocaban un tiempo anterior a la tradición islámica, había sido destruido por el Estado Islámico. Fue en marzo del 2015, poco antes de que Marco decidiera dejar Nueva York. Quizás por los siete años que había pasado entrando y saliendo de Irak, había sentido el aniquilamiento de aquel lugar como algo propio. Ver las imágenes de la destrucción de los toros alados asirios y las estatuas de los sabios con un taladro, picos y grandes martillos lo llenó de rabia. Recordaba a algunos de los intérpretes que los acompañaron en sus incursiones, hombres llenos de orgullo conscientes de la historia de sus orígenes. Irak había sido muchas cosas: el antiguo Imperio mesopotámico, el babilónico, el asirio o el persa; en cambio, Estados Unidos era un territorio reciente de tribus dispersas y aniquiladas, una historia que pretendía ser, ahora, el gran Imperio. Marco entonces apelaba a sus orígenes italianos, al gran Imperio romano que corría por sus venas. Pero los iraquíes lo veían más negro que italiano, reconocían cada uno de sus rasgos agudizados por el fuerte sol y le respondían con sorna: «A ti te esclavizaron, eres africano, te llevaron obligado al que llamas tu país». «Eso es verdad —respondía Marco con orgullo—, también soy negro y eso me hace el más fuerte.» Su negritud le ayudaba a resistir en aquel lugar, a sentirse indestructible masticando la adrenalina de los días repetidos y condensados en el polvo pegadizo sobre el sudor de su piel. La guerra estaba llena de hombres orgullosos de lo que eran, el frente se alimentaba de jóvenes a los que les embargaba un propósito y necesitaban darle sentido a ese instante de disparos y explosiones. De aquello que había vivido solo quedaban fogonazos de imágenes y esas piezas asirias en el museo del *college*, bajorrelieves sobre roca dura de yeso que contemplaba con quietud aparentemente serena mientras releía las cartelas informativas: «Genio alado con cubo y flor de palmera. Relieve asirio de la parte noroeste del palacio de Asurnasirpal II en Nimrud. 883-859 antes de Cristo».

Miraba con fijeza a los sabios alados y al rey, que habían podido sobrevivir en ese lejano campus, y pensaba entonces en los compañeros que se quedaron atrás arrasados por la ira humana que habita en la pulsión de todas las guerras. Los veteranos siempre piensan en los que no volvieron, en las vidas que se truncaron y en que ellos son los que se quedan respirando el aliento de los demás, la energía de los muertos. La unidad nunca se rompía, el rastro seguía dentro como un puño que se aprieta con fuerza. Se imaginaba a Richard, a Paul y a Terry, a sus tres amigos cercanos del batallón caídos en Irak, extendiendo sus grandes alas, transformados en relieves de figuras de genios esculpidos sobre la superficie de la piedra.

Cécile se levantó nerviosa aquella mañana. Había tardado en dormirse cavilando sobre el encuentro con el policía. Intentó aparentar naturalidad poniéndose un vestido azul marino largo entallado, sin mangas y con algo de escote en forma de pico. Era un traje sencillo pero muy bonito que había llevado en un par de conferencias primaverales el curso anterior. Se aplicó una fina capa de base de maquillaje con protección solar y un poco de rímel, pero sin sombra de ojos. Dudó si ponerse sujetador, y optó por no llevarlo. Era un día caluroso y su pecho no lo necesitaba, era firme y redondeado. Le dio risa verse buscando en el cajón las braguitas más nuevas y pensar en los detalles de su cuerpo mientras se echaba crema hidratante perfumada. Se atrevió a considerar los pormenores prácticos: ¿y si se acostaban?, ¿debería llevar condones por si acaso? Buscó por la casa por si tenía y no encontró ninguno, la idea de ir a la farmacia del pueblo a comprarlos le resultaba sumamente incómoda, porque allí también compraban sus estudiantes. No, no llevaría condones, no los necesitaba, había quedado a las once de la mañana con el policía, charlarían sobre cosas banales, era un simple acercamiento para conocerse más. Pero Cécile necesitaba anticipar los detalles, y la idea de que un hombre del pueblo la atrajese hasta el punto de desearlo sexualmente la descolocaba. Ella quería acostarse con él. Más que conocerlo y conversar, quería poseerlo. Eran casi las once de la mañana y Cécile se metió en el coche pensando que llegaría tarde a la cita y que, sobre todo, lo deseaba con mayúsculas.

8

Vivir aventuras

Cécile encontró aparcamiento junto al café, salió nerviosa del coche y puso gesto de disculpa mientras introducía monedas en el parquímetro y saludaba de lejos a Marco, sentado en la terraza.

—Ahora llego —dijo apurada.

—No te preocupes —respondió Marco.

Le agradó observarla en su azoramiento a la vez que daba vueltas al azúcar del capuchino que se había pedido. Estaba guapísima, el vestido le sentaba muy bien, llevaba el pelo suelto y unas sandalias abiertas que mostraban sus pies con las uñas pintadas de rojo. El hombre notó una leve erección y tuvo que esforzarse para controlarla. Cécile por fin llegó hasta la mesa.

—No, no te levantes —le dijo a Marco.

El policía la obedeció mientras cruzaba las piernas, acomodándose en la silla y tratando de no excitarse más. Cécile se sentó con gesto risueño y él le respondió con una sonrisa.

Los dos permanecieron unos segundos mirándose en silencio.

—Perdona —dijo ella—, te he tenido esperando, la mañana se me ha complicado un poco.

—No pasa nada, ya me he pedido un capuchino mientras llegabas. ¿Quieres que te pida algo?

—Tranquilo, ya lo hago yo. —Cécile se volvió a incorporar—. Dime si necesitas algo más.

Marco se terminó el capuchino y también se levantó:

—Voy contigo —se apresuró a decir.

—No hace falta —respondió Cécile con dulzura—. ¿Qué quieres?, yo te lo traigo.

—Deja que te acompañe, así veo qué cosas hay para comer, tengo algo de hambre.

Los dos entraron en el café, el lugar estaba tranquilo y tenía conectado el aire acondicionado.

—¿Prefieres que nos quedemos dentro? —preguntó Marco al notar la diferencia de temperatura.

—Aunque esté haciendo algo de calor, me gusta más la calle —afirmó Cécile mientras pedía un zumo de naranja y zanahoria y un bollo de chocolate y nueces.

—Yo también —dijo Marco, mirando la variedad de sándwiches preparados que había en una bandeja del mostrador, y decidiéndose por uno de atún con mayonesa.

Ya tenían algo en común, sentarse en la terraza del café, observar el cruce de las dos calles y los edificios del *college* rodeando la zona del *green*. Volvieron a la mesa de la terraza con sus pedidos, Cécile empezó a beber el zumo dando pequeños sorbos, se lo habían puesto en un vaso ancho de cristal grueso, tragaba zumo y daba delicados mordiscos al bollo con nueces y pepitas de chocolate. Con la emoción de verse con el policía, a la mujer le había entrado hambre ansiosa. Marco se puso a comer su sándwich lentamente, le divertía notar a Cécile tan inquieta, aunque tratara de disimularlo. Observó su boca mientras masticaba, tenía la cara, el escote y los brazos llenos de graciosas pecas. Podía olerla, se había perfumado. También distinguía el verdadero olor que escondía, el leve sudor de haber llegado con prisa y sentirse nerviosa. Marco tuvo que esforzarse otra vez para evitar la erección. Él no estaba nervioso, pero le iba excitando verla comer.

—¿Llevas mucho viviendo aquí? —le preguntó el policía a Cécile.

—Vine el 10 de septiembre de 2001, no me olvido de esa fecha porque al día siguiente fue el ataque a las Torres Gemelas.

—A mí tampoco se me olvida aquella época, me mandaron a Afganistán y allí hice dos turnos.

—¿Eres veterano? —preguntó Cécile algo sorprendida.

—Sí, pero a Afganistán fui de apoyo y me quedé en las bases. Mi experiencia en combate fue sobre todo en la guerra de Irak, allí estuve hasta diciembre de 2009.

—¿Has estado ocho años en la guerra? —volvió a interrogar Cécile después de calcular las fechas de Afganistán e Irak.

—Sí, antes de ser policía fui soldado.

Cécile nunca había estado ni con policías ni con soldados. En realidad, tenía bastantes prejuicios contra la masculinidad que representaban los hombres del ejército y las fuerzas del orden, los veía autoritarios y ultraconservadores. Sin embargo, sintió curiosidad por lo que pudiera haber dentro de la cabeza de Marco:

—¿Por qué te hiciste soldado? —se atrevió a preguntar.

—Quería viajar y ver mundo, yo era muy joven y no quería estudiar ni trabajar en la tienda de mis abuelos. Ellos abrieron un negocio de productos italianos en Pittsburgh, habían nacido en Nápoles pero emigraron a Estados Unidos siendo adolescentes; allí trabajan ahora mis tíos y mis primos. Pero ni a mi padre ni a mí nos gustaba ser tenderos. Mi padre ya está jubilado, pero trabajaba en una fundición de acero, y mi madre sigue de secretaria en una compañía de transportes y mudanzas. A mí siempre me llamó la atención el ejército, soy el soldado de la familia.

—Me resulta extraño —dijo Cécile—. Ser soldado es una profesión muy violenta.

—Cuando eres joven no te das cuenta, lo vives de otra forma, es más como una gran aventura —respondió Marco con suavidad.

La mujer lo miró inquieta, volvió a pensar en lo diferentes que eran. Los únicos soldados que conocía a fondo eran los de la literatura. En los siglos XVIII y XIX ser soldado parecía lo normal, los hombres tenían que cumplir con el servicio militar o la carrera en el ejército y, en muchas ocasiones, significaba la mejor salida para el ascenso social. Pero en este caso parecía que la clave estaba en querer vivir una gran aventura. Cécile pensó que su gran aventura de joven había sido sacarse la tarjeta de Interrail en Europa y recorrerla en el verano de sus dieciocho años. A ella no se le habría ocurrido alistarse en el ejército ese verano de 1989, cuando recorrió Europa de punta a punta. Sus viajes a Francia con su madre no tuvieron nada que ver con lo que vivió aquel verano sola, cargando con la mochila y haciendo amigos en los vagones de tren y en los albergues.

La madre de Cécile era francesa y había sido profesora de francés en la Universidad Estatal de Ohio, en Columbus. Se había casado con un escultor que le sacaba bastante edad, daba clases de arte en institutos y colaboraba impartiendo talleres de profesor adjunto en la misma universidad. Cécile había sido la muy deseada hija única de unos padres algo mayores. Cuando nació, su madre tenía cuarenta y tres y su padre cincuenta y nueve. Su padre había muerto al poco de cumplir ella los catorce años, de un ataque al corazón, y su madre, en el invierno del 2002, con setenta y tres años recién cumplidos, por un cáncer de colon que no descubrió a tiempo. En aquel entonces no se hacían tantas revisiones y ella no notó nada hasta que fue demasiado tarde. A Cécile todavía le dolía recordar los últimos meses de vida de su madre. Lo súbito del fallecimiento de su padre se mezclaba con la agonía de meses de su madre. Daba la casualidad de que sus padres habían muerto con la misma edad en dos momentos claves de la vida de Cécile, por lo que la pobre profesora llevaba bastantes años huérfana de padre y de madre. De su padre no pudo despedirse, pero al menos con su madre tuvo la oportunidad de pasar cierto tiempo y acompañarla. La universidad le permitió, pese a haber sido recién contratada, que se fuera los dos últimos meses para estar con ella.

Mientras Cécile repetía en su cabeza la palabra *aventura* se acordaba de la historia de amor de sus padres, que se habían conocido en un viaje en tren entre Bruselas y París. Se sentaron juntos y comenzaron a conversar; era julio del 69, y luego ella, casi dos décadas después, había recorrido Europa para celebrarlo. En su caso, enamorarse cinco o seis veces podría considerarse el sustrato de su alma aventurera, sentir deseo y querer adentrarse en las sensaciones de su cuerpo.

Marco la miraba en silencio tratando de intuir lo que Cécile estaba pensando.

—Soy hija única, nací y crecí en Ohio, en la ciudad de Columbus, que no está tan lejos —se refería a que el estado de Ohio está junto al de Pennsylvania—. A mí de joven nunca se me ocurrió meterme en el ejército.

—¿Qué hacen tus padres? —preguntó el policía.

—Mi padre era escultor y mi madre profesora de francés, pero los dos ya fallecieron hace años.

—Lo siento —dijo Marco apenado.

—La verdad es que los echo bastante de menos. Ellos eran ya mayores cuando nací.

—Yo también soy hijo único, pero a mí mis padres me tuvieron muy jóvenes y todavía viven; y mis tíos también, e incluso mis dos abuelas, que están estupendas. Tengo muchos primos, pero yo soy el único que ha sido soldado y trabaja de policía.

—¿Cómo se lo tomaron?

—Mal, mis abuelas pensaron que me moriría en la guerra, y luego que me matarían en las calles de Nueva York. Ha sido muy dramático para ellas, ahora están más tranquilas sabiendo que este lugar es menos peligroso.

—Es verdad, aquí nunca suele pasar nada —dijo Cécile.

—Hasta que sucede.

—Por eso hacemos entrenamientos para prevenir incidentes violentos, ¿verdad? —Cécile miró a Marco con complicidad mientras lo decía.

—Por ahora, los incidentes más cotidianos son los excesos de velocidad y los de quienes no respetan las señales de tráfico.

—¿La gente se salta las señales?

—Más de lo que imaginas.

El sol ya daba de lleno sobre las mesas y, como habían terminado de comer, Cécile sugirió que fueran a por un cono de helado cremoso a la heladería que había junto al cine, que quedaba a unos doscientos metros de donde estaban.

—Veo que eres golosa.

—Mi favorito es el de jarabe de arce con nueces.

Marco sonrió, a él también le gustaba ese helado. Pidieron conos pequeños y se sentaron en un banco de la calle que daba a la sombra, cerca del ayuntamiento.

—Tienes suerte de que tus padres y tus abuelas todavía vivan —acertó a decir Cécile.

—Sí, me siento muy afortunado. Pero he perdido a varios compañeros en diferentes frentes.

—Las guerras son una mierda —dijo Cécile.

—El mundo es complicado —respondió Marco.

El hombre no quería entrar a discutir con Cécile sobre la utilidad de las guerras. Podía ver en la mujer un rechazo claro hacia su faceta militar, pero él seguía encontrando sentido a esa parte de la vida que había vivido y la asumía con todas sus consecuencias. Entró en el ejército con veinte años y lo había dejado catorce años después. Había estado en Kosovo, en Afganistán y en Irak. Era un veterano de muchas guerras. Y esas guerras eran todo su equipaje cuando volvió a casa.

Para la mujer que estaba a su lado, su equipaje era sinónimo de destrucción, desolación y muerte. Pero para el policía representaba su juventud, su aprendizaje emocional y la convicción de que había sido un soldado honesto y entregado a los demás. El concepto de *patria* tenía un poder extraordinario en los muchachos que, como él, se enrolaban en el ejército, sobre ellos y su estado anímico. Habían interiorizado con fuerza la idea de luchar por la *patria*, dejarse la piel por el todo simbólico de su país. Marco había querido, al igual que sus compañeros, ser un héroe en el frente, sentir la valentía como la energía trepidante de la pasión. De niño había admirado a los soldados que volvían del ejército y tomaban el autobús ataviados con el uniforme verdoso, cargando pesados y abultados bolsones en un hombro. En casa quisieron que trabajara en la tienda de los abuelos, pero le aburría soberanamente la vida de tendero. Cuando era adolescente, su abuela italiana le enseñó a hacer la pasta fresca que vendían en la tienda, y hasta que se fue al ejército era uno de los repartidores que llevaba la compra a las casas.

—Tal vez te guste más la fundición —le decía su padre cuando le oía refunfuñar.

—No, yo quiero viajar, ver mundo.

El padre de Marco entendía que a su hijo no le agradara trabajar en la tienda. Él también había sido repartidor y no le había encontrado ningún placer al incómodo trajín de clientes y productos. Le gustaba el trabajo en la fundición del acero, construir las vigas que hacían puentes y altos edificios. «El esqueleto de los grandes edificios de Nueva York es nuestro», solía exclamar con orgullo de clase obrera. El fuego incandescente le fascinaba, el punto de fusión de la fragua mostrando su poder. El origen del universo, condensado en los metales ardiendo y convertidos en una lengua densa y cremosa, latía dentro de él; se sentía una especie de dios, un nuevo Vulcano exaltado y entregado a la plenitud del fuego.

A Cécile le hacía cosquillas en la boca el contraste del sabor del helado frío con el calor húmedo de la mañana, que intensificaba su luz con un sol picante. Sintió un extraño dilema entre la atracción y la lógica que habitaba en su cabeza. El policía era como el helado del que disfrutaba, delicioso y placentero, pero también demasiado calórico. Equiparaba las calorías con sus prejuicios disfrazados de prevención. En su mente siempre estaban las explicaciones que intentaba darse. El recelo contra lo que representaba el hombre le impedía dar el primer paso.

¿Qué es lo que realmente quería? ¿Sentir su abrazo? ¿Sentir el placer mayúsculo del sexo en algún rincón misterioso? ¿Cómo sería en la cama ese hombre que tanto la atraía? ¿En qué consistía la seducción una mañana soleada de verano? ¿En simplemente llegar a acostarse? ¿Cuáles eran las señales? ¿Qué tipo de excusa podría iniciar la chispa para que ellos intimaran?

En la cabeza de Cécile se fueron sumando cada uno de los interrogantes como fogonazos de indecisión. Ella, en esa mañana de julio, aspiraba a la aventura más primitiva. Pensó en Stendhal y en las notas que había ido tomando mientras releía su ensayo *Del amor*, que había dejado aposta en casa de Juana, y recordaba como el escritor trataba de definir cuatro amores diferentes: el amor pasión, el amor placer, el amor físico y el amor vanidad. ¿Dónde estaba ella en ese momento según los parámetros de Stendhal? ¿Qué pensaría su escritor si estuviera en el mundo que ella habitaba, en el presente que ahora definía el amor, casi doscientos años después? La mirada de Stendhal estaba mediatizada por su época. Su fascinación por las mujeres, su forma de clasificarlas, era de otro tiempo. Seguramente ella estaba buscando lo que para Stendhal sería el prosaico e impulsivo placer físico. Cécile quería definirlo bien para poder controlarlo, pero tampoco sabía lo que le pasaba a su alma. Pensó en las mujeres de otra época leyendo a Stendhal, reflexionando sobre las explicaciones de lo que sucede dentro del alma cuando nace el amor. Primero la admiración, luego... La mano de Marco rozándole la cara interrumpió su pensamiento.

—Te has manchado la mejilla —le dijo mientras se la limpiaba con el pulgar.

El simple roce la excitó, acelerándole el pulso. Si Stendhal pudiera estar dentro de su cabeza, ¿cómo explicaría la lógica de sus sentimientos? Cécile miró a Marco, el soldado, el policía, el simple hombre que la deseaba como Stendhal deseó a tantas mujeres. Y, a su vez, seguramente sentía el mismo deseo que a ella le oxigenaba el corazón.

Efectivamente, a Marco también le latía el corazón, pero en su cabeza no había teorías ni alusiones literarias, solo estaban las pecas de la piel transparente de Cécile y sus rizos pelirrojos, la forma de su nariz respingona y sus labios carnosos. Los pezones puntiagudos que se notaban bajo la tela del vestido, las uñas primorosas pintadas de un rojo intenso, el olor del cuerpo sudoroso mezclado con colonia fresca, el cuello alargándose, ofreciendo su sugerente escote, los brazos y las muñecas finas, las piernas mostrándose al abrirse el pliegue rajado del vestido. Marco disfrutaba de ese momento de observador, pensó en cómo sería desnudarla y desnudarse junto a ella. La estaba admirando, admiraba a Cécile con tal intensidad que tal vez el propio Stendhal le hubiera dedicado un fragmento dentro de su largo ensayo. ¿Qué tipo de amor estaba sintiendo aquel hombre?

Decía Stendhal que el amor es el milagro de la civilización. Tal vez por eso, porque Marco buscaba el amor pasión como forma de felicidad. Aunque jamás hubiera leído al escritor, estaba fascinado con la profesora y la deseaba. Habitaba en él la esperanza, esa que provoca el nacimiento del amor.

La chispa se encendió con la despedida, cuando Cécile se terminó el helado y se incorporó. La mujer miró a Marco sentado sonriente en el banco y no pudo resistirse, tuvo que tocarle la cabeza, acariciarle apretando los dedos, haciendo una leve presión circular que hizo que la mandíbula, el cuello y la espalda del hombre se erizaran. Marco se levantó despacio mientras se atrevía a acariciar el brazo de Cécile. La tocaba con suavidad, sintiendo la piel de la mujer en las yemas de los dedos. El primer contacto se había realizado, «la toma de contacto», pensó Marco mientras calculaba cuál podría ser el siguiente paso.

9

De la intimidad

—Vivo en White River —dijo el policía mientras se abrazaban para despedirse. Y ella respondió que le gustaba mucho ese pueblecito de Vermont—. Si quieres damos un paseo por allí, te llevo en mi coche.

Pero Cécile le dijo que no hacía falta, que lo podía seguir con el suyo. Así se fueron al apartamento de Marco. Dejaron los coches en la explanada de la pequeña estación del tren y caminaron en silencio hasta el bloque de apartamentos. El de Marco era un estudio que estaba en la tercera y última planta. Nada más abrir la puerta y entrar comenzaron a besarse. No necesitaron hablar, se buscaron con el cuerpo porque el roce de las pieles se expresaba en su propio idioma. Los dedos, los labios, la lengua, las manos se fueron turnando para darse placer e ir descubriendo cada rincón de sus cuerpos. No pensaban, simplemente se dejaban llevar, se transformaban en energía y aliento. Su respiración se acompasó y estuvieron más de cuatro horas haciendo el amor. Luego, bajaron a comer a un restaurante de comida mediterránea en la esquina con la calle principal y se despidieron como si nada hubiera pasado.

Pero había pasado de todo, el cuerpo desnudo de Marco era irresistible. Tenía una forma de abrazarse al de Cécile que la hizo derretirse. Era un hombre de una sensualidad abrumadora. Cécile lo sintió como el cuerpo más atractivo con el que había estado. Acababa de arrancar el coche y estaba saliendo del aparcamiento junto a la estación del tren, y seguía notando su cuerpo excitado por todo lo que había sucedido, y sorprendida de que unos simples helados hubieran encendido la chispa.

Cécile llegó a su apartamento excitadísima, quería volver a encontrarse con el cuerpo desnudo de Marco. Se reía sola mientras se preparaba una infusión de menta y buscaba en la nevera un yogur para mezclarlo con frambuesas y arándanos. Estaba tan nerviosa que decidió irse a regar las plantas de la casa de Juana, aunque ya fuera de noche, porque no podía dejar de pensar en el episodio que acababa de vivir con Marco. Suspiraba sorprendida con toda la secuencia en la cama del policía, lo había deseado al levantarse y ponerse su vestido azul marino. Ese vestido que Marco había desabrochado con delicadeza mientras le besaba el escote y le abría las piernas. Marco había preparado su apartamento para recibirla y tenía los preservativos listos. Le fue metiendo los dedos mientras la besaba despacio y le pidió permiso para penetrarla. Cécile sintió cada caricia como un cosquilleo de placer abrumador.

Repetía cada escena en su cabeza y se mordía los labios mientras conducía a casa de Juana por la carretera oscura, y al llegar encendió la luz del garaje y se puso a buscar las regaderas. Contempló el coche aparcado de su amiga, el cubo de basura con ruedas, los sacos de tierra para plantas, el cubo grande de sal medio lleno que había sobrado del invierno, la pala ancha para quitar nieve y la caja de herramientas. Los objetos del garaje la devolvían a la realidad, pero su cuerpo estaba impregnado del delicioso olor del policía, de la sensación de su piel, de su torso empujando hacia dentro, penetrándola con precisión y dulzura, y ella elevándose, levitando de placer, sintiéndose ligera y luminosa. El primer orgasmo había encadenado tres en un solo tramo. Ella se había despojado del pudor, de los prejuicios, de su propia armadura de mujer distante. Abrió el grifo de la pared, con una pequeña manguera, y fue llenando la regadera más grande. El sonido del agua le recordaba que estaba en el hogar de Juana, que era muy tarde y que se había pasado el día en la habitación de un hombre que había visto pocas veces, pero que cuando la tocaba la arrastraba a otra dimensión.

Cécile fue encendiendo todas las luces de la casa de su amiga. Por la noche, el espacio se veía distinto. Quería concentrarse en ese instante doméstico de macetas y plantas florecidas, pero seguía notando el cosquilleo del placer en la boca. «No tengo veinte años», se dijo, y se acordó de Jean-Paul y de ese amor de verano con veintitantos, y de que también hicieron el amor durante horas en mitad del día, con la luz y el intenso calor de julio, en un pequeño hotel cerca del mar sin aire acondicionado. Pero, esta vez, había disfrutado más, porque se había desprendido de todo. Con veintitantos hay inseguridades y miedos. En esta ocasión todo había fluido con la naturalidad de la experiencia desprejuiciada. Había pensado en poseer a Marco desde la primera vez que lo había visto, y esa fantasía se había hecho realidad y era mucho más sabrosa de lo que había imaginado.

Sobre la mesa baja, junto a los sofás del salón, estaba el libro de Stendhal que Cécile había dejado para seguir releyéndolo los ratos que iba a cuidar las plantas y a disfrutar de aquella casa. Era el volumen dedicado al amor que tantas ideas le iba dando para el ensayo que quería escribir. Dejarlo allí era una forma de contrarrestar el silencio del desamor que se había apoderado de los que habitaron la casa. Cécile lo abrió risueña, el marcador estaba en el capítulo 32, titulado «De la intimidad», que arrancaba explicando que el mayor gozo que puede dar el amor era «cogerle por primera vez la mano a la mujer amada». Stendhal hablaba del amor pasión y ella estaba embriagada de amor físico. Cécile y Marco habían saltado a la intimidad, a una intimidad extraña donde sus cuerpos se comunicaban más allá de ellos mismos y simplemente disfrutaban tocándose, palpando el placer, dándose gusto, penetrándose y abriéndose mientras sincronizaban el ritmo de su deleite. Cécile buscó una cita que dialogara con su pensamiento y leyó las palabras de Stendhal:

Creo que todo el arte de amor se reduce a decir exactamente lo que dicta el grado de embriaguez del momento; es decir, en otras palabras, a escuchar a nuestra alma.

Stendhal enamorado hablando del amor para dar sentido a sus emociones. Este libro había sido guía para muchas mujeres del xix que trataban de buscar respuestas en una sociedad que las reprimía.

Sonó el timbre de la puerta de la casa y Cécile se sobresaltó. Eran las once de la noche. Se levantó del sofá y se acercó a ver quién podría ser. La puerta era de madera acristalada y pudo reconocer a Connor. Abrió y lo miró sorprendida.

—Hola, Cécile, imaginé que eras tú, pero al ver todas las luces encendidas he sentido el impulso de acercarme.

—Juana está en España.

—Ya, ya lo sé, y ha cambiado la cerradura, y está en su derecho, y ahora es solo su casa... Pero a veces me desvío y me quedo contemplándola. Hemos vivido muchas cosas en ella y no puedo evitarlo. Además, todavía están mis plantas.

—Sí, y yo te las estoy cuidando, sigo al pie de la letra tu hoja de instrucciones.

Cécile sintió lástima por Connor. Se le notaba la tristeza culpable en los ojos.

—Lamento muchísimo el daño que le estoy haciendo a Juana, pero no era lógico que siguiéramos juntos. No soy una buena persona.

—Ya, ya imagino —respondió Cécile por decir algo.

Estaba sumamente incómoda hablando tan tarde con Connor en la puerta de la casa de Juana.

—Que nos hayamos separado no significa que no me importe. La sigo queriendo muchísimo y me siento muy culpable.

Cécile notó algo en el aliento de Connor: habría bebido y por eso se estaba atreviendo a llamar a la puerta y confesar su culpa.

—Yo la engañaba con muchas mujeres, ¿sabes?

—Creo que no soy la persona adecuada para escuchar estas cosas.

—No, yo sí lo creo, tú eres su amiga.

—Por eso, no me interesa saber qué hiciste mal.

—Llevaba más de dos años haciendo estupideces y ella no se merece a alguien como yo. Soy un mierda.

—Perfecto, Connor, por eso se ha roto la relación.

—Pero yo la quiero mucho, ¿sabes?

—Claro, son muchos años. Sinceramente, creo que es mejor que te vayas a tu casa.

—Necesito un abrazo —dijo el hombre con la voz quebrada.

Cécile resopló incómoda:

—No creo que mi abrazo te ayude demasiado. Por favor, vete.

Connor se puso de cuclillas apoyado en la puerta y rompió a llorar. Cécile se dio cuenta de que estaba demasiado borracho y no debía conducir así.

—Connor, te voy a llevar a tu casa, me parece que no estás bien.

—No, no te preocupes, perdona este numerito. Creo que puedo apañarme, es que me siento muy mal.

—Por eso es mejor que te acerque, y ya mañana, si quieres, te traigo para que recojas tu coche.

Connor seguía llorando en la puerta. Cécile buscó su bolso y fue apagando todas las luces.

—Espío mi propia casa. Soy patético, he destruido mi vida, una vida que me gustaba. Fuimos muy felices, ¿sabes?

—Por favor, venga, levántate, cuando llegues a tu nueva casa y te pongas a dormir te sentirás mejor.

—Es un apartamento de mierda.

—Ya, poco a poco.

Cécile le ayudó a levantarse y lo metió en el asiento del copiloto. Sentada a su lado podía oler el güisqui y el sudor.

—Me he pasado la tarde bebiendo, pensé que me sentiría mejor, pero no es así.

Cécile le preguntó dónde vivía, y Connor le explicó entre sollozos que se alojaba en la zona de apartamentos universitarios cerca del *college*. Ella fue conduciendo con prudencia, era una noche sin luna y en verano salían pequeñas manadas de ciervos a pasear. Connor seguía llorando silencioso, mareado y muy acalorado, notaba el malestar de la pena culpable mezclada con un fuerte dolor de estómago. Justo antes de pasar el último semáforo y doblar la esquina donde estaba el edificio, Cécile escuchó horrorizada la arcada de Connor y lo vio lanzar un chorro de vómito que chocó contra el cristal de la guantera y lo salpicó todo. El olor a alcohol era insoportable.

—Cuánto lo siento, Cécile, creo que estoy muy borracho.

Cécile frenó frente al edificio y dejó que Connor saliera. Observó como entraba por el portal y arrancó asqueada hacia su casa. El vómito olía a güisqui mezclado con nachos y queso, le había saltado hasta el pelo y también le había manchado el brazo derecho y parte del vestido. Pensó que era lo más repugnante que le había pasado en su vida. Se metió en la ducha perpleja y furiosa, la escena de Connor le había arruinado el día, y todavía quedaba ese vómito asqueroso dentro del coche. El olor del desamor y la culpa de Connor eran repugnantes y le había salpicado a ella, dejando un rastro nauseabundo. Aborreció a Connor, sintió deseos de abofetearle. No daba crédito a la escena que acababa de vivir, y detestaba la desagradable perspectiva de tener que ponerse a limpiar el coche.

Connor llegó a trompicones al apartamento, regodeándose todavía en la pena de su culpa, y se quedó profundamente dormido en el futón que hacía de sofá en el salón con cocina americana de su apartamento.

Marco era el único que seguía feliz, tumbado en la cama, recordando cada instante de intimidad con Cécile. Su día libre había sido perfecto.

10

Resaca

Cuando Connor abrió los ojos se acordó levemente de la noche anterior y suspiró apesadumbrado. Notó la boca pastosa y un olor desagradable. Tenía la camisa llena de manchas resecas de vómito. Ni siquiera había llegado a la cama del dormitorio, estaba tumbado en el futón que hacía de sofá en la zona del salón. En el suelo estaban sus llaves de casa, las del coche y su cartera, junto a un pequeño charco de vómito todavía húmedo. Se asustó de la escena, no tenía edad para estar así. Era miércoles y ese día le tocaba dar los dos cursos de verano. El reloj de la pared que adornaba la cocina americana marcaba las diez de la mañana, todavía le quedaban cuatro horas para adecentarse antes de ir al despacho a su hora de oficina y luego a dar las clases. Bebió medio litro de agua con gas que tenía en la nevera y se metió en la ducha. Mientras notaba el chorro del agua templada sobre su cabeza resacosa, ordenaba las imágenes de lo que había hecho. Se había emborrachado como un imbécil y se había ido a observar con pena su antiguo hogar, a mirar lo que había sido su vida concentrada en aquella casa que había diseñado y construido con

Juana. Al ver las luces encendidas no había podido resistirse y había llamado a la puerta. Apareció Cécile, la mejor amiga de la que había sido su mujer, y él se había desahogado, había querido deshacerse del peso de la culpa. Los días de verano se habían vuelto insufribles, se sentía solo y se develaba pensando qué debía hacer. Lieke había regresado a Europa y él no se había atrevido a intentar ningún avance: era la mujer que deseaba, pero todo se iba complicando y el *college* era un lugar demasiado pequeño. Primero debía asegurar su plaza, que volviera, y luego, poco a poco, tratar de enamorarla.

Inicialmente, los dos meses y medio del curso de verano viviendo solo y comenzando una nueva vida sin Juana se los había planteado como algo renovador, un tiempo de reflexión y compromiso con su presente. Pero no estaba resultando tan sencillo. Odiaba el pequeño apartamento en el que vivía. Dudaba de su decisión porque sentía que su realidad era caótica, solitaria, y que había perdido su hogar. Tal vez se había precipitado, pensaba con angustia egoísta. Aunque sabía que alargar lo de Juana habría sido una mezquindad, sobre todo teniendo tan claros sus sentimientos hacia Lieke. Sin embargo, nada le garantizaba que Lieke, al volver, se enamorara de él. Tal vez debía buscar trabajo en otra universidad, ir a una ciudad grande y empezar de nuevo. El alcohol fuerte no le estaba ayudando. Intentaba evitarlo y en casa solo tenía algunas cervezas. El problema surgía algunas tardes, cuando las clases terminaban, o los días sin docencia. Todo se volvía tedioso y aburrido. No tenía ganas de trabajar en sus investigaciones, simplemente quería que pasara el tiempo, que la sensación de naufragio y el vértigo que sentía se evaporasen. Buscaba rincones fuera del pueblo del *college* en donde refugiarse, por eso se iba al pueblo de Lebanon y se metía en Salt Hill Pub a beber cervezas y a comer, y de allí se pasaba por la Poker Room & Casino, que abría hasta la una de la mañana y donde podía beber güisqui mientras jugaba a las cartas.

La noche anterior había perdido mil dólares jugando al póker, y se había ido del local enfadado y rabioso. Ver su antigua casa lo calmaba, desde el coche se dejaba llevar por los recuerdos de otra vida en la que él era cuerdo, era razonable, no arrastraba adicciones ni estaba deprimido. Al menos no se engañaba, se reconocía como un gran egoísta que se había tirado al vacío. Lo curioso es que ofrecía una imagen totalmente distinta, él era el único que sabía quién era verdaderamente, de científico brillante le quedaba muy poco. Vivía de las rentas de los magníficos artículos que había ido escribiendo para asegurarse la cátedra. Era buen colega, se apañaba bien con la gestión y los laboratorios. Ayudaba a cuidar las plantas del invernadero, era quien mejor las conocía y el que había logrado financiación para traer estudiantes a hacer proyectos de posdoctorado. Disfrutaba de reconocimiento y prestigio y a ojos de los demás representaba seguridad y talento. Pero cuando se miraba a sí mismo con sus propios ojos veía la silueta de un inquietante ser a la deriva.

Cécile, al despertar, pensó en Connor, recordó la lamentable escena de la borrachera y el vómito. Le dolía la cabeza, se había acostado tardísimo limpiando el coche con agua jabonosa y unos trapos viejos que luego tiró a la basura. El vestido lo había lavado en un programa corto y también se había dado una larga ducha para borrar el rastro de Connor. Nunca se hubiera imaginado todas las cosas que habían sucedido en el día. Marco y Connor llevándola a sensaciones extremas, del placer al asco. A Marco casi no le conocía y a Connor apenas lo reconocía. Imaginó que este último estaría avergonzadísimo por el numerito de la borrachera. Jamás lo había visto así de trastornado. El silencioso y discreto marido de su amiga, el científico culto que amaba las plantas y coleccionaba orquídeas, había perdido los papeles. Y en ese desahogo en el porche de la casa había sentido culpa y pena de sí mismo y se lo había contado a ella, como si esperara que se lo trasmitiera a Juana, pero era absurda la desinhibición del alcohol, porque había sido él quien había decidido romper la relación. Tal vez todo era la estúpida crisis de los cincuenta, condensada en el egocentrismo que tienen algunas personas que no quieren resignarse a vivir una sola vida. La vida con Juana era cómoda, habían construido un hogar, la propia Cécile había sentido envidia sana muchas veces cuando cenaba con ellos en su casa y los veía juntos. Existía una genuina camaradería e irradiaban seguridad y mucho afecto. Las apariencias mostraban una vida en pareja atractiva y envidiable. El simulacro del amor como parte del deterioro del amor. Pero su amiga Juana no fingía, había estado felizmente enamorada de Connor hasta el mismo instante de la ruptura, y después había seguido tristemente enamorada de *su* Connor, el hombre en el que creía pese a la brutal confesión. Eso era lo fascinante, el lugar del amor que cristaliza en el corazón de una persona, mientras que se rompe en el de la otra. Pero en este caso, el desamor quebrado arrastraba culpa y vulnerabilidad. El hombre en crisis que había destruido su relación de toda la vida espiaba borracho su antigua casa vacía.

Luego Cécile pensó en Marco y en las ganas que tenía de volverlo a ver. Sin embargo, no quería parecer ansiosa. Era miércoles y le tocaba trabajar, y debía ir a la biblioteca a recoger unos libros y luego al despacho para escribir un rato y contestar correos sobre la logística de un congreso que se celebraría en otoño en Harvard, al que estaba invitada, formando parte del comité científico. No estaba apurada y no quería cruzarse con Connor por el campus. No tenía ninguna intención de llevarlo a recoger su coche al aparcamiento de la casa de Juana, su ofrecimiento de la noche anterior había quedado cancelado con la escena final de aquel vómito. A ella le iba a costar olvidarlo y dejar de asociar a Connor con esa borrachera. Dudaba que se atreviera siquiera a escribirle para recordárselo, podía pedir un taxi o un favor a cualquier amigo de los suyos.

Cécile también se sentía resacosa, aunque técnicamente no había bebido alcohol, pero le dolía la cabeza y notaba el estómago revuelto. Se preparó un zumo de medio limón y una infusión de manzanilla. Desde la ventana de la cocina veía la rotonda de árboles, con una mesa de madera de merendero y una barbacoa comunal. Vivía en unos bonitos condominios con viviendas de una sola planta. Eran casas de madera blanca que copiaban el estilo de Nueva Inglaterra, a veinte minutos caminando desde el *college*. El salón daba al bosque y había puesto la mesa de trabajo junto a un gran ventanal. En verano se paseaban frente a los cristales varios ciervos de diferente edad y una marmota. A Cécile le gustaban su vida y su casa, y pensó en invitar a Marco a cenar el día que volviera a estar libre y tuviera tiempo y ganas. Los horarios del policía eran muy diferentes a los que tenía ella, bastante flexibles al no tener clases y dedicarse a investigar en la biblioteca y escribir. Se acordó de su cuerpo desnudo y de la forma tan delicada que tuvo de besarla. Cécile no había llevado a un amante a ese apartamento, todas sus aventuras habían sido en hoteles y otros lugares. Marco era un excelente amante, con ese tipo de cuerpo y de pericia que hace que el sexo funcione desde el primer momento, y, pasara lo que pasara con esa relación, quería repetir, pero esta vez que fuera él quien visitara su territorio.

Marco amaneció de magnífico humor, tenía un turno largo durante el día y hacía calor, pero él estaba contento. Tal vez perdonaría alguna multa, que convertiría en aviso para celebrar a la profesora que tanto placer le había dado. Pensó en enviarle un mensaje, pero prefirió esperar a que ella le escribiese. Pasó a fichar por la comisaría y luego se fue a patrullar.

A las doce del mediodía la carretera principal estaba tranquila. Marcando su ritmo de recorridos, el policía decidió empezar circunvalando por la secundaria que lleva a la pequeña comunidad de Etna, a casi cinco kilómetros del *college*. Fue entonces cuando vio a un ciclista caído en el suelo y se paró a ayudarlo. Era Connor, que había decidido ir a buscar el coche en bicicleta, pero el cansancio, el calor, la deshidratación y la resaca acababan de jugarle una mala pasada.

—¿Se encuentra bien? —preguntó Marco mientras se bajaba del coche y se acercaba.

—Lo que me faltaba, esto es una mierda. —Connor tenía un fuerte raspón en la pantorrilla y en la zona del codo, y se estaba lamentando sin darse cuenta de la presencia del policía.

—Quédese quieto, llamaré a una ambulancia.

—No, no hace falta. Solo me he caído de mala manera, puedo levantarme.

Connor se incorporó cojeando, la bicicleta se había doblado por la parte de la rueda delantera, quedando inutilizada:

—Menuda leche más idiota me he pegado.

—Va a necesitar curarse esas heridas.

Connor miró la sangre de los rasponazos y respondió aturdido:

—Sí, menudo desastre, solo trataba de llegar a mi coche, anoche lo dejé aparcado en casa de una amiga. —Connor se sintió raro diciendo que era la casa de una amiga, pero le sonaba mejor que decir que era la casa de su ex, se avergonzaba de haber ido tan borracho a contemplar su antiguo hogar y no quería dar más explicaciones.

—¿Es muy lejos? —preguntó el policía mientras miraba la bicicleta rota.

—A menos de un kilómetro.

—Si quiere lo acerco. Tengo un pequeño botiquín, puedo hacerle una cura.

—Gracias. Hacía tiempo que no montaba en bicicleta, había arena en la carretera y creo que eso ha sido lo que ha hecho que me cayera de una forma tan estúpida.

—Menos mal, pensé que podía haber sido un atropello con huida. ¿Está seguro de que no se ha golpeado la cabeza al caer ni ha sufrido un desvanecimiento?

—No, simplemente me he despistado y me he caído como un crío —dijo Connor mientras notaba el estómago revuelto y el latido de la resaca en su frente.

Marco sacó un botiquín de su maletero, limpió y desinfectó las heridas y el rasponazo en la pantorrilla de Connor y cerró la lesión abierta del codo, que seguía sangrando, con unas tiras finas que eran puntos de sutura adhesivos. Luego acercó en el coche patrulla a Connor a la casa en donde estaba su coche aparcado.

—Siento que tenga que ir detrás —dijo Marco.

En los coches de policía con un solo conductor el asiento del copiloto estaba inutilizado para los viajeros por un ordenador que ocupaba todo el espacio. Connor jamás había estado en un coche patrulla y notó que los asientos de detrás eran muy duros.

—Esto es raro, ¿no? —dijo con sorpresa.

—Veo que nunca ha tenido que ir en uno de

nuestros coches, eso es bueno —respondió Marco con simpatía.

—Qué curioso, es como una pequeña celda. —Connor podía notar la estructura cerrada del espacio trasero.

—La idea es, sobre todo, llevar ahí dentro a los presuntos criminales.

—Ojalá no sean muchos.

—No hay que bajar la guardia —respondió Marco.

El policía sabía de lo que hablaba. Lo primero que le contaron cuando se instaló en la comisaria y empezó las rondas fue el brutal asesinato de una pareja de profesores del *college*, que justamente vivía en Etna, a fines de enero de 2001.

Connor, con la resaca, no vio nada detrás de esas palabras ni se acordó de lo que había ocurrido quince años atrás a pocos metros de donde estaban, aunque muchas veces pensaba en ellos cuando pasaba frente a la que había sido su casa, recordando el horror del absurdo crimen y la impresión que sintieron cuando escucharon la noticia Juana y él, que entonces llevaban poco más de dos años en el *college* y conocían a las víctimas, porque ella era profesora de alemán y él de geología. Gente buena que no se merecía ser asesinada a sangre fría en su propia casa.

Hasta entonces, todos pensaban que vivían en el lugar más idílico y seguro de la tierra. Cuando Juana y Connor compraron el terreno para construir su casa en 2006 en la zona de Etna se volvieron a acordar de aquellos dos profesores de origen alemán asesinados cruelmente a cuchilladas por dos adolescentes descerebrados, uno de dieciséis y otro de diecisiete años, que querían robarles dinero para irse a Australia.

Marco dejó a Connor junto a su coche. El profesor agradeció al policía la cura de las heridas y el detalle de acercarlo y se metió dentro del vehículo, dando un largo suspiro mientras se despedía agitando la mano y haciendo el gesto de victoria con los dedos. Marco sonreía mientras anotaba la matrícula del coche de Connor en el ordenador y veía salir la información de su registro. No tenía ninguna infracción, pero los datos de su dirección habitual eran precisamente los del lugar donde estaban. Qué raro, pensó el policía, por qué le habría dicho que iba a recoger el coche a casa de una amiga cuando, según la licencia, esa era su propia casa. Le siguió y vio como se paraba a recoger la bicicleta rota que había dejado orillada junto a la carretera. Justo cuando la estaba metiendo en el maletero, Marco pasó delante de Connor y bajó la ventanilla para preguntárselo directamente.

—¿Por qué ha dicho que había dejado el coche en casa de una amiga? El registro de la matrícula del coche indica que esa es su vivienda.

—Lo siento, me refería a que ahora es la casa de mi ex. Nos acabamos de separar y ayer no me encontraba bien, y una amiga me llevó al apartamento en donde estoy viviendo. Lamento la confusión y haberme expresado mal.

—No, no se preocupe, era simple curiosidad —respondió Marco.

Connor miró al policía con cara de circunstancias

mientras cerraba el maletero en donde acababa de guardar la bicicleta y se metió en el coche. Todavía le quedaba hora y media antes de tener que estar en su despacho y atender las horas de tutoría con los estudiantes. Había varias citas de consultas programadas y no podía cancelarlas por muy resacoso que se sintiera. Se daría una ducha rápida, tomaría un analgésico y comería algo que le ayudara a asentar el estómago revuelto. Iría al despacho a cumplir con los alumnos y sus dudas y luego daría las dos clases. La caída absurda y el encuentro con el policía tenían algo de providencial, seguía resacoso y se sentía patético, pero una corazonada le decía que tenía que parar ya con el alcohol, el juego y el sexo por internet. Cumplir de una vez con todo lo que se había prometido hacer en secreto cuando se fue de la casa y rompió con Juana. Había roto con la mujer que tanto había querido, pero no había sido capaz de romper con sus adicciones. ¿A quién le pides ayuda con cincuenta años? Precisaba terapia, necesitaba explicarle a su médico de cabecera todo lo que estaba pasando y que le ayudara a encontrar un terapeuta antes de hundirse. Se acordó de alguna de las veces que se había caído de niño de la bicicleta haciendo carreras con los amigos por los caminos de tierra de las montañas de Boone. Pedaleaba con los brazos en alto queriendo imitar a los equilibristas del circo. El policía le había preguntado si se había desmayado, y tal vez se había desvanecido por el calor y el malestar. Fuese lo que fuese, ya estaba llegando a su pequeño apartamento, donde podría saborear lo insignificante que era su vida. La amargura en su boca y la ansiedad alimentaban el impulso de las adicciones como esas olas que te vuelven a arrastrar dentro del mar. Connor sintió que su vida estaba siendo golpeada por la resaca de unas olas inmensas, que él mismo era su propio enemigo. Quería llegar a la playa de una nueva vida, pero sus vicios generaban esa corriente marina que no le dejaba salir del agua.

11

Los secretos

En España, Juana disimuló su separación con meticulosidad. El secreto de su tristeza se quedó escondido debajo de sus uñas. Fue a hacerse la manicura varias veces. Se puso esmalte de gel permanente del que dura más de dos semanas y eligió colores cálidos. El rosa clarito, el que le sugirió risueña la chica que hacía la manicura, se acomodaba en sus dedos recordándole que estaba guardando un secreto. Quería creer que, si su ser interior negaba lo ocurrido y vivía el presente ignorando la catástrofe de su vida americana, podría revertir todo lo que había pasado. Quería volver atrás en el tiempo y quedarse en la parte más dichosa de su existencia, que su Connor siguiera siendo su Connor, el hombre del que se había enamorado y que tanto echaba de menos.

Los días en Gijón fueron como una regresión a su adolescencia. Dormía hasta tarde, salía con viejas amigas del instituto a merendar o cenar y se dejaba llevar por los acontecimientos de cada jornada sin planear demasiado. Bajaba a la playa, comía con sus padres, veía a su hermano, se asomaba a alguna exposición o presentación de libro, iba al cine como si la vida hubiera estado siempre en esa ciudad de la costa del norte de España.

A mediados de julio se fue hacia Zaragoza pasando por Madrid y aprovechó para ver museos en la capital. Cuando llegó a Zaragoza notó a su hermana Maica algo distinta, más independiente y resolutiva que años atrás. Juana se dio cuenta de que habían pasado décadas desde la última vez que habían convivido un tiempo como hermanas en Gijón. Sus sobrinos Andrés y Clara, de ocho y diez años, celebraron que su tía, «la americana», como les gustaba llamarla, les trajera los juguetes que le habían pedido, y que, además, ese verano planeara quedarse parte de las vacaciones con ellos. Juana disimuló su tristeza centrándose en entretener a sus sobrinos. Hacía muchísimo calor durante el día, y aprovecharon para ir a la piscina municipal, visitar los centros comerciales, y de paso ver alguna película en los multicines y así disfrutar del aire acondicionado. En la casa de su hermana usaban ventiladores y corrientes de aire, abriendo las ventanas por la noche. Juana extrañaba la brisa marina de Gijón, en Zaragoza hacía un calor seco que la obligaba a levantarse por las noches a beber agua y a refrescarse mojándose el cuello y la cara. En esos momentos volvían las imágenes del adiós súbito de Connor y se sentía como si estuviera al borde de un precipicio. Aceptar el desamor de su marido le daba un vértigo espantoso.

Maica tenía cuarenta y cuatro años, era la hermana de en medio, muy resuelta y divertida. Trabajaba de profesora de música en un instituto, tocaba estupendamente el piano y se defendía bastante bien con la viola. Era la única que tenía buen oído de toda la familia, la que cantaba con una voz melódica llena de pasión y había aprendido a tocar instrumentos desde niña. Había empezado muy pequeña y tuvo la paciencia, la curiosidad y las ganas de ir a las clases de solfeo y ser constante en los ensayos. Amaba la música y quería que los demás crecieran amándola. Por eso, algunas tardes daba clases particulares de piano en el piso a los hijos de varios vecinos. Su hijo Andrés había heredado el oído musical y tocaba el clarinete y el piano. Clara, que también tenía sentido musical, tocaba bastante bien la viola y un poco el piano, pero no era tan constante como lo había sido su madre. Maica estaba casada con Benjamín, un informático muy extrovertido y cariñoso al que había conocido en Zaragoza cuando consolidó su plaza hacía doce años. Fue un noviazgo corto, porque enseguida llegó el embarazo de Clara y decidieron casarse. Se los veía felices.

Benjamín era fan del *college* donde trabajaban Connor y Juana porque había sido un lugar pionero en los temas de la robótica y la inteligencia artificial. En el verano de 2006, diez años atrás, se habían celebrado, en el edificio donde trabajaba Juana, los cincuenta años de aquella primera reunión de científicos que debatieron y reflexionaron sobre la capacidad de las máquinas para simular la inteligencia. Juana recordaba aquellos actos celebratorios porque había enseñado durante ese verano y había escuchado cómo se comentaba el tema en el *college* y había visto que colocaban una placa que precisaba como en ese mismo lugar, en el verano de 1956, se había fundado como disciplina de investigación «la conjetura de que cada aspecto del aprendizaje o cualquier otra característica de la inteligencia podrían, en principio, ser tan precisos que sería posible hacer máquinas para simularlos».

Le hacía gracia la placa que resumía el pensamiento de aquellos científicos y su capacidad para anticipar el mundo que vendría.

«En 1956 tus colegas ya vieron lo que se avecinaba —decía Benjamín—, y esto va a ir a más, todavía queda mucho por inventar. Y ya es casualidad que haya sido en tu *college*, ¿no te parece?»

Juana asentía, trabajaba en un sitio muy pequeño que, sin embargo, generaba sinergias sorprendentes. Ahora su edificio se dedicaba a las lenguas, pero había sido el primero del *college* y tener un auditorio propiciaba muchas actividades. También había pasado por allí, en la primavera de 1962, Martin Luther King. Sucedían muchas cosas en su pequeño *college*, y cada rincón escondía una anécdota y un peculiar recuerdo.

Y ese triste verano del gran secreto de Juana, Benjamín volvió a compartir con ella su pasión por el tema, dando por sentado que el hecho de que trabajara en el mismo lugar donde se inventó el término la volvía una interlocutora capacitada.

—Tengo una fotocopia de la propuesta que presentaron a finales de agosto de 1955 para el proyecto de investigación que hicieron en el verano del 56. ¡Qué mentes! ¿Te suena John McCarthy? Era del Departamento de Matemáticas.

—No, la verdad es que no.

—También estaban Marvin L. Minsky, de Harvard, Nathaniel Rochester, de la corporación IBM, y Claude Shannon, de los laboratorios Bell Telephone.

—Benja, yo creo que a Juana no le va tanto la inteligencia artificial como a ti —dijo Maica riéndose de la cara de circunstancias de su hermana.

—El texto es una delicia. Ya desde el arranque lo tiene todo.

Benjamín puso sobre la mesa el documento de trece páginas que había impreso. Juana lo ojeó sintiendo pena. El verano en que se había celebrado la conferencia en torno al cincuenta aniversario de la inteligencia artificial y su legado Connor y ella todavía eran felices, acababan de comprar en Etna el terreno donde luego construyeron su preciosa casa. Otro tiempo concentrado, ahora en la memoria de los tres días en que se cruzó con un grupo de científicos que continuaban la senda del documento que Benjamín atesoraba. El arranque de la propuesta decía lo mismo que la placa conmemorativa: se pueden crear máquinas para simular el aprendizaje y la inteligencia, o lo que consideramos y describimos como inteligencia.

—Vaya, su intención era hacer que las máquinas usaran el lenguaje, formaran abstracciones y conceptos y resolvieran los problemas que entonces solo podían resolver los humanos —dijo Juana mientras leía con curiosidad las primeras páginas del documento.

—Y también mejorarse a sí mismas.

—Ese es un concepto muy complejo —la voz de Maica, que los estaba escuchando mientras recogía la cocina, sonó de fondo—: a mí me cuesta mucho mejorarme. Los humanos vamos siempre a contracorriente.

—Eran unos linces —siguió hablando Benjamín—. Lo tuvieron claro, mira los aspectos de la inteligencia artificial que les preocupaban: los ordenadores automáticos, la programación de los ordenadores para que usaran el lenguaje, las *neural nets*...

—¿Y eso que es? —preguntó Juana.

—En aquel momento las definieron como neuronas hipotéticas que formarían conceptos. Son lo que ahora definimos como modelos de aprendizaje de las máquinas, que se construyen siguiendo los principios de organización neuronal.

—Veo que también hicieron una teoría de los grandes cálculos —dijo Juana.

—Sí, una máquina que pueda dar todas las respuestas posibles —añadió Benjamín—. Y fíjate en el último epígrafe, el séptimo: «Aleatoriedad y creatividad». Tenían la conjetura de que la diferencia entre el pensamiento creativo y el pensamiento competente no imaginativo reside en la inyección de algo de aleatoriedad.

—¿Cómo? —Juana miró el epígrafe que Benjamín señalaba.

—Pues que la aleatoriedad debe ser guiada por la intuición para ser eficiente —dijo su cuñado siguiendo el contenido de aquella idea que se cerraba aludiendo a la fuerza de las corazonadas.

—Pensaban que las máquinas serían unas grandes imitadoras del ser humano —respondió Juana pensativa.

—Acertaron, en sesenta años los avances han sido impresionantes.

—El edificio donde hicieron esas reuniones sigue igual —respondió Juana mientras miraba el documento—. Veo que solicitaron trece mil quinientos dólares a la Fundación Rockefeller.

—Se anticiparon, fueron unos pioneros —Benjamín seguía insistiendo—. Maica, tenemos que visitar un verano el *college* de Juana y Connor y ver esa placa y los documentos originales.

—Claro, podríais pasar un verano con nosotros, nunca os habéis animado, tal vez ya sea el momento.

Juana respondió fingiendo alegría y ganas. El *nosotros* le hacía un nudo en la garganta, pero lo disimulaba bien. Los científicos y sus máquinas inteligentes, las corazonadas de las intuiciones aleatorias, el dolor punzante y preciso que ella estaba viviendo, la amargura frente a unas máquinas que serían capaces de aprenderlo todo, de simular mejor que los humanos.

Juana se alegró de estar en la casa de su hermana pese al calor nocturno y las estrecheces de dormir en la cama de abajo, en la litera de su sobrina Clara. Maica y su marido Benjamín tenían un piso de tres dormitorios en un edificio antiguo de la zona del centro, cerca de la Basílica del Pilar. Juana contempló la vida de su hermana comparándola con la suya: todo era distinto, parecían dos mundos ajenos. Los niños daban mucha alegría y hacían que la casa estuviera siempre en movimiento. Benjamín era un marido y un padre entregado, con la cabeza llena de ideas divertidas sobre el futuro de las máquinas y los robots. Parecía como si las notas musicales del universo de su hermana armonizaran con las teclas de los ordenadores y las claves para programar los circuitos de inteligencia artificial de su marido. Le gustó observar esa vida y la sintió como la melodía buena y necesaria, que la ayudaba en su secreta convalecencia emocional.

Maica había planeado pasar una semana en un festival de música en el Balneario de Panticosa, en el Pirineo. El festival se llamaba «Tocando el cielo» y tenía todos los ingredientes para que cualquier familia pudiera disfrutar al completo de unos días muy musicales. Benjamín tenía trabajo en Zaragoza y había cogido las dos últimas semanas de agosto para irse de vacaciones con Maica y los niños a Cambrils. El Festival de Panticosa era un plan para las dos hermanas con Andrés y Clara, que iban a participar en las actividades de la orquesta infantil. Como Panticosa estaba a casi dos horas de Zaragoza y solo tenían un coche, Benjamín subió a Juana, a su mujer y a sus dos hijos el mismo 26 de julio, que era cuando comenzaba el festival. «Aquí no vais a pasar calor», les dijo mientras sacaba las maletas y los ayudaba a instalarse en una amplia habitación del hotel, donde dormirían ellas y los niños.

Juana miró la habitación y respiró aliviada al ver dos cómodas camas en una parte del cuarto y dos pequeñas camas auxiliares para Andrés y Clara perfectamente preparadas, junto a la zona anexa, donde había un bonito sofá, un sillón y una alargada mesa de trabajo con dos espacios. Se acordó de sus veranos en Nuevo Hampshire y las veces que planeaba con Connor irse unos días a descansar a Maine, pensó en la playa de Ogunquit, a poco más de dos horas de su casa. Ya no iría con él a ver ese mar, ni pasearía a su lado por esa playa interminable.

Desde las ventanas de la habitación del Balneario de Panticosa se podían ver las impresionantes montañas y el lago. Era la primera vez que Juana visitaba ese lugar, y llegaba devastada y guardando lo que consideraba el secreto de su gran derrota personal. El que creía que era el hombre de su vida la había dejado y no se atrevía ni a contárselo a su propia hermana, porque verbalizarlo era una forma de aceptarlo y ella se negaba a pensar en las grietas de su vida americana, y más aún a explicárselas a su familia. ¿Qué le hubiera dicho su hermana? Juana sabía que la compasión de su hermana no le hubiera servido de nada, es más, le habría irritado. Por eso se arregló y disimuló los días de Zaragoza y Panticosa, mostrando el perfil de la tía más estupenda y describiendo una vida irreal en la que Connor tenía mucho trabajo y por eso ese verano no podía venir a España. ¿Cuánto puede durar una mentira? Juana no pensaba en ello, se dejaba llevar por el personaje de la tía querida. Simplemente concluyó que, al menos ese verano, guardaría el secreto de su separación, evitando hablar de ello.

Los primeros días del festival fueron un verdadero respiro. Juana tomó las aguas termales, se dejó acariciar por los chorros de agua masajeándole todo el cuerpo. Salió a nadar a la piscina al aire libre y pensó en la hermosura del cielo, las nubes, el sol y las montañas como la única verdad. Estar viva rodeada de la gente querida era lo que necesitaba su corazón. Por la tarde había deliciosos conciertos de música clásica, y los sobrinos pasaban algunas horas ensayando con su pequeña orquesta, en la que disfrutaban jugando con su grupo de compañeros. Maica estaba feliz y dicharachera interactuando con amigos, conocidos y colegas que, como ella, amaban la música. Los codirectores de «Tocando el cielo» eran una pareja de músicos, ella tocaba el piano y él el clarinete, y celebraban, llenos de pasión, el proyecto de este festival anual que se habían inventado cuatro años atrás en un paraje privilegiado.

Juana se sintió en paz dejándose llevar por la música, los baños termales y la contemplación de la belleza de las montañas paseando alrededor del lago. Se convenció de que tenía que iniciar un nuevo proyecto de investigación que la ligara a España y la obligase a retornar con más frecuencia a su país. El balneario, a más de mil seiscientos metros de altura, con la energía de los Pirineos y todas las actividades musicales, le daba sosiego. Pensó que en España estaba la clave para superar el trauma de la separación y la ansiedad del divorcio, que se iba a fraguar durante el otoño. El otoño vendría con los colmillos afilados y la estaba esperando en Nuevo Hampshire. Sin embargo, ella estaba en su presente veraniego, había cruzado a la realidad paralela y armónica de su familia y disfrutaba del oasis musical de Panticosa.

Pero el cuarto día del festival sucedió algo verdaderamente inesperado. Los sobrinos estaban ensayando y Maica había salido a dar una vuelta porque, según le explicó a Juana, una de las amigas quería hablarle de un asunto personal. Juana tenía planeado dormir la siesta y luego ir a tomar los baños termales. Sin embargo, al mirar por la ventana y ver el bosque detrás de los antiguos edificios, sintió el deseo de pasear por allí. En el pueblo del *college* quedaba muchas veces para caminar con Cécile y también recorrían un bosque cercano charlando de sus cosas. En otras ocasiones era ella sola la que daba largos paseos, pues siempre le sentaban bien. Sintió deseos de mover el corazón y respirar el aire de la montaña.

Juana subió la escalinata de piedra que llevaba hacia una de las antiguas fuentes. Desde ese lugar se abrían dos caminos, uno hacia arriba, el de la montaña, y el otro, que descendía hacia el bosque. Recordó el poema de Robert Frost titulado «El camino no elegido». El poeta había sido estudiante en el *college* durante un trimestre a finales del siglo XIX, y había una bonita estatua de bronce de tamaño natural cerca del edificio de su despacho, junto al pequeño observatorio y una antigua torre. En el poema, Frost hablaba del camino que divergía transformándose en dos y sobre cómo debía elegir hacia dónde ir. Contemplaba ambas rutas, que se abrían en un bosque amarillo, se lamentaba por no poder ir por las dos y tomaba la menos transitada.

Ella también estaba dudando; en su caso eran senderos muy distintos, el de las montañas escarpadas hacia arriba o el del bosque tupido hacia abajo. Con el sol denso de la hora de la siesta, Juana eligió el marcado por la frescura sombría del bosque y paseó a buen ritmo, inhalando por la nariz, exhalando por la boca mientras notaba el tintineo de su oído derecho al ritmo de su respiración.

El bosque era precioso y a esa hora no había nadie. Del camino principal salían pequeños atajos que llevaban a diferentes zonas. Había elegido la ruta del que conducía a un bosque frondoso y misterioso, y decidió adentrase en él a través de uno de los senderos. Anduvo meditabunda y encontró una explanada con varias piedras grandes, y allí se sentó a escuchar el silencio del bosque. En la espesura se oía el murmullo de una voz familiar. Afinó el oído y reconoció el timbre de su hermana. No debía de estar demasiado lejos, tal vez se había ido a pasear por allí con su amiga. Sin embargo, la voz que respondía no era de mujer, tenía una melodía grave que se mezclaba con la risa de Maica. Las carcajadas de su hermana la sorprendieron, le recordaron a la adolescencia, a cuando veraneaban con los primos en la Omaña, en un pueblo de las montañas de León, y Maica bajaba al río a bañarse con sus primos mayores y un chico que le gustaba que se llamaba Guzmán. Cuando las voces se acercaron, Juana tuvo el impulso de esconderse, como si de pronto intuyera lo que luego vio. Por el sendero estaba Maica caminando con un hombre que la llevaba cogida de la cintura. Se reían, se decían cosas tiernas y se paraban a besarse como dos adolescentes, con largos y apretados abrazos y profundos besos en la boca.

Juana se quedó helada. No solo sentía la impresión de ver a su hermana en brazos de otro hombre muy diferente a su cuñado, sino que una escena del pasado le golpeó directamente en la cara. Guzmán, el amigo de los veranos de la Omaña, tenía la edad de Juana, le sacaba seis años a Maica. Juana, al ser la hermana mayor, ejercía como tal. Cuando entonces descubrió a Maica besándose apasionadamente con Guzmán en un recodo del bosque cerca del río, organizó un sonado escándalo porque su hermana era menor de edad y le parecía que Guzmán se estaba aprovechando de ella. Maica se lo tomó fatal, había idealizado a Guzmán, un apuesto joven de veinte años que le hacía caso y le decía cosas lindas, y odió a su hermana por frenar la relación y hacerlo de una forma abrupta y agresiva. Dejó de hablarle durante más de un año y solo se reconciliaron cuando su abuela, aquejada de una penosa enfermedad, pidió que las nietas hicieran las paces para que ella pudiera morir tranquila. Juana trató de explicarle a Maica que su intervención había sido para protegerla, porque era demasiado joven y eso hacía inapropiada la relación con Guzmán. Pero Maica lo interpretó como un gesto de profunda crueldad porque fue agresiva con Guzmán, y los insultó, y se lo contó a todo el mundo, haciendo que el muchacho perdiera la amistad con sus primos y se alejara de Maica para siempre. Aquella injerencia de Juana, Maica la percibió como una gran humillación, y fue una herida que tardó mucho en cicatrizar.

Juana sintió un impulso parecido, deseó increpar a su hermana porque apreciaba a Benjamín y le parecía inaudito ver aquella escena tan parecida a la que había presenciado treinta años atrás. Ese hombre no era Guzmán y su hermana ya no era menor de edad, sino una mujer casada con dos hijos que, abrazada a su amante en medio del bosque, se estaba comportando como la adolescente que fue. La imagen idealizada que tenía Juana de Maica se rompió en pedacitos y tuvo que hacer un esfuerzo para no saltar llena de rabia. Porque la rabia que sentía era su propia frustración, la amargura del abandono, que de pronto intuía motivado por infidelidades como la que estaba presenciando. Connor seguramente le había sido infiel, igual que Maica abrazada a ese desconocido. Ambos eran egoístas, porque tiraban por la borda vidas perfectas junto a personas que los querían.

Lo de Maica no lo vio venir, como no había visto venir lo de Connor. ¿Qué planeaba hacer su hermana? ¿Dejaría a Benjamín por el hombre que besaba en aquel momento con un frenesí casi adolescente? Juana se sintió ridícula espiando aquella escena. Ridícula y agotada, porque le dolían las rodillas y el cuello de estar agachada. La edad y el sobrepeso le estaban sentando fatal, y descubrir el secreto de su hermana cambiaba toda la atmósfera de aquel idílico paisaje. Esperó a que se alejaran y evitó cruzarse con ellos. Dio un rodeo por el bosque y volvió a la habitación. ¿Debía enfrentarse a su hermana y exigirle explicaciones? ¿Qué clase de autoridad tenía para pedirle cuentas a Maica sobre su vida privada? Ella nunca había engañado a Connor y no entendía el motivo de la gente para cometer infidelidades. Lo que le sorprendía era la naturalidad de Maica con Benjamín. En Zaragoza no había notado ningún conflicto entre su hermana y su cuñado. Era como si aquella mujer entregada al abrazo de ese hombre fuera otra persona. Connor, al abandonarla, se había transformado en otro ser, pero Maica parecía la misma, y disimulaba con maestría la aventura.

Maica volvió a la habitación y actuó como si nada hubiera pasado, como si el paseo hubiera sido con una amiga con la que había compartido confidencias.

—¿Qué tal ha ido el paseo? —preguntó Juana fingiendo no saber nada.

—Bien, mi amiga está pasando una mala racha, pero creo que ya está mejor.

—Cuánto me alegro —respondió Juana—. Es importante tener a alguien con quien compartir confidencias.

—Es verdad —afirmó Maica con naturalidad mientras se miraba al espejo y se retocaba el pelo y se ponía brillo en los labios.

Juana sintió deseos de encararse con ella, pero antes quiso averiguar quién era el hombre que estaba con su hermana.

Por la tarde fueron al concierto en el edificio que había sido el antiguo Casino y que ahora estaba acondicionado como salón de actos. Junto al grupo de melómanos estaba el amigo secreto. Maica y él disimulaban, pero Juana podía notar el peso del intercambio de miradas.

—¿Dónde está tu amiga? —preguntó Juana con malicia.

—¿Mi amiga? —respondió Maica extrañada.

—Sí, la del paseo de después de comer —aclaró Juana.

—Ya se ha ido a Zaragoza, no podía quedarse

todo el festival, por eso hemos aprovechado para vernos un rato.

Juana no daba crédito, su hermana la estaba engañando con todo el descaro.

—¿Quién es ese hombre que te mira tanto? —volvió a inquirir Juana, sintiendo curiosidad por la posible explicación que pudiera darle su hermana.

—¿Quién me mira? —Maica se hizo la tonta.

—El del jersey verde, junto a la columna.

—Ah, ese es Gonzalo, un colega que da clases en Teruel, fuimos juntos al conservatorio; ven, que te lo presento.

Maica y Juana se acercaron al hombre. Era más alto que Benjamín y tenía el pelo lacio.

—Gonzalo, esta es mi hermana Juana, ha subido este año conmigo al festival.

—Encantado —dijo dándole dos besos.

—Igualmente —respondió Juana mientras trataba de descifrar lo que escondía la relación entre él y su hermana—. Me ha dicho Maica que os conocéis desde hace bastante.

—De los buenos tiempos del conservatorio —afirmó sonriendo.

—¿Has venido solo? —Juana fue directa.

—No, estoy aquí con mi mujer, mi suegra y mis tres hijos.

—Este sitio es perfecto para las familias —manifestó Juana respirando profundamente.

—La verdad es que sí: paseos, aguas termales, descanso, música maravillosa y actividades infantiles para podernos relajar sin estar pendientes de los

críos todo el rato. La verdad, no nos podemos que-
jar. —Gonzalo respondía con semblante travieso.

—Imagino que también es una oportunidad para
veros —dijo Juana mirando a Maica.

—Estamos bastantes del conservatorio —asintió
Maica—; y sí, así no perdemos el contacto.

12

Contradicciones

El ser humano está lleno de contradicciones. Juana había escondido la verdad sobre su matrimonio y se había cruzado con la doble vida de su hermana Maica. La mujer no pudo soportar el cinismo de su hermana y su amante Gonzalo actuando como si solo fueran amigos, y esa misma noche la encaró mientras se preparaban para irse a la cama. Los niños ya se habían dormido en la habitación de al lado, y se cuidó de no hablar muy alto. Maica estaba sentada en el borde de la cama poniéndose crema en las piernas. Ella se sentó en la otra cama y se la quedó mirando mientras le hablaba en voz baja:

—Maica, durante la siesta no estabas paseando con tu amiga, estabas con Gonzalo en el bosque. Os he visto.

Maica miró a Juana de reojo y siguió masajeándose las piernas en silencio. Juana continuó hablando con tono solemne, aunque susurrando para evitar que la pudieran escuchar sus sobrinos.

—No trates de excusarte porque lo que vi fue muy explícito.

—No sé de lo que hablas —dijo Maica, poniéndose más crema en las manos.

—No puedes negar lo que he visto —respondió Juana muy molesta.

—Me da igual lo que hayas visto —contestó Maica levantando la vista y clavando la mirada en los ojos de Juana.

—¿Por qué engañas a Benja? —preguntó Juana con rabia.

—Te aseguro que no tiene la menor importancia —respondió Maica.

—Estáis casados —aventuró a decir Juana.

—Por eso no tiene importancia, es solo un juego.

—Maica, ese juego puede hacer mucho daño.

—No si nadie lo sabe.

—Me temo que ahora yo lo sé.

—¿Me estás amenazando? ¿Piensas repetir lo que hiciste aquel verano en la Omaña?—El gesto de Maica se había vuelto tenso y miraba fijamente a su hermana.

—No, no estoy amenazándote, simplemente no entiendo por qué tienes una aventura. Me preocupa tu vida. —Juana trató de poner un tono cariñoso y cercano en su voz.

—Pues que sepas que no tienes que preocuparte por mí.

—¿Vas a dejar a Benja?

—Por supuesto que no voy a dejarle, esto que has visto, te repito que no tiene ninguna importancia.

—¿Por qué lo haces?

—Simplemente ha surgido —dijo Maica incómoda y deseosa de que su hermana dejara de hacer preguntas.

Juana pensó que ella nunca había engañado a Connor, ni se le había pasado por la cabeza hacerlo. Nunca le habían surgido aventuras ni nada parecido. ¿Por qué había personas a las que le surgían aventuras? Su hermana hablaba de la simpleza de un engaño para quitarle importancia, pero si hubieran preguntado a Benja o a la mujer de Gonzalo qué opinaban del asunto la cosa habría cambiado, por eso se atrevió a seguir insistiendo:

—Tienes un marido encantador que te quiere, creo que lo que haces es estúpido y no merece la pena.

—Juana, no sabes nada de mi vida. Yo no me meto en la tuya. Te agradecería que lo dejaras estar.

Juana se quedó callada. Era cierto que nadie de su familia se metía en su vida, y que ella misma estaba mintiendo sobre lo que había sucedido a finales de abril. Inmersa en la soledad del abandono y sin compartirlo con nadie en España. Estaba proyectando en su hermana los síntomas de lo que vivía como un fracaso. Maica no era Connor, ella tenía dos hijos y otro tipo de circunstancias. Estaba contemplando a su hermana como si fuera la adolescente que se había liado con Guzmán. El sentimiento de superioridad que muchos años atrás la volvió cruel seguía latente y trataba de contenerlo, le resultaba difícil ser objetiva y empatizar con ella. Tragó saliva e hizo un gran esfuerzo por distanciarse y evitó pronunciar las palabras hirientes que estaba pensando:

—Te quiero y me preocupas —acertó a decirle a su hermana.

Maica intentó sonreír mientras respondía:

—Yo también te quiero y te pido por favor que olvides todo esto. Si realmente te importo, olvidemos esta conversación.

—Vale —dijo Juana sin mucho convencimiento.

Maica apagó la luz y murmuró un «buenas noches» al que Juana respondió mientras daba un profundo suspiro. Juana tardó en dormirse escuchando la respiración su hermana. El silencio de la habitación estaba lleno de amargura y de preguntas que se quedarían sin respuesta. Maica no iba a contarle nada de lo que para ella significaba Gonzalo y de lo que sentía por Benjamín. Juana no iba a saber la historia detrás del engaño y su verdad, se tenía que conformar con el extraño poso que le había dejado la tensa escena. Su hermana había crecido y era otra mujer, y la vida que había elegido vivir era muy diferente a la suya. Maica parecía tener los mandos, pero era triste descubrir que esa confianza implicaba que era capaz de engañar a su marido y no parecía arrepentirse. Aunque tal vez Juana estaba siendo algo injusta concentrando todo su juicio moral sobre su hermana en aquella escena en el bosque besándose con Gonzalo.

¿Cuándo fue la última vez que ella se había besado así con Connor? No podía recordarlo, pero tampoco recordaba haber visto besos apasionados entre Maica y Benjamín. ¿Estar casada significaba perder esa energía? Lo que había visto entre Maica y Benjamín era una camaradería maravillosa y un proyecto común con sus hijos. Lo del bosque era otra cosa, una chispa juguetona que Maica describía como insignificante. Pero los incendios más devastadores han comenzado con las chispas más pequeñas.

Tal vez debía sincerarse con Maica y contarle la verdad sobre su vida con Connor. Explicarle que el amor se puede terminar sin que lo sepas, que la otra persona puede elegir dejar de quererte. Que, aunque tú no lo desees ni te lo imagines, te puede tocar quedarte sola y tener que reinventarte desde el vacío del desamor que otros sienten hacia ti. Tener que caminar por un sendero de una vida que no has escogido, ir por el camino que no elegimos, pero al que las circunstancias te empujan. El doloroso camino que no elegimos, pero que recorremos como autómatas de la tristeza.

Juana no se sinceró con su hermana porque no tenía ganas de explicar su vida en el *college* y el dolor que arrastraba. Cumplió con lo que Maica le pidió y no volvió a mencionarle el asunto. Aunque sentía rabia y decepción, aparcó sus emociones hacia el adulterio de su hermana y se dedicó a disfrutar de los maravillosos conciertos, de las actividades con sus sobrinos, que también les dieron un pequeño concierto, y de los deliciosos baños termales. El regreso a su casa en Etna iba a ser demasiado amargo para anticipar su divorcio en conversaciones circulares con su hermana. Solo Cécile sabía de esa ruptura, y lo mejor era dar la noticia cuando se hubiese consumado y hubiera pasado un tiempo prudencial que le permitiera no derramar ninguna lágrima más.

Por esas mismas fechas, Connor se puso en manos de un abogado para que le hiciera los papeles del divorcio y poder así entregárselos a Juana. La sola idea de tratar de rellenarlos por su cuenta le fatigaba. Tenía un par de amigos de los años de la escuela graduada que se habían sabido divorciar sin abogado, pero en su caso quería estar seguro de dejar las cosas en orden y lo hacía de forma transparente, al menos que en esa parte de su vida todo quedara claro y fuera justo con Juana. En el Departamento de Biología, Connor aparentaba una seguridad que no tenía. Se preocupó de que Lieke tuviera su segundo año del posdoctorado bien tramitado, con una posible extensión de instructora, y le escribió para saber cuándo volvería. La muchacha le contestó desde la casa de sus padres, en Groningen, donde pasaba la última parte de sus vacaciones. Había ido a ver a su hermano a Moldavia, pero ya estaba de regreso en su ciudad natal. Connor disimuló en su correspondencia: simplemente quería organizar los turnos del invernadero para ponerla en el calendario una vez que regresara al *college*. Lieke señaló que estaba muy ilusionada con la idea de regresar y seguir investigando con ellos, y que el 20 de agosto era la fecha del vuelo a Boston. Connor respiró aliviado, por un momento había dudado y temido que a Lieke le hubiera podido surgir alguna otra oferta profesional en Europa, era joven y tenía mucho talento.

Desde el día de la gran borrachera y la vomitona dentro del coche de Cécile, Connor había intentado tomarse su salud mental en serio. Había ido al médico de cabecera y le había explicado algunas de sus adicciones. Estaba evitando el alcohol y el juego, y había comenzado con una terapeuta, recomendada por el médico de cabecera, para ayudarle con las dependencias. Seguía enganchado al sexo en línea y había viajado un par de veces a Boston para verse con mujeres en hoteles de lujo. Esa adicción al sexo era su gran secreto, todo lo demás sí se sentía con fuerzas para confesarlo en el diván de la psicóloga. Su terapeuta, con la que ya había tenido dos sesiones, era una mujer de mediana edad llamada Kimberly Lawrence, que tenía la consulta en el cercano pueblo de Lyme. Era experta en ansiedad, depresión, uso de sustancias y alcohol, adicciones y divorcios. Costaba ciento noventa y cinco dólares la hora, casi la mitad que las mujeres con las que se veía en los hoteles de lujo.

Antes de programar la primera consulta, Connor había leído con atención la descripción que la terapeuta hacía en la página web sobre su estilo de trabajo: «Respeto el camino de cada uno y te ayudo a examinar tu vida, y te alertaré de las posibles contradicciones...». El texto sonaba a cliché, pero necesitaba a alguien que le diera pautas y no le juzgara por beber y jugar, y esta era la persona que le habían recomendado. En la primera consulta ella le había explicado que le ayudaría a pensar y manejar sus sentimientos. Él había hablado de Juana y de cómo usaba la bebida y el juego para calmar su ansiedad. Su médico de cabecera le había recetado ansiolíticos y unas pastillas que le hacían sentir náuseas si probaba el alcohol. Connor se lo tomó en serio y compró cerveza sin alcohol para evitar problemas y tomarla si le entraban ganas. Desde la escena con Cécile en el porche de su antigua casa no había probado una gota. Le explicó a la terapeuta, por encima, las razones de necesitar terapia. Se detuvo contándole lo que le había pasado con la colega de la que pronto sería su exmujer, y cómo por poco se abre la cabeza en la carretera al día siguiente mientras iba a por su coche. Ese había sido el punto de inflexión que le había hecho darse cuenta de que no estaba bien.

—¿Echabas de menos tu antigua vida? —le preguntó Kimberly.

—A veces, una parte de mí se siente culpable. Creo que a Juana le estoy haciendo mucho daño. Teníamos una vida muy cómoda. La casa es preciosa y todavía están allí todas mis plantas.

—¿Qué quieres hacer? —inquirió la terapeuta.

—Definitivamente quiero el divorcio, pero eso no significa que no me duela. Me he pasado semanas borracho perdiendo mi sueldo en el casino. Soy consciente de que tengo un problema.

—¿Crees que la ruptura con Juana ha generado esto?

—No, claro que no. Toda esta mierda del alcohol y el juego ya estaba antes de que tomara esta decisión.

—¿Juana conocía este problema?

—No, no, y no quiero que lo sepa. Por lo que sea yo no estaba contento con mi vida y por eso me puse a beber y a jugar. Siempre he bebido como forma de socializar y jugaba al póker con los amigos, sobre todo haciendo el doctorado y en congresos. Pero lo de ir solo, derrochar y perder el control ha sido este último año y medio.

—Ahora eres consciente, lo verbalizas, y eso es importante —añadió Kimberly.

—Sí, la vida secreta no es vida —dijo Connor con tristeza.

Connor salió de la primera sesión con la terapeuta bastante escéptico, pues sentía que el encuentro había sido una especie de conversación anticlimática sobre su vida. Él hablaba y ella hacía preguntas, y él trataba de explicar de forma precisa lo que sentía. Kimberly solo había preguntado cosas alrededor de lo que él le había contado: ¿cómo era Juana?, ¿qué sentía cuando jugaba al póker?, ¿cómo era la casa que espiaba borracho...?

A la siguiente sesión llegó nervioso. Dos días antes había ido a Boston y se había acostado con una prostituta que casualmente se hacía llamar Kimberly. Pensó en su terapeuta mientras la penetraba y le costó alcanzar el orgasmo. Se sentó en el diván, consciente de que iba a esconder el tema de su adicción al sexo y de que quizás eso era un problema, pero no tenía ganas de ofrecerle explicaciones a la terapeuta. Siguió dando vueltas a su ruptura con Juana y a la sensación de fracaso y culpa. Obvió todo lo relacionado con su pulsión sexual, pero le habló de sus padres, de su madre ausente y de sus tres hermanastras. Hacía tiempo que no pensaba en ellas y le resultó extraño explicarle quiénes eran.

—Hace mucho que no las veo, Nueva Zelanda está lejos.

—¿Y tu padre?

—Él está bien, sigue viviendo en Boone, en Carolina del Norte.

Connor pensó en su padre y en cómo se tomaría su separación. Todavía no le había contado nada y quizás merecía saberlo.

—Tal vez sea bueno que vaya a verlo, le cuente lo de la separación y me pase unos días con él a finales de agosto.

La mujer asintió con la cabeza y tomó algunas notas. Connor constató con tristeza que el final del amor era una conversación con una terapeuta que costaba casi doscientos dólares por sesión. Al menos esta vez no perdería mil dólares en una mala mano de póker y, curiosamente, se sentía más calmado después de hablar de su padre. Viajar a Boone le haría bien, volver a su pueblo unos días después de que terminaran las clases de verano para evitar tentaciones ocultas y salir del pozo negro del deseo prohibido.

13

Las cajas del desamor

Lieke le había confirmado a Connor que volvería al *college* el 20 de agosto. Aunque el trimestre de otoño empezaba el 12 de septiembre, había visto un vuelo directo a Boston desde Ámsterdam a muy buen precio y no lo había dudado. Además, tras la ruptura con su pareja y el viaje a Rumania y a Moldavia para visitar a su hermano, había tenido que volver a la casa de sus padres. No vivía con ellos desde el final de la adolescencia, pues al cumplir los dieciocho se había ido a una residencia de estudiantes, y después había compartido piso con dos amigas hasta que empezó a vivir con su novio. Siempre había sido muy independiente, pero esta vez decidió aceptar el ofrecimiento de sus padres cuando les contó lo que había pasado con Stephan. A su madre, que se llamaba Liv, no le sorprendió, había notado el distanciamiento de su hija con su novio.

—Fíjate que yo ya os noté raros el verano pasado, antes de que te fueras a Estados Unidos, y se lo dije a tu padre, pero no me hizo caso.

El padre de Lieke era un hombre poco hablador y no mostró demasiada sorpresa cuando se confirmó el presentimiento de su mujer sobre la vida sentimental de Lieke. Se alegró de tener de vuelta en casa a su hija y la ayudó con la mudanza sin pedirle ninguna explicación.

—Pues yo estaba muy preocupada por cómo os lo ibais a tomar —dijo Lieke.

—No sois la primera pareja que rompe, y a nosotros lo que nos importa es que tú seas feliz.

—Gerben se lo tomó fatal cuando se lo conté. Nos veía como una pareja modélica.

—Es que a tu hermano siempre le ha gustado dramatizar... —respondió Liv sonriendo.

A Lieke le hizo gracia la naturalidad con la que su madre aceptaba el final de su relación.

—Hija, todavía te quedan muchas cosas por vivir —añadió mientras paseaban por la plaza del mercado y compraban en el puesto de la carne y en el del queso.

—Ya, es verdad, y estoy contenta con la idea de volver al *college* y hacer el segundo año de la beca posdoctoral en Estados Unidos. Luego ya pensaré lo que hago con mi vida —comentó Lieke suspirando.

—No hay mucho que pensar, simplemente vívela, porque nunca sabes por dónde te lleva —añadió su madre mientras le explicaba al carnicero qué tipo de corte quería para los filetes de solomillo.

—Bueno, la vida no va sola, mamá, uno más o menos la elige, ¿no?

—No te creas, piensas que tienes el control, pero hay muchos factores que influyen.

—Vosotros siempre habéis hecho lo que queríais.

—No, hija, no. Yo, por mí, hubiera vivido en Ámsterdam, pero por distintos avatares terminamos en Groningen.

—No lo sabía. —Lieke se quedó sorprendida. Nunca había pensado en su madre queriendo vivir en Ámsterdam; toda la familia residía en Groningen, por lo que ni se había planteado que ella hubiera deseado estar en otro sitio. Es más, veía a sus padres como una estructura doméstica cerrada, apegada a la tradición de ese lugar del que provenían sus ancestros.

—Sí, claro, como llegaste pronto a nuestras vidas decidimos que esta ciudad era la mejor para formar una familia y tener seguridad. Pero yo, de adolescente, soñaba con dejar el norte y residir en la cosmopolita Ámsterdam y conocer otros sitios.

—O sea, que yo tengo la culpa de que no lo hicierais —dijo Lieke con voz quejumbrosa.

—Otra que dramatiza —Liv se echó a reír—. Naciste y tu vida se volvió nuestra prioridad. Éramos muy jóvenes y no te buscamos, pero nos has hecho muy felices; y aquí estamos, comprando unos buenos quesos para saborear de postre con nueces y pasas.

El mercado estaba muy concurrido y Lieke miró hacia la torre del campanario de la iglesia de San Martín, que estaba en un extremo de la plaza del mercado.

—Hace años que no subo a la torre —dijo—. Desde la época del instituto.

—Mira que eras discutidora entonces —recordó su madre.

—No lo fui tanto, simplemente quería ser independiente.

—Me llevabas siempre la contraria y eras muy rebelde.

—Ya ni me acuerdo...

Liv la miró de reojo mientras arrastraba el carrito de la compra. Había tenido a Lieke con diecinueve años, antes de lo que hubieran querido planear, y le hacía gracia ver lo distintas que eran. Haber tenido a su hija tan joven le había obligado a madurar a marchas forzadas. La adolescencia de Lieke les pilló, a su marido y a ella, casi a la misma edad que tenía su hija ahora. Los hijos cambian la vida, le dan otro sentido y marcan rumbos nuevos. Para los padres de Lieke significó un frenazo en seco, buscar estabilidad y seguridad. Ella se puso a trabajar en el negocio de fontanería de sus suegros llevando las cuentas, y con cincuenta y dos años seguía haciendo lo mismo. Igual que su esposo, que se hizo fontanero, como lo habían sido su padre y sus tíos cuando fundaron la empresa familiar. Lieke llegó a sus vidas y se adaptaron a las circunstancias, y, unos años después, llegó Gerben. Los padres de Lieke no habían tenido demasiado tiempo para meditar sobre el tipo de vida que hubieran deseado. Simplemente proyectaron en sus hijos otras vidas posibles, dándoles todo el apoyo para que estudiaran carreras y fueran autónomos.

—Creo que voy a subir a la torre —dijo Lieke.

—Venga, ve, te espero en la terracita que hay junto a la pescadería —respondió la madre.

Liv notó la ansiedad en su hija, qué diferentes habían sido sus treinta y dos años frente a los de Lieke. Su hija fue a paso ligero hacia la torre como cuando tenía catorce años y subió sin parar los doscientos sesenta escalones de la escalera de caracol. Desde arriba contempló, mareada y resoplando, la plaza y el horizonte de la ciudad esparciéndose por las llanuras en todas sus direcciones. En ese momento se le aparecieron muchas imágenes de la adolescente rebelde que su madre había mencionado minutos antes. «Es verdad —pensó Lieke—, fui bastante insoportable y muy desobediente.» Fumaba a escondidas, se saltaba las clases, se sentía rabiosa contra el mundo y hacía muchas estupideces que era mejor olvidar. Luego, a los dieciocho se fue de casa y se puso a estudiar la carrera, y se le pasó ese enfado contra la autoridad paterna. Después, cuando empezó con los cursos del doctorado, se enamoró de Stephan. Pero en la adolescencia pagaba con su madre la ridícula frustración que sentía. Su pobre madre, que ahora estaba en el mercado haciendo la cola en el puesto del pescado y que luego la esperaría en la terracita tomando unas croquetas de ternera con una cerveza.

Lieke había conocido a Stephan con veinticinco años y pensó que su vida estaba destinada a estar con él, pero se equivocó, porque nada garantiza que lo que uno sienta en un determinado momento permanezca inamovible. Era una generación muy diferente a la de su madre. Ella tuvo que conformarse con lo que le tocó vivir; Lieke, sin embargo, se sentía dueña de sus decisiones. Romper con Stephan la había liberado de un compromiso que la asfixiaba. Volver a casa de sus padres por unas semanas le estaba ayudando a reencontrarse con partes de ella misma que había olvidado y recuperar la amistad con ellos, tenerlos más cerca y, por primera vez, escucharlos y prestar atención a lo que decían.

—¿Qué has visto? —preguntó Liv cuando su hija volvió de la torre.

—Me he vuelto a ver con catorce años y, tienes razón, fui bastante complicada.

—Me alegra que lo reconozcas; ayúdame con las croquetas y pide algo para beber, que hace bastante calor.

Lieke se sentó y pidió un agua con gas, hielo y limón.

—Aquí se está bien —dijo después de dar un largo trago a su agua.

—He comprado bacalao y merluza para rebozar —comentó su madre.

—Debería aprender a cocinar como tú. Me da vergüenza lo mal que cocino.

—Creo que los americanos tampoco saben cocinar, ¿verdad? —dijo su madre con humor.

—Tenéis que venir a verme. Así conocéis Estados Unidos y la zona de Nueva Inglaterra, donde está mi *college*, que es la más bonita.

—Yo tengo muchas ganas, pero no sé si tu padre está por la labor. Dice que en ese país no se le ha perdido nada.

—Puedes venir tú sola, si a él no le apetece.

—Bueno, no hace falta que lo decidamos hoy.

Era cierto, Lieke no necesitaba obligar a su madre a comprometerse con un viaje a Estados Unidos ese mediodía. Desde que se había ido a vivir con sus progenitores, se sentía rara. La ruptura con Stephan, aunque era ella quien la había decidido, le hacía sentir un peculiar vacío y se veía distinta, como si fuera otra mujer. Había metido sus ocho años con él en veinte cajas que ahora estaban en el trastero de la casa de sus padres. Qué difícil había sido llenar cada una de las cajas. En ella estaban sus libros, sus papeles, su ropa, los cacharros de cerámica, sus toallas, perfumes, cremas y figuritas y las carpetas con todas sus investigaciones de la tesis. Lieke se había sorprendido con la cantidad de cosas que había acumulado a lo largo de los años. Lo metió todo en las cajas, sin esforzarse en seleccionar lo que tenía valor de lo prescindible. También se había llevado un par de sillas, tres taburetes, un escritorio y una mesita auxiliar que le había comprado a un anticuario. Menos mal que su padre tenía una furgoneta y su presencia había facilitado el traslado de las cajas y los muebles. Pesaba mucho desenamorarse del primer amor. Lieke lo sentía como un desafecto culpable que para muchos no tenía demasiada explicación. Lo lógico hubiera sido seguir juntos, pero ella ya no sentía nada.

—Nunca pensé que dejaría de querer a Stephan de esta forma —dijo Lieke mientras volvía a dar un trago de agua.

—Veo que sigues con el tema de la ruptura en la cabeza —señaló su madre.

—Es que me siento muy culpable —dijo Lieke apesadumbrada.

—No te preocupes, Stephan es muy capaz y saldrá adelante —replicó su madre con suavidad.

—Ya, pero le he hecho mucho daño —insistió.

—Se le pasará —respondió la madre mientras saboreaba las croquetas y la cerveza mirando a la plaza con gesto plácido.

—¿Papá y tú seguís enamorados? —se atrevió a preguntar Lieke.

—¿Qué es para ti seguir enamorados?

—Querer estar el uno con el otro —dijo Lieke con convicción.

—Entonces sí, tu padre me cae bien. —Había ternura y humor en la respuesta de Liv.

—Yo no quería estar con Stephan y me sentía culpable, muy muy culpable —añadió Lieke con profunda tristeza.

—No le des más vueltas —dijo la madre mientras levantaba el brazo para pedir la cuenta—y vámonos a casa a probar los quesos que he comprado.

—¿A ti te gustó mucho algún otro chico aparte de papá? —preguntó Lieke con curiosidad.

—En el instituto había varios que me gustaban, pero enseguida me puse a salir con tu padre y luego viniste tú...

—¿Crees que si no hubiéramos nacido Gerben y yo seguirías con papá?

—Eso no se puede saber. Mi vida es como es, y yo, cariño, estoy conforme.

—¿Solo conforme?

—Quiero decir que estoy tranquila. Tu padre y yo tenemos cincuenta y dos años, os tuvimos jóvenes a ti y a tu hermano, y ahora que habéis crecido, disfrutamos a nuestro ritmo.

—Ya, pero lo que me comentabas antes de que tuviste que renunciar a Ámsterdam...

—Sí, cuando eres joven te imaginas muchas vidas posibles. Pero aquí la que se interroga y ha roto con una relación eres tú. Y no pasa nada, porque ya no querías estar con Stephan. En las vidas que podríamos haber vivido los demás no están las respuestas a tus propias dudas.

Lieke se quedó pensativa, buscaba contestaciones que explicaran el desamor que sentía. Desde la seguridad del cobijo familiar se atrevía a asomarse a su vida afectiva y tratar de entender las sensaciones que fluían en su cabeza. Contemplaba la vida de sus padres y los veía más cercanos, más como seres humanos a los que también les pasaban cosas y podían haber tenido las mismas dudas y ansiedades que ella sentía.

—¿No te molesta que papá sea tan hermético? —preguntó Lieke a su madre.

—Siempre ha sido un hombre callado y cariñoso a su manera —respondió la madre.

—¿Con el silencio? —insistió Lieke.

—Está siempre que se le necesita, sin aspavientos. ¿No te cargó todas las cajas y los muebles que te llevaste del apartamento en donde vivías con Stephan?

—Sí, y se me hizo extraño que no me preguntara nada.

—¿Qué querías que dijera? Hay poco que se pueda preguntar cuando alguien decide romper. Yo ya le había contado que no estabas contenta con tu vida.

—Sí, y hacer esas cajas fue durísimo —respondió Lieke suspirando con angustia.

—Porque nunca tiras nada —dijo la madre con tono risueño, para tratar de suavizar las emociones de su hija.

—Sentía un gran vacío; llenaba las cajas, pero en el fondo no me importaba nada de lo que metía. Yo simplemente quería irme, desaparecer.

—El día que las abras te sentirás mucho mejor, y entonces podrás hacer una selección de las cosas que te sirvan.

—Mamá, no tengo ni idea de cuándo voy a abrirlas.

—Ay, Lieke, cariño, no hay prisa, y te aseguro que cuando vuelvas de tu aventura americana todo esto será relativo y lo que sientes ahora lo verás con otros ojos.

—Ojalá Stephan encuentre pareja pronto y rehaga su vida.

—No te preocupes, estoy segura de que pasará página antes de lo que piensas.

—Ya, pero me quedaría más tranquila si empieza a salir con alguien ahora y así me olvida pronto y puede borrar los ocho años que hemos vivido juntos.

—¿Tú quieres olvidarlo todo?

—No lo sé, mamá. Es horrible tener que dejar a alguien, casi prefiero que me dejen.

—¿Te han dejado alguna vez?

—Bueno, antes de Stephan tuve varias historias. Nada cuajó, pero alguno que me gustó mucho no me hizo demasiado caso. Me sentí mal y muy insegura, pero ahora me siento culpable y avergonzada porque todo el mundo quiere a Stephan y piensa que es alguien estupendo. Y no solo fue Gerben, algunas de mis amigas creen que he cometido un gran error al dejarlo.

—Tú no estabas enamorada, ¿verdad?

—Exacto, no sentía el amor, ese enamoramiento que hace que seas feliz y tengas ganas de verlo y abrazarlo. En el *college* me sentía muy a gusto pudiendo estar sola y a mi aire. Ya sé que soy una egoísta, pero esa ha sido la razón, no sentía a Stephan como parte de mí.

—Bueno, pues has hecho muy bien, y da igual lo que los demás piensen o crean, el desamor te obliga a ser sincera y consecuente —afirmó la madre con ímpetu.

—Pero me siento fatal —insistió Lieke con la voz quebrada.

—Porque estás de luto. El amor que sentías por él ha muerto, y esa vida que compartiste ha dejado de existir.

—Eso que dices, mamá, me da muchísima pena... —respondió Lieke sollozando.

A Lieke se le llenaron los ojos de lágrimas. Liv sacó un delicado pañuelo de tela del bolso y se lo dio a su hija.

—Era de tu abuelo, tiene sus iniciales bordadas en una esquina —le explicó con dulzura mientras le acariciaba el hombro.

Lieke miró las iniciales del pañuelo blanco, JN, bordadas en azul clarito, y pensó en su abuelo ya ausente y en lo mucho que lo quería, y a la pena de su desamor por Stephan se sumó el recuerdo del querido abuelo, que había fallecido hacía un par de años.

—Pobre abuelo, lo echo mucho de menos —acertó a decir Lieke.

—Yo también —respondió Liv—, pero aquí está, de alguna forma dándote consuelo.

14

Volver a las rutinas

El primer domingo de agosto Juana regresó al pueblo del *college* sintiendo muchos nervios y algo de angustia. Su amiga Cécile la fue a buscar a la parada del autobús que la traía del aeropuerto. Estaba radiante y de buen humor, esperándola en la pequeña dársena. Ver a su amiga tan sonriente tuvo un efecto terapéutico en Juana y la ayudó a sentirse acogida. Se enfrentaba a su nueva realidad y a la vuelta al hogar, ahora sin Connor, después de más de seis semanas en España. Encontró la casa perfecta, con las orquídeas florecidas y todas las plantas muy bien cuidadas. Connor todavía no se las había llevado porque seguía viviendo en el apartamento diminuto cerca del campus. Apenas se habían intercambiado un par de correos distantes con asuntos técnicos sobre pagos de seguros y el tema de la hipoteca, pues al separar las cuentas bancarias habían quedado algunos flecos sin resolver.

—Me ha encantado cuidar de las plantas. Pensé que las iba a destrozar, pero no se me ha dado nada mal lo de ser jardinera. Y no imaginas lo bien que se trabaja en tu casa —dijo Cécile con tono cariñoso mientras ayudaba a meter las maletas de Juana en la casa.

—Quédate las llaves, puedes seguir viniendo cuando quieras, esto está precioso —respondió Juana.

—¿Cómo te ha tratado España? —preguntó Cécile.

—Bien, he podido pasar tiempo de calidad con mi familia, pero tenía ganas de estar en mi casa. Y tu verano, ¿cómo ha ido? —respondió Juana aparentando seguridad.

—He avanzado mucho con la documentación y las relecturas de Stendhal. Ya tengo un borrador de ideas y me va a salir un proyecto muy atractivo —contestó Cécile risueña.

—Yo necesito meterme en alguna investigación nueva que me tenga distraída.

Juana miró a Cécile con curiosidad. Su amiga estaba guapísima, y pensó en lo bien que le había sentado quedarse en el *college* trabajando en su proyecto.

—Tienes muy buen color. ¿Has ido a la playa? —le preguntó mientras servía un par de vasos de agua añadiendo hielos del dispensador de la nevera.

—Sí. —Cécile movió afirmativamente la cabeza y tomó uno de los vasos—, me animé a hacer una pequeña escapada con unos amigos de la escuela graduada y fuimos a la playa de Wells.

Mientras Cécile respondía a la pregunta de su amiga, se daba cuenta de que estaba distorsionando un poco su explicación. No había ido con nadie de la época del doctorado, había pasado todo el tiempo con Marco. Se habían estado viendo de forma continuada y muy discreta. En esa ocasión, el policía se había tomado la última semana de julio de vacaciones y la había acompañado a Maine, en donde Cécile había alquilado un pequeño apartamento junto a la playa de Wells.

Cécile no se animó a contarle la verdad a Juana. La historia con Marco era demasiado pasional, el sexo parecía una especie de gasolina que alimentaba el motor de sus cuerpos y le hacía sentirse muy bien, pero algo dentro de ella le impedía contarlo. Le encantaba estar con él, pero no era un aspecto de su vida que quisiera compartir con nadie, y menos con Juana, que volvía al pueblo a incorporarse a las clases y a enfrentarse al divorcio con Connor.

—La playa de Wells es preciosa —dijo Juana con tono melancólico mientras pensaba en la cantidad de veranos que habían pasado ella y Connor por esa zona; y siguió hablando con la voz casi apagada—: A nosotros nos gustaba mucho ir a la playa de Ogunquit.

—Sí, esa es muy bonita, y gigantesca. Está justo después de la de Wells, también la recorrimos —respondió Cécile consciente de que su amiga había cambiado el tono y estaba evocando con mucha tristeza un nosotros que ya no existía.

Cécile trató de animar a Juana con una sugerencia que borrara ese pasado que tanto le dolía:

—Todavía nos quedan semanas de vacaciones, si te animas podemos ir nosotras tres o cuatro días por allí.

—Deja que lo piense, no es mala idea —dijo Juana con gesto agradecido.

—Sí, anímate, me encantaría volver a esa zona contigo y visitar algunos lugares de Maine que no tuve tiempo de ver esta vez.

Para Cécile, la semana en la playa de Wells había sido deliciosa. Marco y ella se habían dedicado a dar paseos por las orillas y a bañarse en el mar, aunque el agua estaba muy fría. Sobre todo, habían disfrutado de muchas horas de caricias en la habitación del apartamento, que tenía un gran ventanal por donde entraba la brisa marina y a través del cual se escuchaban las olas por las noches. Desde aquel 5 de julio en el que comenzó su aventura, Cécile y Marco no habían parado de amarse. Se veían como a escondidas, casi como dos adolescentes jugando a ser invisibles para el resto, en el apartamento del policía. Cécile prefería hacer el amor en la cama de Marco y evitar el pueblo del *college*. Y a Marco le parecía bien que ella fuera a buscarlo a su casa en White River, su historia de amor se fraguaba en Vermont y estaba muy a gusto teniendo a esa mujer acurrucada en su cama. Le sorprendía, pese a lo diferentes que eran, la naturalidad con la que se entendían sus cuerpos. Como si hubiera una energía primitiva de pasión pura que los amasara cada vez que se abrazaban.

El regreso de Juana al pueblo del *college* hizo que Cécile se diera cuenta de que pronto habría que volver a las rutinas del curso escolar, con las clases, las reuniones y todas las actividades del otoño. Sus apasionadas semanas en los brazos del policía le recordaban a un romance de juventud y, aunque a lo largo de agosto seguirían viéndose, ella, a partir de septiembre, ya no podría hacer tantas escapadas a su apartamento de White River.

Cécile decidió no contarle nada a Juana de la lamentable escena de Connor borracho, ni de cómo, después de aquello, le había mandado un breve correo pidiendo disculpas y la había estado evitando de forma clara por el pueblo y el campus. Tampoco encontró el momento para hablarle del enredo apasionado que tenía con el policía guapo que precisamente la había parado en la carretera antes de su viaje a España y no le había puesto la multa por exceso de velocidad.

Juana, por otro lado, también tenía pensamientos y recuerdos en su cabeza que no compartía con nadie. Regresaba muy inquieta respecto a su hermana Maica. Después del enfrentamiento por lo de su amante, las dos hermanas se habían distanciado, aunque nadie, ni siquiera Clara y Andrés, que convivían con ellas en el balneario, lo notara. Juana hizo un esfuerzo, intentó relativizar y pensó en algunos personajes de la literatura que tenían amantes. Pero lo de su hermana no tenía nada de literario, y no era una mujer aislada, casada con un hombre aburrido y sometida a una estructura patriarcal represora. Además, a Juana su cuñado Benja le caía demasiado bien, y le incomodaba profundamente toda la situación que estaba viviendo su hermana a sus espaldas. Tanto Maica como Gonzalo tenían familias, y la mujer de Gonzalo también parecía una buena persona. Juana se había dedicado a observar cómo Gonzalo y Maica actuaban en público. Calculó, por la forma en la que se comunicaban entre ellos y por cómo se relacionaban con ella y los demás, que Maica no le había dicho nada a Gonzalo del desencuentro que habían tenido las dos. Los días que quedaban del festival pasaron sin ningún sobresalto y Juana se compadeció en secreto de Benja y de la mujer de Gonzalo, consciente de que no podía hacer nada más que observar lo absurda y caprichosa que era el alma humana. Se acordó una y otra vez de las torturadas protagonistas de las novelas del XIX, arrastradas por sus pasiones y sometidas a una época en la que el matrimonio era una imposición social. La literatura le permitía meterse en la cabeza de los personajes, saborear sus pensamientos y empatizar con sus decisiones, pero miraba a Maica y no podía entender el sustrato de sus emociones, pues no se parecía en nada a ellas. Había una barrera invisible, un muro extraño y misterioso, una vida paralela herméticamente cerrada.

Benjamín fue a buscarlos con el coche a Panticosa el último día, y la habían dejado de paso en la estación del AVE de Zaragoza. A Benja se le veía contento de reunirse con su familia y hacer nuevos planes, porque pronto tomaría las vacaciones y se irían todos juntos a descansar a las playas del delta del Ebro.

—¿Verdad que tienen suerte? —había dicho risueño Benja mientras cargaba las maletas en el coche y charlaba con Juana—. Música, montañas y ahora, en unos días, playa. A mí las vacaciones no me dan para tanto y yo, a estas alturas, necesito dorarme sobre la arena y beber cerveza bien fresquita en un chiringuito junto al mar, menuda semanita de trabajo he tenido.

—A mí me da mucha pereza regresar —había apostillado Juana en tono melancólico.

—No será para tanto, tienes al bueno de Connor esperándote —había apuntado Benja sin saber lo mucho que le dolería a Juana ese comentario.

En el coche hasta Zaragoza ambas hermanas estuvieron muy calladas.

—¿Me he perdido algo? —preguntó Benjamín notando una leve fricción silenciosa entre las dos hermanas—. ¿Por qué estáis tan calladas?

—Estamos relajadas, es lo que tienen los baños termales —se apresuró a decir Maica.

Juana había observado a Maica y a Benja desde el asiento de atrás, sentada junto a la ventanilla del lado izquierdo. Maica parecía tranquila, como si lo que ellas dos sabían y estaba oculto bajo el silencio no fuera real. Era el mismo rostro de siempre, su querida hermana Maica, pero ahora también era extraño, ajeno y enigmático. Y Juana no podía hablar, no podía decir ninguna de las verdades que guardaba dentro de sí. Tenía a su sobrina Clara sentada en el centro, medio dormida, apoyando la cabeza en su hombro. Su sobrino Andrés estaba al otro lado de su hermana y miraba distraído por la ventanilla. El paisaje de las montañas de los Pirineos era hermoso, con los árboles abriéndose alrededor de la carretera, que iba dando curvas. Juana se acordó de los bosques de su pueblo americano de adopción y pensó en el momento de su regreso.

Curiosamente, se había quedado con esa escena,

con ese instante de extrañeza en que contemplas la vida que te rodea y a los demás sin saber realmente lo que esconde cada uno. Su casa seguía siendo su casa, pero ya no estaba Connor, solo el rastro de sus orquídeas y plantas florecidas. Ella ahora guardaba dos secretos. Lo que había creído que eran vidas perfectas y sencillas, la suya y la de su hermana, no lo eran. Pensó entonces que quizás zambullirse en la rutina del *college* y del Departamento de Lenguas Clásicas y Modernas la sacaría de esos pensamientos circulares sobre la vida. El enigma de estar vivo y tener que seguir el curso de los acontecimientos que no puedes controlar. Se acordó del poema de Frost, de ese camino no elegido, y suspiró con tristeza. En su caso, la vida era muchas veces andar por el camino que no elegimos, sin que nos den tiempo a decidir qué ruta queremos. No había ninguna poesía en el camino al que te empujan las circunstancias, que te toca recorrer aunque no quieras. Ella no estaba contemplando el camino no elegido, estaba inmersa en él y no le gustaba, aunque ahora estuviera rodeada de los bucólicos bosques que inspiraron al poeta.

—Te he comprado leche, fruta, huevos y cereales, para que no tengas que preocuparte de ir al supermercado —dijo Cécile.

—Gracias —respondió Juana.

—Se te nota cansada, lo mejor es que te acuestes pronto —añadió Cécile mientras se despedía con un abrazo.

Juana salió hasta el porche de la entrada a decirle adiós con la mano a su amiga. Cécile arrancó el coche sonriendo, sabía que Marco ya la estaba esperando en White River y tenía muchas ganas de verlo. Juana vio el vehículo alejarse y luego se quedó un rato mirando la explanada que rodeaba la entrada de su casa. Los arbustos habían crecido, se notaba la exuberancia del verano, con el verdor denso de las hojas frondosas. El viaje había sido largo y ella ya estaba de regreso, ahora le tocaba inventarse nuevas rutinas con las que llenar el vacío de su separación, buscar nuevos proyectos, alimentar otras ilusiones, darle sentido al presente, vivir mirando hacia delante. Crear un futuro que nunca se había imaginado, el de ser ella sola la protagonista de una nueva vida. Y ser consciente de ello, esforzarse, tragar la amargura del amor y digerirla.

15

Senderos y caminos

Connor se fue diez días a Carolina del Norte en cuanto terminaron los cursos del verano. Lieke había llegado unos días antes al *college* y Connor, poco antes de irse, se la encontró en el invernadero del tejado del edificio de ciencias. Se saludaron e intercambiaron algunas explicaciones sobre el verano: el de Lieke había sido muy familiar en Groningen, y él le explicó que los cursos en el trimestre estival siempre eran tranquilos y ahora que terminaban las clases tenía planeado viajar para visitar a su padre en Boone, un pequeño pueblo en las montañas de los Apalaches donde había crecido. Ella estaba preciosa, y él la miró con ganas de ser mejor persona y salir del pozo en el que se hallaba. Por eso, en cuanto entregó las notas, cogió el coche y se fue a ver a su padre. Necesitaba ese viaje para reencontrarse con sus recuerdos y disfrutar un poco con su progenitor. Se fue contento porque Lieke había regresado a pasar otro año al *college*, y le agradaba pensar que se la cruzaría en el invernadero mientras ella se dedicaba a cuidar de las orquídeas y plantas o en el departamento, donde la encontraría investigando en el pequeño despacho que le habían acondicionado.

El moderno edificio de ciencias estaba al final del campus, y Connor daba un rodeo para evitar el antiguo edificio de ladrillo blanco donde estaba Juana. Si lo veía se sentía culpable, por eso no le importaba la caminata y atravesar una zona arbolada. Doce minutos más de pasos largos para esconderse de la inmensa culpa. Caminar le ayudaba a no pensar en su exmujer ni en todo lo que habían vivido juntos. Los árboles y el silencio de los senderos le protegían de la ansiedad, mientras que los edificios, con sus ventanales y el bullicio de la gente con la que se cruzaba en los cambios de hora y aulas de las clases, se la provocaban. Volver a Boone era una forma de renacer, de conjurar la angustia de sus adicciones. Quería ver a su padre y sentarse a su lado en el porche de madera y no hacer nada. Así de simple, desprenderse del ordenador y del teléfono móvil. Respirar profundamente el aire del paisaje de su infancia y observar la niebla, densa como el humo, subir por el valle.

Desde el pueblo del *college* a Boone, en Carolina del Norte, había 888 millas, lo que significaba, al menos, unas catorce horas de viaje en coche. Era un trayecto para hacer en dos días y descansar en algún motel de carretera. El primer tramo era el más pesado, porque había que rodear el perímetro de la congestionada ciudad de Nueva York y el tráfico siempre era denso. Luego ya, entrando en el estado de Pensilvania, todo era más fluido y el conductor podía relajarse. Connor se alojó en un motel de la carretera 81, cerca de la ciudad de Harrisburg. Había hecho la mitad de la ruta, pero había estado más de nueve horas al volante por culpa del tráfico y de un par de accidentes que habían provocado largas retenciones. Se quedó dormido en cinco minutos, y no le importó el ruido de la habitación de al lado, donde unos jóvenes celebraban una fiesta; estaba demasiado cansado, pues solo había parado dos veces para repostar, ir al baño y comer un par de perritos calientes de los que venden en las gasolineras. Le quedaban 467 millas, algo más de siete horas si no pillaba atascos o zonas en construcción.

Al día siguiente desayunó con bastante hambre en la zona acondicionada del vestíbulo, que ofrecía un sencillo bufet libre. Con la tripa llena, el viaje se le hizo más agradable y notaba como la vista se volvía cada vez más hermosa a medida que subía hacia las montañas. El último tramo pasaba cerca de varios puntos escénicos del Parque Nacional del Blue Ridge, y decidió tomar un desvío y acercarse a contemplar aquella maravilla de paisaje. El pueblo del *college* y Boone estaban conectados por el largo sendero de los Apalaches. A Connor, cuando le contrataron en el *college*, le hizo mucha ilusión encontrar ese punto en común entre dos lugares tan distantes. El mítico sendero, que solo se podía hacer caminando y que recorría nada menos que catorce estados, pasaba justo por su pueblo de nacimiento y por el pueblo que lo acogía como profesor. Los montes Apalaches eran el cordón umbilical que le unía con su padre y la tierra de sus ancestros.

De niño, su imaginación trazaba el sendero con todas aquellas millas en la cabeza, incluso dibujó un hipotético mapa de ese camino que anhelaba recorrer cuando fuera mayor. Se proyectaba con una gran mochila a sus espaldas, un bastón de punta afilada y unas botas resistentes para largas travesías, como los montañeros, que solían vestir así y a los que veía comprar provisiones en el supermercado. Comenzaría en Georgia, en la montaña de Springer, y terminaría subiendo a la cumbre del Katahdin en Maine. Era un niño con pequeñas obsesiones y el sendero de los Apalaches era una de ellas, pero cuando creció nunca terminó de recorrerlo entero, aunque, en la primera época como profesor en el *college*, hizo los tramos de la parte de Nuevo Hampshire y Maine.

Luego estaba su colección de sellos variados y su herbario de hojas, ramitas y flores disecadas. A Connor las plantas lo apasionaban desde pequeño: cortaba pedacitos, recogía hojas y flores y las ponía entre dos cuartillas de papel secante presionándolas con unas maderas que ataba. Por fin, cuando estaban listas, las guardaba en una carpeta, pegándolas con celo en unas láminas gruesas donde escribía con rotulador sus características.

Ahora, Connor volvía a visitar a su padre y se veía en el espejo retrovisor ojeroso y vulnerable, pero una parte de sí mismo se sentía como el niño que amaba esas montañas, como el adolescente aventurero ensimismado en la plenitud de los paisajes imponentes. La luz era diferente a la de Nueva Inglaterra, la energía de aquel paraje también representaba una extraña liberación, Connor tenía que liberarse de los abismos que fabricaba en su cabeza, de esos agujeros de sensaciones oscuras y deseos venenosos. Su padre se alegró al verlo llegar, pero enseguida intuyó que le había pasado algo con Juana y confirmó un lejano presentimiento.

—La última vez que vinisteis fue en los días de la semana de Acción de Gracias del año pasado, y entonces, hijo, no te noté nada bien y me quedé preocupado.

—¿De verdad? —A Connor le sorprendió la perspicacia de su padre y que recordara con precisión ese detalle de la última vez que se habían visto.

—¿Qué ha pasado exactamente?, porque por teléfono siempre eres escueto y hablas con evasivas. Cierto que tampoco soy yo muy conversador, y entonces no se me ocurrió preguntarte. Además, vi a Juana bien y pensé que a lo mejor simplemente andabas en tus cosas, tal vez cansado con algún tema de la universidad. Pero ahora, al verte llegar sin Juana, me he temido lo peor —añadió el padre de Connor.

Padre e hijo se quedaron callados y en silencio mientras Connor se sentaba en el sofá y suspiraba. Sobre el aparador que daba hacia la zona del comedor había algunas piezas de cerámica muy bonitas de las que solía hacer su padre.

—No lo sé, de pronto sentí que era mejor separarnos. —A Connor le avergonzaba todo lo que escondía ese comentario.

—Es una pena, yo a Juana la aprecio mucho. Carol se va a poner también muy triste cuando se lo cuente. —Carol era la pareja del padre de Connor, una mujer viuda con la que llevaba más de diez años saliendo, que también tenía una muy buena relación con Juana.

—Ya, pero de pronto todo se termina y poco más puedes hacer. —Connor no sabía bien qué decir.

—Supongo que algo así pensó tu madre el día que se marchó.

—No es lo mismo. —Le molestó el comentario de su padre. Él y Juana habían estado bastante más tiempo juntos que sus padres y durante muchos años se habían entendido. Ese chocante paralelismo y la alusión a su madre lo dejó pensativo: le dolió que lo asociara con su distante madre, pero decidió no entrar a discutir con él. El afecto que su padre sentía por Juana era genuino y entendía que hiciera comentarios, aunque fueran absurdos. Lo notó cansado, miró sus manos, la artrosis le había deformado los dedos con dolorosos nudos y le había obligado a dejar las clases de cerámica.

—Las castañuelas que me regaló Juana me ayudan a ejercitar los dedos y me sientan muy bien —dijo el padre con tristeza.

Cuando comenzaron los problemas de artrosis en las manos del padre de Connor, Juana le había regalado dos cajas de castañuelas y le había explicado cómo usarlas. Por eso el hombre se acordaba de su nuera todos los días. Tocar las castañuelas era la mejor terapia para sus dedos.

—Me gusta tocar las castañuelas, y me gusta cuando venís los dos a visitarnos.

—Creo que ya no va a ser igual. Y siento darte esta noticia. —Le entró angustia y pena y tuvo deseos de tomar una copa.

—¿Tienes güisqui? —le preguntó a su padre mientras recordaba que no podía beber.

—No, yo eso ya lo dejé, en casa no entra una gota de alcohol fuerte —respondió su padre.

Connor respiró aliviado con la respuesta de su progenitor, podía eludir la tentación, pues, afortunadamente, no había nada que beber en aquella casa y él estaba con su padre y no se iría al bar del pueblo. Se repitió varias veces en silencio que no saldría de la casa, que no iría a la licorería ni al bar, que él tenía que curarse, que estaba enfermo y había venido a Bonne a sacarse el veneno de su yo autodestructivo y a estar con su padre.

—Cuando veas a Juana le dices que aquí es bienvenida, que no necesita venir contigo.

—Claro, papá, se lo diré.

Aquella noche Connor durmió en la pequeña cama nido de madera de su infancia, que ahora daba servicio a la nieta de la novia de su padre cuando iba de visita. Se quedó en su antigua habitación, llena de dibujos infantiles en las paredes y reconvertida en despacho. No quiso bajar al sótano a dormir en la cama grande que había allí porque ese era el lugar en el que se quedaban Juana y él, y allí todavía bullían recuerdos que no quería invocar. Connor buscaba un tiempo anterior al amor y al desamor, ese momento en el que la vida se imaginaba de otra manera y uno no era capaz de proyectarse hacia el futuro pensando en que en algún momento cumpliría cincuenta años y sería parecido al hombre mayor que era su padre.

Connor quiso dormir en el regazo de su niñez más feliz trazando la ruta de los caminantes, coleccionando hojas y calculando la distancia entre los diferentes picos. Sin embargo, algo en su cerebro se activó y, por más que quiso evitarlo, soñó con Juana y se encontró con ella recorriendo otro camino. Estaban haciendo la ruta del Camino de Santiago paralela al mar Cantábrico, él caminaba deprisa y ella le gritaba que la esperase, que se sentía cansada, pero él aceleraba el paso. Luego se daba la vuelta y veía a Juana como un punto minúsculo, rodeada de gente en la bulliciosa playa de San Lorenzo de Gijón. Ella estaba en traje de baño con una camiseta y la toalla en la mano, pero él llevaba ropa y calzado de montaña y una pesada mochila y subía por una vereda escarpada dejando la ciudad a lo lejos. Connor se despertó sobresaltado y recordó que, el primer año de casados, Juana y él hicieron en treinta días el Camino de Santiago saliendo de Somport, el puerto de montaña de los Pirineos. Por aquel entonces eran felices, empezaban una nueva vida en el *college* y pensaban que su amor sería eterno como ese camino de siglos lleno de pueblos, ciudades, murallas, iglesias y de las catedrales de piedra que iban visitando. «Después de este camino haremos entero el sendero de los Apalaches», dijo Connor muchas veces, pero nunca tuvieron tiempo de completar ese otro sendero. «Es demasiado largo, y es un invento nuevo de los excursionistas, nuestro camino está documentado desde el siglo XII y el vuestro es una ruta creada en la segunda década del siglo XX», se burlaba Juana. «Los dos son caminos, y mi camino es más salvaje y solitario», solía responder Connor. Del lejano olvido volvía el eco de esas conversaciones, dos caminos tan distintos y un amor que se quedaba difuminado en la niebla de lo vivido. Connor se alegró de estar de vuelta con su padre, aunque en la casa habitara el fantasma de la Juana que fue parte de tantos instantes llenos de vida.

16

Dibujos y postales

Octubre era el mes más bonito en la zona del *college*. Los bosques cambiaban el color de sus hojas y la paleta de pigmentos era deliciosa, con una impresionante gama de tonos rojizos y amarillentos. Lieke se sentía feliz en su segundo año en América, sin las preocupaciones del curso anterior, cuando todavía salía con Stephan pero ya era consciente de que no estaba enamorada de él. Desde que había regresado al *college*, en el último tramo de agosto, todo era sencillo y agradable. Los colegas del departamento con los que interactuaba siempre eran cordiales y acogedores, los estudiantes estaban motivados y eran muy aplicados, el invernadero tenía flores maravillosas y conocía a fondo sus dinámicas y rutinas y la biblioteca contaba con casi todos los materiales de referencia que necesitaba, y, si no los tenían, se los buscaban. Sus días eran jornadas sumamente apacibles en que se dedicaba a cuidar de las plantas, supervisar a varios estudiantes haciendo prácticas en el invernadero y transformar algunos de los análisis de su tesis en un par de artículos para enviar a revistas científicas.

Se sintió tan bien que, a las pocas semanas de regresar al *college*, decidió hacer un herbario dibujado con las plantas, flores y hojas de la zona, imitando a los artistas botánicos de otra época, cuando no existía la fotografía. Compró un cuaderno de hojas firmes y rugosas, una plumilla de tinta gruesa que no se disolviera en agua y una caja de lápices acuarelables. Empezó a pasear por los bosques de los alrededores clasificando y pintando las plantas que se cruzaban en su camino. Las dibujaba con la plumilla y luego iba dando el color, tratando de captar la luz de aquellos instantes. El final del verano le ofrecía muchas transformaciones de luz y de temperatura. A mitad del día, su descanso era una salida al bosque para buscar un rincón en donde detenerse y reproducir cuidadosamente el brote de una rama con las delicadas hojas abriéndose a la vida o una flor siendo polinizada por los abejorros.

Dibujar y colorear aquellos momentos de belleza le daba serenidad y era, en cierto modo, su tiempo de meditación mientras respiraba el aroma del bosque y contemplaba ensimismada los detalles más delicados de la naturaleza. Todo a su alrededor estaba vivo y se mostraba ante ella como una energía superior. Le habían advertido que debía protegerse de las garrapatas, porque había muchos ciervos y otros animales salvajes que eran portadores. Por eso, Lieke tomaba sus precauciones y se recogía el pelo y se cubría la cabeza con una gorra, además de llevar camiseta de manga larga y pantalones también largos con calcetines. Y siempre se echaba un repelente natural en aerosol que le habían recomendado y vendían en el supermercado.

Los diminutos peligros del bosque se compensaban con la armonía misteriosa de los árboles gigantescos y el paisaje de plantas, insectos y pájaros que lo habitaban. Lieke compró una pequeña silla plegable que cargaba a la espalda junto con el cuaderno de hojas duras y los otros utensilios. A medida que transcurrían los días, el par de horas que estaba en el bosque contemplando el paso del verano al otoño se convirtió en su espacio silencioso para pensar sobre su propia vida sin complejos y sin culpa. Fue así, dibujando las hojas rojizas que anunciaban el otoño, como se dio cuenta de que Connor le hacía gracia. El catedrático de pelo plateado, aparte de ser un hombre inteligente y amable, era muy atractivo. A veces se pasaba por el invernadero con un grupo de estudiantes y le gustaba escuchar las explicaciones que daba sobre las plantas. Otras, se lo cruzaba por el pasillo porque tenían los despachos muy cerca uno del otro y ambos pasaban bastante tiempo trabajando allí. Días atrás, Connor la había visto salir del despacho vestida para ir a dibujar al bosque con la silla y los materiales en la espalda y el cuaderno bajo el brazo y, después de saludarla cordialmente, le había preguntado qué hacía con esa indumentaria. Lieke se atrevió a mostrarle el cuaderno de campo con las flores, hojas y plantas que había ido dibujando.

—¡Son preciosos! —había exclamado Connor con sorpresa—. No sabía que eras una artista.

—Nada de artista, soy solo una aficionada, todo el pueblo está rodeado de bosques increíbles, y la zona tiene una luz muy especial —había respondido Lieke con timidez.

—Son unos dibujos espectaculares y deberíamos

hacer algo con ellos, habría que recuperar este espíritu de la pintura botánica, que fue tan importante, y montar una exposición y hacer alguna actividad que anime a los estudiantes a pensar en la botánica desde otra perspectiva.

Connor fue pasando las hojas con delicada atención y le preguntó a Lieke:

—¿No te has animado a hacer ninguno del invernadero?

—Allí no tengo tiempo, estoy pendiente de cuidar las plantas, de los estudiantes y de los que pasan de visita —respondió Lieke sonriendo.

—Es verdad, y habéis tenido mucho ajetreo con la apestosa flor cadáver. —Connor se refería a Morphy la *titan arum* de Sumatra, de trece años y un metro ochenta, que había florecido a finales de septiembre, lo que había generado bastantes visitas de toda la comunidad al invernadero.

—Ha sido muy divertido, nunca había visto una *titan arum* florecer.

—Yo ya la vi en acción cuando floreció la primera vez, en julio de 2011; se toma su tiempo, ha tardado nada menos que seis años en volver a hacerlo —dijo Connor mirando a Lieke con dulzura.

—Sí, es una planta peculiar, con el olor que desprendía no podíamos estar demasiado tiempo cerca —dijo Lieke mientras se fijaba en la mirada de Connor y en la calidez de su voz.

Octubre para Juana fue un mes muy difícil porque Connor, por fin, se llevó todas sus plantas, y el vacío que dejaron en la casa fue mucho mayor que la propia ausencia de su ahora expareja. Hubo bastantes tiestos que se quedaron marcados sobre la madera, haciendo círculos blanquecinos de diferentes tamaños. La casa sin las plantas parecía otro lugar, se sentía como un espacio frío y extraño. Pero Juana ni se planteó reemplazarlas, se tomó ese cambio como un alivio, pues que Connor se las hubiera llevado le evitaba a ella tener que cuidarlas o estar pendiente de buscar a alguien. Sin embargo, las echaba en falta al atardecer, cuando se sentaba en el salón y lo veía desnudo y triste. Lo percibía como otro hogar, otra vida mucho más tenebrosa en la que ella se sentía muy sola. Lo cierto es que Juana ya no quería estar allí, y aunque no se planeaba tomar decisiones drásticas, porque ya las habían tomado por ella con esa separación por sorpresa, sentía que la vida del *college* ya no se parecía en nada al mundo que había soñado.

Muchas veces se había imaginado envejecer con Connor, y en aquella proyección de su madurez la casa era el mejor refugio, pues al ser de una sola planta y estar diseñada con mimo todo era acogedor, y pensaba que sería muy fácil vivir allí hasta el final de sus días. Pero ahora, sin él y sin las plantas, ese espacio desocupado era un gran desconocido. Desde los ventanales veía las copas de los árboles transformarse en rojo fuego, el espectáculo del bosque marcaba el paso del tiempo, era su primer otoño sin Connor y ella solo deseaba estar en otro momento vital.

Connor se llevó las plantas a una pequeña, pero acogedora, casa que se compró y que estaba ubicada en la parte de atrás del pueblo, cerca de un aparcamiento y de la zona trasera del cine y de varios comercios. A veinte minutos caminando de su despacho. Era de madera blanca, construida en la década de los años treinta, y conservaba las molduras de la época. Los dueños anteriores eran una pareja de profesores jóvenes que acaban de tener mellizos y se habían ido a un condominio recién construido con más habitaciones. Esta era una casa perfecta para él solo o con una pareja. Tenía un amplio salón con la cocina incorporada, medio baño y un pequeño despacho en la planta baja y dos habitaciones con un baño completo en el piso superior. Como quedaba poco por pagar de la hipoteca de la casa con Juana, y gozaba de un buen salario, pudo pedir otro préstamo y lanzarse a la ilusionante aventura de adquirir una nueva casa. Esta vivienda era vieja y debía acostumbrarse a lo que significaba poseer un lugar de esas características, es decir, ponerse a hacer arreglos y algunas reformas. Pero también tenía grandes ventanales y mucha luz, y ese era el espacio ideal para todas sus plantas.

Cuando se instaló en la casa, lo primero que hizo fue escribir una carta a mano a su padre dándole noticia de dicha compra y la dirección postal de la nueva propiedad. Le dio apuro llamarlo, no quería volver a escuchar que era una pena que hubiera dejado a Juana. En su visita a Boone, esa había sido la dinámica de sus conversaciones, y, a ratos, Connor sintió que estaban en un extraño duelo por su desamor. No se había imaginado que su ruptura con Juana tendría ese impacto en su padre, pero es que, aunque se veían poco, a lo sumo un par de veces al año, la presencia de la española siempre le alegraba.

—Ella se sabe mi fecha de cumpleaños. Y me manda una tarjeta cada año. No ha dejado de llegarme la felicitación cada 5 de junio desde que me la presentaste. Dice que no se olvida porque también nació ese día Lorca, un poeta español muy famoso.

—¿Y este año también? —preguntó Connor con curiosidad.

—Sí, este año también, y ya la habías dejado, ¿verdad?

El padre de Connor sacó una caja de zapatos. En ella estaban las tarjetas de felicitación de Juana, también había postales de diferentes viajes y las de Año Nuevo. Las fue colocando sobre la mesa mientras comentaba lo encantadora y detallista que era, pues a Connor no se le ocurrían esos gestos y la única tarjeta que tenía suya era de cuando fue a ver a su madre a Nueva Zelanda.

—La que escribía siempre era Juana, reconócelo, tú solo ponías la firma.

—Es verdad, soy bastante impresentable y se me olvidan esos detalles. A Juana estas cosas se le dan muy bien.

—Entiende que nos dé mucha pena. Hasta se acuerda de Clementine, la nieta de Carol, y le manda tarjetas y regalitos. Para nosotros sigue siendo familia, que quede claro.

—Ya, ya lo sé.

—Y es que se le dan bien los críos, no entiendo por qué no os animasteis a darme un nieto.

—Bueno, pues no surgió.

—Una pena, es una verdadera pena, no sé qué tienes en la cabeza, hijo.

Las tarjetas y postales sobre la mesa trazaban una ruta amable de viajes, de celebraciones y de fechas, de guiños de aliento ilusionado que dejaba un rastro sincero de cariño. Juana se acordaba del tiempo de los demás, de compartir sus aventuras, de hacerles saber que Connor y ella estaban bien y eran felices. Y el padre de Connor, a lo largo de los años, había ido guardado cuidadosamente esos mensajes de amor con sellos de diferentes rincones.

—Fíjate, este verano nos escribió a Carol y a mí desde España, desde los Pirineos, estaba en un balneario con su hermana y sus sobrinos.

Connor miró con curiosidad lo que había escrito, era una tarjeta del Balneario de Panticosa en la que se veían las montañas rodeando uno de los edificios. «Música, aguas termales, montañas increíbles, estoy pasando unos días maravillosos con mi hermana y mis sobrinos. Todo mi cariño desde los Pirineos hasta los Apalaches. Juana.»

17

Doloroso hallazgo

Alina, la profesora jubilada de ruso, llevaba siete días con un fuerte lumbago postrada en la cama y su marido, Pete, también se encontraba inmovilizado. En su caso, él estaba recuperándose de una amputación de varios dedos del pie derecho por culpa de una diabetes que había empeorado debido a su temperamento descuidado y glotón. Menos mal que Cécile y Juana estaban muy pendientes de ellos y les llevaban comida y sacaban a Golo, un perro de mediano tamaño que habían recogido y que parecía una mezcla de braco alemán con raza indefinida, al que le gustaba salir a husmear y que saludaba a todo el mundo moviendo la cola. Juana se encargaba, sobre todo, de cocinarles y hacer la compra, y Cécile de llevar a Golo por el sendero del bosque de detrás del apartamento de su condominio para que pudiera desfogarse un poco.

Cécile vivía bastante cerca del matrimonio y salía muchas veces sola a hacer ese recorrido por donde ahora paseaba al inquieto perro. Las hojas de finales de octubre ya eran rojizas y se empezaba a notar el frío de las mañanas con el rastro húmedo del rocío, aunque todavía era muy agradable caminar por el sendero del bosque. Aquel día, Cécile se había retrasado un poco y fue a por Golo a eso de las once porque se había quedado a dormir con Marco y la noche se alargó con las caricias y los besos. Alina, que había mejorado un poco, aunque le costaba caminar, notó el gesto risueño de su amiga:

—¿De dónde vienes con esa sonrisa?

—Me he quedado dormida, siento llegar tarde —se disculpó Cécile.

—No tienes cara de sueño, ¿has estado con alguien? —Alina no se andaba con rodeos y llevaba tiempo notando algo en su amiga.

—Nada importante, luego te cuento, ahora voy a sacar a este, que se nota que tiene ganas de salir —dijo Cécile mientras el perro movía la cola y arañaba la puerta.

Golo tiraba con fuerza de su correa y Cécile pensaba si era ya el momento de contarles a sus amigas su historia con el policía. Desde el verano sus encuentros habían sido sumamente discretos y Cécile siempre evitaba estar en el pueblo del *college* con él e iba a verlo a su apartamento en White River. El arranque del curso y la intensidad del trimestre habían hecho que los encuentros se espaciaran más, pero cuando estaban juntos lo disfrutaban a tope. La atracción sexual era extraordinaria y gozaban de sus cuerpos durante horas en el apartamento de Marco, aislados del resto del mundo. El problema es que Cécile no sabía bien a dónde iba esta aventura y eso había hecho que no tuviera ganas de dar explicaciones, porque no sentía que hubiera ningún futuro claro, solo que quería verlo a él, besarlo, abrazarlo y quitarle la ropa. Creyó que lo que sentía, ese fogonazo de deseo, se le pasaría, pero se reactivaba con pensar en él y no podía evitar el impulso de ir a su encuentro. Cuando estaban juntos veían películas en blanco y negro del canal clásico, se escapaban a las playas de Maine o Nuevo Hampshire y celebraban la vida como si fueran veinteañeros.

Y todo eso que estaba viviendo con el policía, una pasión tan espontánea y tórrida, ¿cómo podría explicarla bien si ella misma no sabía definirla? Por otra parte, había algo emocionante en mantenerla en secreto, como si fueran adolescentes haciendo algo prohibido. Su relación con Marco, a medida que sumaba encuentros, podía convertirse en un detallado episodio del ensayo de Stendhal. Con ese pensamiento, Cécile estaba paseando a Golo, que olisqueaba con interés todos los tramos del sendero, y la profesora se iba alejando y se salía de la ruta de siempre, dejándose llevar por el rumbo que quería marcar el perro. En un claro del bosque, a lo lejos, estaba Lieke dibujando un grupo de setas anaranjadas que habían brotado de un tronco seco. El perro se puso contento y se soltó de Cécile, dirigiéndose hacia donde estaba la holandesa mojando los pigmentos del color amarillo con el rojo. Cécile se disculpó a gritos mientras trataba de llegar a donde había ido el perro, que daba vueltas alrededor abriendo grandes círculos. Lieke se levantó de la silla para intentar alcanzar la correa suelta del animal y ayudar a Cécile a recuperarlo. Pero Golo, de pronto, olió algo y corrió veloz hacia una pequeña vaguada ligeramente alejada, y allí se quedó quieto ladrando con tono bronco.

Lieke fue la primera en llegar y ver la escena. El animal había encontrado dos cuerpos inertes semienterrados en un riachuelo entre las ramas. El rostro de Lieke se paralizó y se llevó las manos abiertas a la boca y a la nariz para contener el grito. Eran dos cadáveres, una mujer joven y un niño pequeño de unos dos años. Cécile llegó por detrás jadeando y, al ver aquellos cuerpos, reaccionó de forma expresiva y muy nerviosa:

—Dios mío, Dios mío, hay que llamar a la policía. —Sacó el teléfono y avisó a Marco, dando explicaciones confusas de dónde estaban.

El policía, que estaba en el coche haciendo su ruta por las carreteras de la zona, avisó a la central y se dirigió al bosque intentando averiguar dónde estaba Cécile, que seguía al teléfono describiendo con voz angustiada todo lo que veía.

Lieke se había quedado en silencio y contemplaba los dos cuerpos con los ojos llenos de lágrimas. No podía imaginar un hallazgo más doloroso en aquel idílico paisaje. ¿Qué les había pasado a esas dos personas? Parecían dormidos, pero estaban muertos. El niño tenía los pies descalzos y estaba envuelto en un chal, y la mujer, de pelo oscuro, aparentaba ser bastante joven.

—Me temo que son ilegales —había dicho el policía experto en homicidios cuando llegó allí con todo su equipo.

Lieke y Cécile se quedaron junto a Marco contemplando de lejos la escena del levantamiento de los cadáveres y cómo varios policías buscaban alrededor huellas o pistas que pudieran reconstruir lo que había pasado.

—Dicen que tal vez sean ilegales, por aquí no tenemos aviso de ninguna desaparición de mujeres con niños pequeños —les explicó Marco, que iba y venía de un lado a otro y les había tomado declaración.

Cécile sujetaba al perro, perpleja por aquella escena impensable, mientras Lieke seguía derramando lágrimas en silencio. Marco ayudó a Lieke a recoger sus cosas de pintura y las acompañó a la salida del bosque. Hasta el perro parecía triste y ya no tiraba de la correa ni quería correr.

Cécile regresó a la casa de Alina en estado de shock por lo que habían encontrado en la hondonada del bosque. Los rostros de aquella mujer y del niño pequeño le habían impresionado.

—Daba la sensación de que estaban dormidos, pero estaban muertos —les dijo a Alina y a su marido cuando entró con Golo y les contó lo que había sucedido.

—¿Se sabe quiénes son? —preguntó Pete sorprendido.

—No tienen ni idea. Piensan que migrantes ilegales, por la ropa y el aspecto, pero no nos han dicho nada más. La chica parecía bastante joven, y el niño debe de rondar los dos o tres años.

—¿Los habrán asesinado? —preguntó Alina con preocupación.

—No lo sé, ha sido todo muy extraño. Los encontró Golo porque se me escapó, estaba por allí en ese momento Lieke, la holandesa que trabaja en el invernadero. Golo se quedó quieto donde estaban los cuerpos.

Alina la escuchaba con atención mientras servía un vaso de agua a Cécile y ponía pienso en el plato del perro, que ya volvía a estar nervioso y animado y correteaba alrededor.

—Es terrible, esa pobre mujer y su hijo —repetía Cécile mirando al vacío, contenida en el pensamiento de esa imagen difuminada en el horror y la fuerte impresión.

A Lieke, como es lógico, también le afectó muchísimo el doloroso hallazgo de los dos cuerpos en el bosque. Aquella trágica mañana, después de que Marco les tomara declaración a ella y a Cécile, Lieke volvió a su despacho fuertemente conmocionada por la escena. Tenía la caja de pinturas en las manos y una sensación de incredulidad que le hacía flotar, como si todo lo que estaba viviendo fuera un sueño. Era su jornada de descanso del invernadero, y había ido al bosque ilusionada a pintar los hongos que crecían en los troncos. Había una luz preciosa y había querido aprovechar que no hacía demasiado frío para bocetar un par de dibujos antes de irse al despacho a mandar varios correos y luego a la biblioteca a trabajar en sus artículos, pero jamás se hubiera imaginado que sus planes se truncarían de esa forma, con el horror de aquel descubrimiento.

La muerte se había presentado en el cobijo favorito de Lieke, en el lugar que ella más disfrutaba, en su bosque, y lo hacía mostrando un devastado paisaje de dos vidas truncadas. Parecía estar viviendo la escena de una siniestra película o de una serie americana de detectives de las que suelen comenzar con la aparición de cadáveres. Los informativos de la televisión están llenos de noticias desoladoras donde la muerte entra en escena, incluso en directo, pero el eco de los sucesos que describen los presentadores, a veces, puede resultar algo lejano, y lo mismo pasa con el rastro de los libros de historia que relatan los horrores de la humanidad, el daño que llevamos siglos haciéndonos los unos a los otros. A esas imágenes, a ese tipo de información, Lieke sabía enfrentarse, por mucho que le apenaran. Era capaz de distanciar su mirada y contemplarlas con una pesadumbre y una preocupación medidas por la capacidad que tiene el cerebro para protegernos. Nuestras emociones se serenan y aprenden a contemplar el dolor del mundo desde la distancia adecuada, sabiendo que está, administrándolo con gotas lentas de pena y resignación.

Pero esto había sido un choque frontal con algo que iba más allá de todo lo imaginado, porque no solo estaba la sensación de irrealidad, era la vulnerabilidad de aquellos dos cuerpos desconocidos lo que le angustiaba. Habían muerto dos personas que no tenían que estar muertas, que en la lógica de la vida debían estar en otro lugar. Y aparecían frente a ella en su querido bosque de los dibujos y en las horas silenciosas en las que estaba buscándose a sí misma en cada trazo. Su mundo ideal, el sitio de su recreo con su rutina perfecta, dejaba de existir y estaba asustada. Ya nada sería igual, ya no iba a salir sola a ese bosque donde alguien podía dejar tirados a una madre con su hijo. Habían sido abandonados sin vida, con prisa, sin tiempo ni para enterrarlos. ¿Cuál era la historia de aquella mujer y aquel niño? Lieke se hacía las mismas preguntas que Cécile o Marco, pero estaba tan asustada y perpleja que solo tenía ganas de llorar.

Tuvo el impulso de llamar a su madre para contarle lo que había pasado y cómo se sentía, de tratar de explicar esa sensación de desamparo y pena que se le había metido en los huesos, como si hubiera llovido intensamente y sintiera una humedad densa y pastosa en todo el cuerpo. Era la imagen del barro que manchaba el rostro de la mujer lo que daba vueltas en su cabeza, el olor del bosque convertido en un barro oscuro, los pies descalzos del niño, todo aquello le estaba generando una crisis de ansiedad. Trató de contenerse, no llamaría a su madre, no quería asustarla.

Alguien golpeó la puerta del despacho y Lieke se sobresaltó. Era Connor, que pasaba a saludar y había visto la puerta entornada. Tenía la excusa de un par de consultas sobre unas actividades que quería montar en el invernadero con los estudiantes y buscaba a Lieke para pedirle consejo.

—¿Qué tal, te pillo en buen momento? —dijo Connor mientras asomaba la cabeza.

Lieke le miró con gesto desesperado y le explicó, llorosa y atropelladamente, lo que había pasado en el bosque. Connor se acercó a consolarla y se atrevió a ofrecerle un abrazo que ella acogió con alivio, porque en aquel momento necesitaba el abrazo de alguien. Y aquel instante abrazados sirvió para que Lieke sintiera una particular confianza hacia Connor. Él luego la acompañó en silencio durante un rato, hasta que tuvo que irse a una reunión y a dar su clase, pero se ofreció a buscarla horas más tarde para ir juntos a comer algo en la cafetería del *college*. Lieke aceptó, no quería estar sola y Connor le inspiraba sosiego.

Hablar con él la había tranquilizado, era un hombre cálido y cercano, y en ese momento Lieke necesitaba sentir que no estaba sola, que alguien allí se preocupaba por ella. Desde que había regresado de Europa en agosto, Lieke había buscado de forma consciente la soledad, trabajando en sus artículos, al cuidado de las plantas del invernadero o haciendo sus dibujos en el bosque. El *college* estaba siendo su espacio de reflexión y serenidad tras la ruptura con Stephan y un verano con su familia reconstruyéndose emocionalmente por dentro, pensando en lo que quería lograr con su vida y en lo que no se había atrevido a hacer. Dibujar y pasear por el bosque le había dado mucha armonía, y las horas en la biblioteca mucha seguridad respecto de sus avances como investigadora. Todo parecía estar saliendo bien en su proceso mental, en el que se había prometido vivir un nuevo presente, pero el hilo de su vida armónica se había roto.

Cuando Connor asomó la cabeza en el despacho de Lieke y la vio tan nerviosa y con los ojos enrojecidos, se asustó. Al principio no entendió bien lo que le había pasado, su acento y su voz quebrada le hicieron dudar de lo que ella le explicaba. ¿Una mujer y un niño muertos? Se lo tuvo que repetir varias veces, y luego ya comprendió que habían aparecido unos cadáveres en el bosque. Sobre la mesa estaba el cuaderno de los dibujos abierto por la página emborronada del tronco con los hongos semicirculares anaranjados. Las lágrimas de Lieke deslizándose por sus mejillas le dieron ternura, la escuchaba con atención y sintió deseos de abrazarla, pidió permiso y ella se lo dio. Fue extraño, porque cuando Connor la tenía en sus brazos se sintió frágil y vulnerable, estaba consolándola, pero por dentro él también notaba una extraña ansiedad, sus propios fantasmas acudían a contemplar la escena. Había deseado tantas veces poder abrazarla así que le dio vértigo ver como se cumplía ese afán de meses concentrado en el desconsuelo de la mujer que le explicaba un suceso terrible y misterioso.

Quedó en volver a por ella cuando terminara sus compromisos, y fue a su reunión y a dar la clase, pero su cabeza daba vueltas, ¿qué habría pasado?, buscó en las noticias locales en línea alguna referencia a los dos cuerpos. Había una breve mención en el *Valley News*, el periódico que cubría los sucesos de Vermont y Nuevo Hampshire, pero no aclaraban nada. Básicamente daban cuenta de lo que Lieke le había contado entre lágrimas. Al terminar la clase, varios estudiantes comentaron con inquietud el asunto, la noticia ya se había subido a las redes sociales y andaban especulando sobre las causas o la existencia de un criminal responsable. Nadie conocía la identidad de las víctimas, solo que eran una mujer joven, de veintipocos, y un niño de no más de tres años, ambos de rasgos hispanos.

Lieke y Connor comieron algo en la cafetería. Connor trató de distraer a Lieke preguntándole algunos detalles sobre lo que estaba escribiendo o las revistas a las que tenía planeado mandar sus artículos y dándole consejos sobre las dinámicas de las publicaciones científicas estadounidenses. Se dio cuenta de que él era el único que estaba hablando, que ella seguía compungida y respondía con monosílabos, y masticaba la comida lentamente, haciendo una bola en un carrillo. Cuando terminaron, Connor se ofreció a acompañarla hasta la puerta de su apartamento y Lieke se lo agradeció porque tenía miedo.

—Estoy bastante asustada.

—Te voy a dar mi teléfono para que me llames cuando quieras. Yo vivo en el pueblo, detrás del cine y del aparcamiento, bastante cerca. Cualquier cosa que necesites, no dudes en pedírmela.

Lieke apreció mucho la suma de sus gestos: el abrazo, la comida, la conversación y el paseo hasta la entrada del bloque de apartamentos.

—Menos mal que has aparecido. Gracias por todo, ya me siento mejor, me has ayudado mucho.

—Estoy para lo que necesites, Lieke, de verdad —repitió Connor mientras se despedían con otro abrazo.

18

Impunidad

Por la tarde, Cécile estuvo tentada de cancelar la clase que tenía y meterse en la cama. No podía quitarse aquella escena de la cabeza, y quería saber más sobre lo que les había sucedido a la mujer y al niño.

—Creemos que se han asfixiado —le dijo Marco por la noche cuando pudieron hablar por teléfono—, pero estamos esperando una autopsia exhaustiva para detallar las causas.

—Todo esto es espantoso —respondió Cécile horrorizada.

—Es muy triste y no puedo añadir nada más, porque todo se está investigando. En cuanto sepa algo más concreto, te cuento.

No era la primera vez que Marco veía cadáveres de mujeres y niños. La guerra es un espectáculo constante de víctimas esparcidas y cuerpos desgarrados, y él había sido partícipe de ese infierno. Alguna vez había sacado cuerpos agónicos de entre las ruinas de las casas bombardeadas y se le habían muerto en los brazos. Otras veces había ayudado a recoger los cadáveres y los había organizado en hileras para luego ir abriendo fosas. Ser soldado también era en cierto modo ser un enterrador cómplice en el espanto de la violencia desbordada. Los cuerpos del bosque traían su propia historia de horror y huida, pero él no era el experto en aquella batalla.

«Seguramente sean centroamericanos, hay muchos que se marchan huyendo de la violencia de sus países, y aquí hay granjas y cultivos donde pueden trabajar y comunidades donde se ayudan unos a otros. Esto ha tenido que ser un desgraciado accidente en ruta, o algo así», había concluido, al día siguiente, el forense. «Han muerto en algún tráiler ahogados por el monóxido de carbono, las noches de octubre se vuelven frías y quizás se ahogaron sin darse cuenta con algún tipo de estufa.»

—¿Por qué los dejaron en el bosque?

Cécile no daba crédito a las explicaciones de Marco, que se había acercado a su despacho para hablar con ella. El policía llevaba puesto el uniforme y mostraba un gesto grave, sabía que Cécile estaba muy afectada y quería respuestas.

—No he podido pegar ojo en toda la noche pensando en la mujer y su hijo. ¿Saben sus nombres?

—No, Cécile, no sabemos nada todavía. Todo son conjeturas, murieron mientras dormían, la ropa del niño era un pijama y ella llevaba un chándal y una camiseta. Debieron de encender algo para calentarse y se ahogaron.

—El niño estaba descalzo, me fijé en que iba descalzo el pobrecillo —dijo Cécile con la voz quebrada.

—Parece que los cargaron hasta allí y los abandonaron de forma improvisada.

—¿Quién puede hacer algo así, dejarlos tirados de mala manera?

—Cécile, creemos que eran ilegales y nadie iba a dar parte. Fuera quien fuera, no quería meterse en problemas.

—Pero esa mujer y el niño tendrán una familia, ¿no?

—Sí, y confiemos en que alguien los avise y nos contacte.

—¿No vais a investigar?

—No es nada fácil, tenemos poca información.

—Han abandonado los cuerpos de una madre y su hijo en el bosque —repitió Cécile con firmeza.

—Y es una desgracia que sucede bastante con esa comunidad.

—¿Qué quieres decir?

—La frontera entre México y Estados Unidos está llena de cadáveres. ¿Sabes que el desierto de Texas es un cementerio?

—Ya, pero nosotros estamos muy lejos de la frontera.

—Sí, pero la mujer y el niño pertenecen a ese grupo de desamparados.

—¿Nadie es responsable? ¿No vais a tener respuestas?

—Estamos preguntando a diferentes contactos por posibles desaparecidos. A los voluntarios de las iglesias que trabajan con ellos por si saben de alguien que los pueda conocer y les haya comentado algo.

—Pero lo lógico hubiera sido que los dejaran en el lugar donde pasó el accidente, no que los tiraran al bosque.

—Ya, tal vez se estaban trasladando e hicieron parada en una casa de paso y allí murieron, y como iban de camino los traficantes los dejaron en un lugar que no resultara incriminatorio.

—¿No vais a buscar y a detener a esos traficantes?

—Cécile, no sabemos exactamente qué pasó, estamos haciendo conjeturas.

—Investigaréis a fondo, ¿verdad?

—Claro, investigaremos con lo poco que tenemos. Pero esto no es una novela policíaca que te resuelve el caso, muchas de estas muertes no tienen resolución. No hay pistas más allá de la realidad de gente desesperada que trata de venir a este país a buscar una vida mejor y se queda en el camino.

—¿Me estás diciendo que si mueres y eres inmigrante ilegal las razones y las responsabilidades de tu muerte no tienen por qué resolverse?

—Sí, Cécile, hay grietas en el sistema, de eso tenemos que ser conscientes.

—Grietas no, impunidad —dijo Cécile vivamente molesta—. Hay tráfico de personas y aparecen cadáveres que no se reconocen y resulta que la policía lo asume con naturalidad.

—Cécile, estás siendo injusta. Estamos en los comienzos, tal vez tengamos respuestas y alguien nos informe y podamos avanzar y saber algo más.

—No, Marco, no. Me has estado explicando claramente que son inmigrantes sin nombre que han dejado en el camino, y como se considera una muerte accidental y no hay pistas, simplemente van a sumar en las estadísticas de esta vergüenza de país que permite que sucedan estas cosas.

Marco no supo bien qué responder; entendía la frustración de Cécile, pues él mismo la había sentido al contemplar como introducían sus cuerpos anónimos en los bolsones de plástico negro mientras los trasladaban. Los muertos no podían hablar. Pensó en su amigo Derek y en el gesto dormido de su rostro cuando lo velaron: estaba maquillado y le habían colocado el uniforme de policía. Se había suicidado, pero en el ataúd parecía tranquilo. La mujer y el niño también parecían estar inmersos en un sueño profundo del que no despertarían jamás, y seguramente su historia se perdería en el misterio de su muerte y su abandono.

Cuando el policía se fue del despacho, Cécile se sintió mal por haber sido tan seca con Marco. Él no tenía ninguna culpa de lo que había sucedido, pero el tema de la impunidad la enervaba y sentía que la policía en general no empatizaba con los pobres y desesperados inmigrantes. Marco era, le gustase o no, parte de ese conglomerado de la ley y el orden que parecía alinearse con el nuevo candidato republicano, que hacía una campaña descabellada a pocas semanas de las elecciones. Donald Trump había sido el nominado oficial del bando republicano, y sus comentarios sobre los inmigrantes eran hirientes y estaban polarizando a la población. Quería asegurar la frontera prometiendo construir un gran muro mientras acusaba a los inmigrantes ilegales mexicanos de ser violadores, traficantes de drogas y criminales. La pesadilla de Trump y su campaña había comenzado en agosto de 2015 en Nuevo Hampshire, y por aquel entonces nadie pensaba que llegaría a nada, y muchos, como ella, estaban indignados con sus comentarios xenófobos y sus discursos políticamente incorrectos. Se hizo con las primarias de su partido mientras regalaba camisetas y gorras con un logo que apelaba a hacer a Estados Unidos grande otra vez. Parecía absurdo pensar que ese discurso ganaría, pero Cécile tenía un mal presentimiento y estaba muy involucrada en la campaña presidencial para, desde su pequeño pueblo, contribuir a intentar evitarlo, pues en política puede pasar cualquier cosa.

Desgraciadamente, Hillary Clinton, que era la candidata demócrata —a la que ella apoyaba y que merecía ganar—, tenía algunos detractores dentro de su propio partido, y eso le preocupaba bastante a Cécile. Recordaba haber discutido con Pete, el marido de Alina, que había apoyado a Bernie Sanders, su gran contrincante en las primarias demócratas, y desconfiaba de Hillary Clinton hasta el punto de que estaba tentado de no ir a votar o escribir el nombre de Bernie en la papeleta:

—Ni se te ocurra descalificarla, Pete —había exclamado Cécile—. Hillary será una gran presidenta.

—Yo creo que tenerla de candidata es un error, hará lo de siempre. Esa mujer no me cae nada bien, los demócratas han perdido una gran oportunidad.

—Es cierto que Sanders lo ha hecho muy bien y era un gran candidato, pero hay que pasar página, ahora necesitamos apoyar a Hillary para ganar estas elecciones —dijo Alina, que se había sumado al debate.

—Estuvieron muy justos y no han querido arriesgar, los demócratas son unos conformistas comodones. —Pete se refería al ceñido porcentaje por el que Hillary había ganado a Sanders en las primarias demócratas.

—Déjalo ya, Pete, el propio Sanders está ahora haciendo campaña por Hillary, tú deberías dejar de despotricar tanto contra ella; aquí el enemigo es Trump —aclaró Cécile acalorada por la cabezonería de Pete.

—Pero ella es una mema integral y Trump un loco peligroso, por eso Sanders era el que podía parar a ese tipo.

—Pete, con tu voto podemos pararlo —matizó Cécile—. Supera tus suspicacias hacia Hillary y ve a votar por ella.

—Cécile, no son manías infundadas, esa mujer trae demasiado equipaje, vosotras dos estáis en modo feminista, asumiendo que porque sea mujer merece ganar, dando la murga con el techo de cristal, y creo que estáis muy equivocadas.

—¡Cómo puedes ser tan cafre! —exclamó Alina molesta.

—A mi edad, ¿no puedo decir lo que pienso? —respondió Pete con sarcasmo.

A Cécile le preocupaba que otros pensaran lo mismo que Pete, que en esos veintitrés estados donde Sanders había ganado las primarias y entre los *caucus* hubiera muchas personas descontentas como él que recelaran del liderazgo de Hillary y por prejuicios ridículos dejaran de ir a votar el 9 de noviembre o escribieran el nombre de Bernie Sanders en la papeleta. Pete era peculiar, de mente muy abierta, comprometida y liberal, pero sentía una honda desconfianza hacia los políticos. Por muchos años, Alina y Pete habían vivido en una casa con algo de terreno que estaba al otro lado del río Connecticut, a poca distancia del pueblo de Norwich, muy cerca del *college*. Y durante décadas Pete había sido miembro activo de Liberty Union Party, un partido político del estado de Vermont que se proclamaba socialista, anticapitalista y pacifista desde los lejanos años setenta, cuando se había fundado. En los orígenes del partido, el propio Bernie Sanders había llegado a ser candidato. Sanders y Pete tenían en común el año de nacimiento, 1941, y ambos estaban convencidos de la necesidad de cambios revolucionarios en el sistema político estadounidense para poder luchar realmente por la igualdad. Pete estaba jubilado, pero había sido profesor de matemáticas en un instituto y, siendo muy joven, había cumplido con el servicio militar en Vietnam. De ese episodio no solía hablar demasiado, pero lo que allí vivió le había marcado para siempre. Muchas veces se preguntaba en silencio por qué combatieron, por qué les hicieron creer que bombardear, matar a destajo y rociar cultivos con agente naranja era lo correcto. Algunos de sus antiguos colegas, veteranos como él, quedaron con secuelas, pero la peor parte se la habían llevado los vietnamitas, que cargaron durante décadas el rastro de la guerra en sus cuerpos; especialmente los niños que nacieron con deformidades o desarrollaron cánceres. Y Estados Unidos, como siempre, miraba para otro lado sin asumir su responsabilidad. A Pete le irritaban mucho los discursos de los políticos de su país, de uno y otro lado, sobre todo la prepotencia de los republicanos y la condescendencia de los demócratas. En definitiva, no veía en ninguno el verdadero compromiso. Quizás Bernie Sanders era el que más se aproximaba a una posible transformación, pero *América* no estaba preparada para apoyarlo, y él ya había perdido toda esperanza.

19

Make America great again

A Marco no le gustaba hablar de política, era un tema que siempre había generado algo de discordia en su familia y lo asociaba a momentos tensos en las cenas y comidas con los parientes del lado italiano. A veces, las celebraciones se transformaban en enfrentamientos acalorados entre su padre y sus tíos, que discutían de forma ruidosa descalificando a los políticos preferidos de cada uno como si estuvieran en un ring de boxeo. Su padre era demócrata y sus dos tíos republicanos, y todos se alineaban con su partido sin fisuras, orgullosos de su bando: el del burro o el del elefante.

Marco no quería tener que elegir un bando y le aburrían esas conversaciones exaltadas. ¿Qué más daba uno que otro? Eso era lo que sentía de niño cuando los escuchaba pelearse sobre las elecciones y opinar de lo bueno o lo malo que era ese o aquel político. Su abuelo era más tajante y simplemente opinaba que todos eran corruptos, incompetentes y maleantes, no votaba porque, pese a todos los años que llevaban en Estados Unidos, él y su mujer nunca se habían nacionalizado, tenían una tarjeta verde indefinida. El plan, además, era volver en cualquier momento a Nápoles y morir allí, solía decir el abuelo con tono bronco y dramático para zanjar cualquier discusión.

La política no entraba en la mente de Marco de la misma forma que lo hacía en la de Cécile. El verano que comenzó el idilio entre la profesora de francés y el policía había mucha tensión con las elecciones presidenciales y las convenciones nacionales de uno y otro partido para elegir a su candidato. Cécile respiró aliviada cuando, en julio, Hillary Clinton consolidó su posición como candidata demócrata y finalmente Bernie Sanders la respaldó, quitándose del camino. A Pete, que también se había involucrado bastante, el asunto no le hizo ninguna gracia, él había ido con Alina a Portsmouth para apoyar a Sanders, y se encontró con que su líder tiraba la toalla y dejaba su revolución a medias. Al principio, Cécile había intentado no sacar el tema de la política cuando estaba con Marco: sus discusiones con Pete ya eran bastante cansinas, y eso que ambos eran demócratas, y no necesitaba más enfrentamientos. La profesora no quería saber de qué lado estaba el hombre que tan feliz le hacía sentirse cuando compartían lecho.

Pero la agresiva campaña de Trump desde septiembre, el hallazgo de los cuerpos a finales de octubre y las elecciones presidenciales a comienzos de noviembre, la fueron crispando y enturbiaron poco a poco la relación con Marco. Cécile estaba preocupada por lo que se podía avecinar si ganaba Trump. Veía muchos carteles de gente apoyándole y gorras con el eslogan «Make America great again», y desconfiaba, además, de la falta de interés de Marco, que apenas decía nada cuando ella comentaba con desagrado lo fascistas que eran los vecinos que ponían en sus jardines carteles donde aparecía el apellido TRUMP en letras mayúsculas. Responder con monosílabos desganados, con un «sí, es una pena» o con un «qué mal» no era suficiente.

Marco se fijó en lo comprometida que estaba Cécile con la campaña de Hillary Clinton. En la parte trasera de su coche tenía varias pegatinas con algunos de sus eslóganes: el «Stronger together» («Juntos más fuertes») y el «I'm with Her» («Yo estoy con Ella»). Llevaba además una llamativa bolsa de la compra naranja con el «Hillary for president», que se podía ver desde cualquier punto del supermercado. Por otra parte, tenía varias cajas con folletos de la campaña en el coche y salía con Alina a los pueblos e iba casa por casa a motivar a los votantes y a explicarles lo importante que era apoyar a la secretaria de Estado en su carrera presidencial. Marco pensó que Cécile haría buenas migas con su padre, que también se había propuesto apoyar a Hillary, aunque, como Pete, en las primarias demócratas había votado por Bernie Sanders. Sin embargo, en su caso, había encajado con deportividad la derrota de su candidato y se había dedicado a apoyar a Hillary y, de paso, a incordiar a sus dos hermanos mayores, que estaban fascinados con Trump. ¿Qué estaba ofreciendo Trump que levantaba tantas pasiones? Lo cierto es que el verano del 2016 había sido el del referéndum del Brexit en el Reino Unido, y los discursos que había generado sobre recuperar la identidad británica frente a

Europa y limitar la inmigración resonaban en suelo estadounidense. Todo esto lo sabía porque su madre le tenía informado de los diferentes avatares de la familia, y de cómo su padre y sus tíos estaban en su temporada de elecciones particular y se pasaban la sobremesa de las comidas de los domingos debatiendo sobre Trump y Hillary.

En la comisaría del pueblo del *college* había una clarísima tendencia pro-Trump, incluso algunos de sus colegas habían ido a varias ciudades de Nuevo Hampshire para asistir a sus actos privados de campaña cuando buscaba ser nominado como candidato republicano. «Este tipo nos comprende —repetían una y otra vez—. Sabe que somos necesarios y nos apoya.» Algunas asociaciones policiales habían apostado por él ya incluso desde 2015, y la popularidad de Trump entre el cuerpo iba creciendo cada día. Marco lo contemplaba todo con curiosidad y asombro, pues era increíble el efecto tan dispar que tenía aquel hombre teñido de rubio entre la gente de su alrededor.

—El rechazo a Hillary es puro machismo —decía Cécile con indignación—, no hay persona mejor preparada que ella. Y estos idiotas que hacen campaña por Trump quieren llevarnos a la ruina.

En el pueblo, lo normal era cruzarse con alguien que llevaba camisetas o gorras con el lema «Make American great again», que sonaba como un mantra tóxico que diferenciaba a unos y a otros. Marco no simpatizaba con Trump, pero la verdad era que nunca se había molestado en votar, daba igual quién fuera el candidato. La guerra lo había vuelto un escéptico, o, mejor dicho, un descreído de todos los bandos. Su padre pertenecía al sindicato del acero, tenía conciencia de clase y era un demócrata convencido. Por otra parte, sus tíos eran tenderos y propietarios de un negocio familiar de ultramarinos con productos y comida italiana para llevar y estaban convencidos de que los ideales republicanos eran los que los representaban. En cierta forma él se sentía un poco como su abuelo, un hombre que añoraba volver a sus orígenes y nunca se había fiado de los políticos. La guerra hizo que Marco perdiera su patria, había vivido demasiadas cosas que no quería recordar, y la manera cínica de los políticos de utilizar los conflictos bélicos en sus discursos estaba asociada a aquella dolorosa experiencia.

La camaradería y la amistad entre soldados, la valentía y la lealtad, eso no se lo habían enseñado los políticos. No importaba el partido que estuviera al frente del país, ellos iban a luchar pensando en una patria, en un compromiso, en una idea, y luego todo eso se difuminaba, y volvían quebrados, agrietados y rotos. Él era de los pocos veteranos que conocía que había podido rehacerse sin demasiadas secuelas visibles. El rastro de la guerra lo llevaba por dentro, en su hermetismo silencioso y su profundo sentimiento de culpa por los que no volvieron y por las barbaridades que habían sucedido en el frente. Pero todo lo que Marco pensaba, no era capaz de verbalizarlo claramente, de explicárselo a Cécile o a cualquier otra persona. En su cabeza habitaban pensamientos que sus palabras no sabían cómo modular.

El silencio genera malentendidos y la cólera también produce reacciones injustas. La noche del 8 de noviembre de 2016, el corazón de Cécile se llenó de rabia densa, de furia amarga, de una oscuridad y de un rencor que duraría hasta la primavera. Se había esforzado durante meses, entregada a la campaña pro Hillary Clinton, luchando para que fuera investida presidenta de Estados Unidos. Creía que lograría ser la número cuarenta y cinco, soñaba con celebrar por fin a una mujer después de cuarenta y cuatro hombres. En las semanas previas a las elecciones, trabajó muy duro reconduciendo a los votantes de Bernie Sanders para que entendieran que los demócratas tenían que estar juntos, participó en mítines informativos en parroquias, residencias, reuniones y asambleas, fue una de las grandes defensoras de Hillary Clinton y se dejó la piel hasta el último día de la tensa campaña.

Por eso, que Hillary perdiera frente a Trump tuvo un efecto devastador en su ánimo. El grupo de gente que apoyaba la campaña de los demócratas, y con el que ella había colaborado sin descanso, se había reunido en un bar para ver el desenlace de las elecciones en directo. Allí también estaba Cécile, que presenció los catastróficos resultados. La pesadilla que le rondaba se hacía realidad, porque Hillary había perdido las elecciones y telefoneaba a Trump para felicitarle y reconocérselo.

Todos tenían cara de sorpresa por los resultados, incluso Trump, que aparecía en las pantallas de las televisiones lleno de gozo y sin haberse preparado demasiado, y básicamente sugería a los republicanos, demócratas e independientes del país que dejaran atrás sus diferencias y se unieran. A su lado estaba Melania, su última esposa, que lo acompañaba con cara de no creérselo, como si la carrera presidencial de su marido hubiera sido simplemente un entretenimiento que se transformaba, para su propio espanto y el de los votantes demócratas, en una realidad.

—Ha ganado un sinvergüenza arrogante que dice que a las mujeres hay que agarrarlas por el coño, no lo puedo entender —repetía Cécile furiosa.

La profesora aludía a uno de los vídeos que habían aparecido durante la campaña y que mostraban a Trump años atrás haciendo comentarios machistas y soeces sobre las mujeres. Todo en ese político era desagradable, pero lo que más le dolía a Cécile eran sus seguidores, la idea de tener que aceptar que casi sesenta y tres millones de norteamericanos habían votado por semejante sujeto impresentable.

A los pocos días, Cécile fue al apartamento de Marco en White River y expresó su malestar con contundencia y frustración. Marco, que había estado en bastantes turnos de trabajo con las elecciones, por fin libraba y tenía muchas ganas de verla. Para celebrar el reencuentro y consolarla después de aquellas intensas semanas, había preparado una deliciosa pasta fresca carbonara siguiendo la receta de su abuela, pero Cécile no tenía demasiada hambre. Ella se puso a despotricar mientras jugaba con el tenedor y daba vueltas a la comida:

—Vivimos en un gran país de gilipollas. Y en nuestro estado, aunque ganara Hillary, el margen es tan pequeño que da vergüenza ajena. —Cécile se refería a la diferencia de menos de tres mil votos entre uno y otro.

—Bueno, así es la democracia. —Marco quiso ser conciliador.

—No, Marco, esto no es democracia. Hillary tiene el voto popular y ha ganado oficialmente el cabronazo de Trump.

—Ya, lo siento, desgraciadamente el sistema es así.

—Un sistema de mierda que permite que estados casi despoblados puedan determinar quién es nuestro presidente.

—Cuando se instauró aquí la democracia, quisieron ser justos con todos los territorios.

—El machista de Trump va a hundir este país.

—También esto pasará —respondió Marco con un gesto sereno que Cécile malinterpretó.

—Veo que no te molesta trabajar con grandes fascistas. —Cécile aludía al cuerpo de policía, que había avalado a Trump en diferentes ocasiones.

—Creo que estás siendo injusta, y, además, en democracia cada uno puede votar como quiera. —Marco respondía con calma, pero no le gustaba el tono de su amiga.

—Los polis son todos iguales. Amiguitos de Trump.

—Cécile, yo no he votado por Trump. Pero trabajo con gente que sí y son, pese a ese voto republicano, personas que aprecio, y tenemos que respetarlos.

—¿No has oído todas las declaraciones horribles que ha hecho este tipo durante la campaña?

—Ya, pero nos toca aguantarnos.

—Pues yo no puedo. Esto me supera.

—Es solo política, Cécile, no va a pasar nada. En el fondo, unos y otros son más parecidos de lo que creemos.

—No, querido, hay una enorme diferencia entre lo que ofrecía Trump y lo que ofrecía Hillary.

—Sí, pero al final el mundo va por otro lado.

—¿Qué quieres decir?

—Nada va a cambiar, las grandes compañías y el capitalismo terminan controlándolo todo. Por eso me da un poco igual la política, por eso yo no voto; sinceramente, no me han quedado ganas de votar. Nunca las tengo.

—Te vas a la guerra, pero no votas. Tú estás un poco confundido, ¿no te parece?

—Son dos cosas distintas, Cécile.

—¿Te has vuelto nihilista?

—En realidad, tengo otras prioridades. —A Marco se le quitaron las ganas de seguir hablando.

—¿Poner multas es tu prioridad? —La profesora lo preguntaba en un tono hiriente.

—Mejor cambiemos de tema, Cécile. Yo no te falto al respeto.

—Tranquilo, que me parece muy bien que cuides de nuestras carreteras. Mírame a mí, yo me he pasado semanas repartiendo folletos de puerta en puerta, mi prioridad ha sido tratar de salvar este país. Y ¿sabes?, cada uno hace lo que puede, y yo sí creo que un político marca la diferencia. Este capullo va a construir un muro, va a hacerle la vida muy difícil a mucha gente, a personas como esa mujer y ese niño que me encontré tirados en el bosque. Todavía no sabemos quiénes son, ¿verdad? Pero parece que vamos a hacer América grande de nuevo, ¿no?

20

Ruido

Marco se sintió mal durante semanas después de que Cécile decidiera romper con él. La triste cena a los pocos días de las elecciones, en la que ella seguía furiosa por los resultados, señaló el comienzo de esa separación que se volvió definitiva. Aquella noche en la que él había cocinado con ilusión pasta fresca todo se torció, Cécile no se quedó a dormir y le dijo a Marco que necesitaba tomarse un tiempo. El policía, aunque no lo expresó abiertamente, se molestó bastante con su actitud, con la forma en la que su rabieta contra Trump la había hecho extensible a todos los demás y descalificaba a los que no opinaban igual que ella. Pensó que era un simple berrinche temporal, pero a lo largo de los días fue notando como Cécile contestaba a sus mensajes de forma breve y espaciada, con una desgana que no le dio buena espina.

A la semana y media, poco antes del día de Acción de Gracias, quedaron para verse y hablar en un restaurante cerca del *college*. Cécile llegó con gesto serio, Marco ya la estaba esperando sentado en una pequeña mesa y rápidamente se dio cuenta de que ella no le miraba igual, que evitaba cruzarse con sus ojos. Pidieron algo de comida para compartir y se quedaron un rato en silencio. Cécile no esperó a que llegaran los platos con las viandas para darle al policía la noticia de su decisión:

—Lo siento, Marco, creo que lo nuestro no funciona, somos muy distintos. En estos días he tenido tiempo para meditarlo a fondo y lo mejor es que cada uno siga por su camino.

Cuando llegó el plato con quesos, nueces y embutidos, Cécile ya lo había dicho todo. A Marco se le quitó el apetito, pero se llevó un trozo de queso a la boca sin saber bien qué contestar. Al policía le encantaba la profesora y le daba igual que fueran tan distintos. Ser diferentes los unos de los otros era lo que daba emoción a la vida. Hubiera querido explicarle eso a Cécile, pero se limitó a seguir masticando y contestar con un escueto: «Vale, si es eso lo que quieres». La profesora se ratificó en su decisión, estaba tan descontenta con los acontecimientos políticos que se llevaba por delante la relación pasional más bonita e intensa de su vida. Pero eso no podía verlo, su cabeza estaba centrada en la catástrofe de las elecciones y en la ansiedad que le suponía tener a Trump como presidente. Su realidad había entrado en el túnel de un periodo muy oscuro que había comenzado poco antes de los comicios, con esos dos cuerpos abandonados en el bosque.

A Lieke también se le quedó grabada la impactante imagen del hallazgo de los cuerpos y había perdido el sueño desde el fatídico día en que los descubrió.

Pasaban las semanas y sus pensamientos se quedaban suspendidos en una extraña melancolía. A Lieke, el bullicio de la campaña electoral estadounidense le resultaba ajeno, su cabeza estaba en aquel bosque, le costaba mucho dormir por las noches y solo era capaz de descansar por tramos. Connor estaba muy pendiente de ella y la solía pasar a ver al despacho o al invernadero, y algunas veces la acompañaba hasta el complejo de apartamentos en donde residía.

—Nunca termino de dormir bien —le confesó un día Lieke—. Es como si mi tranquilidad se hubiera esfumado.

—¿Qué te preocupa? —le preguntó Connor.

—Me siguen angustiando los cuerpos del bosque. Han pasado semanas y todavía no saben quiénes son.

—Creo que va a ser complicado, me parece que este tipo de sucesos lleva su tiempo.

—Sí, ya me lo imagino, pero por las noches estoy siempre desvelada, en estado de alerta, todo suena en mi cabeza como un murmullo triste.

—¿Qué quieres decir?

—Me acuerdo del niño y de esa mujer y siento mi propio grito contenido y asustado. Es muy extraño, pero el silencio de las noches me está volviendo loca.

Al día siguiente, Connor le llevó a Lieke su máquina de ruido blanco. Él se la había comprado en verano, cuando empezó a hacer terapia para tratarse las adicciones y los pensamientos obsesivos daban vueltas en su cabeza por las noches y no le dejaban dormir. El ruido blanco lo tranquilizaba, era como una frecuencia conectada a otra realidad. Al comprar la pequeña casa y recuperar por fin sus plantas, había dejado de usarla. Se dio cuenta de que no la necesitaba para dormir, de que el silencio de su nueva casa le agradaba y en su cabeza ya no bullían pensamientos oscuros.

La máquina de ruido blanco ayudó mucho a Lieke. Era un aparatito con varios botones que reproducía diferentes sonidos. El ruido blanco era como un murmullo que neutralizaba cualquier otro ruido, pero también tenía el sonido de las olas del mar y el de un arroyo con pájaros y algo de lluvia. Mientras se adormecía con el sonido de las olas pensaba en Connor, y si se despertaba en medio de la noche, volvía a dormirse pensando en él. Se ponía contenta cuando lo veía llegar al invernadero con un grupo de estudiantes y luego, cuando terminaba la visita de la clase, se quedaba un rato con ella a charlar sobre las plantas, los cactus y algunos detalles de las orquídeas que habían florecido. Fuera empezaba a nevar con fuerza, pero las diferentes zonas del invernadero se mantenían a la temperatura ideal de un ambiente diseñado para ser tropical o desértico. Connor notaba avances en su amistad con Lieke, se le iluminaba la sonrisa cuando lo veía y conversaban durante horas. Esa era una señal de que había una atracción mutua, pero antes de intentar nada quería tener los papeles del divorcio en la mano.

Ese año a Juana las elecciones le dieron un poco igual, tenía en la cabeza el ruido de su divorcio, que había borrado cualquier otra realidad. Aunque simpatizaba con los demócratas, ella no votaba, pues nunca se había animado a hacerse ciudadana, pese a los años que llevaba en Estados Unidos. Sin embargo, se solidarizó con Cécile y la acompañó a bastantes puertas y buzones a entregar folletos de apoyo a Hillary Clinton.

—Es una pena que no te hayas hecho ciudadana, en estos momentos todos los votos cuentan —solía decir su amiga cada vez que escuchaban en el coche las noticias que anticipaban una carrera a la presidencia muy reñida.

Tras el batacazo de las elecciones, cambiaron un poco las tornas, y fue Juana la que tuvo que animar a Cécile y tratar de quitarle el ruido de Trump de la cabeza, sacarla al cine, ir con ella de compras y quedar para almorzar. Incluso decidió organizar Acción de Gracias en su casa, ahora sin plantas, con Cécile, Alina y Pete de comensales, y con el perro Golo, que pasó un rato muy entretenido oliendo todos los rincones vacíos de ese hogar que antaño había sido un pequeño vergel. Juana usó la receta del pavo que se cocinaba en Navidad en la casa de sus abuelos en León, y también preparó lombarda con piñones y puré de manzana. La carne de pavo cocinándose en el horno fue dejando un olor familiar que le acercó a sus recuerdos de la infancia. La casa de sus abuelos en León tenía una alfombra roja que recorría todo el pasillo, y en la entrada unos muebles de madera oscuros, un arcón y un bargueño tallados. En el arcón estaba la escena de la anunciación de la Virgen, y en el bargueño se reproducía la fragua de Vulcano. ¿Qué habría sido de aquellos muebles? Se acordó de las veces que iban a pasar las Navidades con los abuelos, del viaje desde Gijón a la ciudad de León atravesando el puerto de Pajares: el paisaje nevado y su padre poniendo las cadenas en el coche, la nieve cayendo con copos gruesos y las montañas vestidas de blanco.

Desde los ventanales de su casa en Etna se veía caer la nieve; pensó en las montañas de los Apalaches y en las anteriores celebraciones de Acción de Gracias, cuando iban a Boone, a la casa del padre de Connor. Allí también nevaba, y durante el viaje ella recordaba ese trayecto por las montañas de su infancia, como si fueran una misma cordillera que unía su pasado y su presente. A Juana siempre le había llamado la atención la importancia que se le daba a determinadas fechas en Estados Unidos, la forma en la que se decoraban los supermercados anunciando los tiempos del otoño y los diferentes productos, primero con las calabazas de Halloween y luego con los pavos de Acción de Gracias. Por Halloween, ella ponía en el porche un par de calabazas que vaciaba y a las que daba forma de extraños rostros de dientes afilados, y sacaba un cuenco con dulces para los niños de la zona que pasaban disfrazados tocando por las casas. Acción de Gracias era la fecha en la que Connor trataba de estar con su progenitor, las Navidades las dedicaban a los viajes, pues a Connor le gustaba buscar rincones exóticos para avanzar con las investigaciones de algún paraje. El verano era para que Juana se reencontrara con España y su familia, y Connor, mientras la acompañaba, también lo aprovechaba para participar en algún congreso europeo.

Tenían la vida organizada con esos ritmos familiares y todo estaba perfectamente diseñado para que fueran felices y estuvieran tranquilos. Pero para Connor eso no había sido suficiente, y poco después de Acción de Gracias llegó la resolución de su divorcio, que confirmó lo esperado. Juana se quedaba con la moderna casa de Etna y le habían asignado una pequeña compensación mensual por la diferencia de salarios entre científicos y humanistas. Todo había sido muy civilizado, y tanto Connor como ella se habían esforzado por cerrar el capítulo de su matrimonio con una elegancia modélica, aprovechando que no tenían hijos y que solo habían necesitado negociar la distribución de los bienes adquiridos y los ingresos. Connor limpió su mala conciencia cediendo en todo, pese a los consejos de su abogado, que veía que se excedía en generosidad. A Juana el dinero no le dio demasiado consuelo, ni tampoco quedarse con la casa.

A partir del momento en que Connor y ella firmaron los últimos documentos de la ruptura y llegó la sentencia de divorcio, en diciembre de ese desolador 2016, Juana solo pensó en marcharse una larga temporada. Por ello solicitó dirigir el programa de estudios en el extranjero de Madrid, que su sección de español compartía con un consorcio de varias instituciones y que rotaba entre diferentes docentes. Conllevaba hacerse cargo durante un semestre de unos veinte estudiantes que iban a Madrid a perfeccionar su español, impartir un curso de literatura, acompañarlos en excursiones culturales, supervisar tanto las otras clases que tomaban como la estancia con familias. Hacía años que no pedía el programa porque no se le daba bien pastorear estudiantes y no le gustaba separarse de Connor tantos meses. Pero ahora todo era distinto, con el dolor que sentía por dentro tenía que tomar mucha distancia. Por eso, poder pasar un tiempo en Madrid durante el otoño del siguiente año y luego juntarlo con el sabático de seis meses que le correspondía era el mejor plan para no regresar en mucho tiempo al pueblo del *college*.

Juana incluso se planteó ir a España durante las Navidades y explicarle a su familia lo que había pasado con su matrimonio, pero no tuvo ganas de sincerarse y decidió seguir retrasándolo e irse de viaje con Cécile a la República Dominicana. El calor, el mar y la playa eran la mejor receta para que intentaran sacarse sus respectivos ruidos de la cabeza.

A Marco, el ruido de la ruptura de Cécile le duró hasta las Navidades. Primero se le hizo una bola en el estómago y le costaba conciliar el sueño. Se sentía estúpido por no haber intentado convencerla para que no le dejara, pero sabía que ella no era de esa clase de personas con las que se pueden argumentar los afectos. Su temperamento emocional estaba abducido por la absurda peripecia de las elecciones. Todo había sido un auténtico disparate, y en este caso la mierda de la política le había salpicado a él de la forma más inesperada. Por eso se fue a Pittsburgh en las vacaciones de diciembre, para pasar un tiempo con su familia y tratar de desconectar de la amargura del desamor. Había acumulado bastantes días de vacaciones y, además, había doblado turnos el día de Acción de Gracias para que varios colegas pudieran estar con sus familias, por lo que pudo extender su estancia más de diez días.

Que Cécile lo dejara lo había puesto melancólico, incluso los colegas de la comisaría lo habían notado:

—¿Qué le pasa a Marco que ya no sonríe por las mañanas? —le decían cuando entraba cabizbajo a fichar.

—Cosas mías —respondía sin querer dar explicaciones.

En su cabeza se le aparecían el rostro de Cécile y las imágenes de su cuerpo desnudo sobre la cama. Sí, ellos dos eran muy distintos. A ella le gustaba hablar en voz alta, contar anécdotas sobre su trabajo y sobre ese escritor francés del siglo XIX sobre el que estaba escribiendo un libro. En el apartamento de Marco se refugiaban y veían películas clásicas en blanco y negro. Eso les gustaba a los dos, ver el buen cine de otra época. Pero también les había encantado pasear por las playas de Maine cogidos de la mano e ir a lugares en donde nadie los conociese, y besarse con suavidad en las puestas de sol. Echaba de menos acariciarla en silencio y cocinar para ella. En los cuatro meses que habían estado juntos, Marco se había sentido en paz con muchas cosas de su vida. Lamentaba no haber sido capaz de explicárselo, y ahora tenía que digerir haberla perdido.

Su madre notó enseguida que sufría mal de amores.

—¿Quién es ella? —le preguntó.

—Nadie —respondió Marco.

—Tienes los ojos tristes, a una madre no puedes engañarla.

—No hay mucho que contar, tuvimos algo y no resultó.

—Pues te ha dejado huella en la mirada. Tendremos que esforzarnos con buena comida y mejor conversación para que la olvides pronto y deje de hacer ruido en tu cabeza —dijo su madre, sonriente.

A Marco le hizo gracia la perspicacia de su progenitora. Había pasado poco más de un mes desde que Cécile le había dejado, y ella nada más verlo había podido intuir la fragilidad de su gesto melancólico. Lo bueno de estar en Pittsburgh era que podía cubrir el ruido de su cabeza con el jolgorio de su familia. Las festividades y toda su coreografía de celebraciones y encuentros tenían un efecto relajante. Además, como ya habían pasado las elecciones y eran las Navidades, habían hecho un pacto de silencio y hablaban de otras cosas. La vida eran los planes de boda de uno de sus primos, la ampliación de la tienda, los recuerdos de Pascuas pasadas, las películas que se estrenaban en el cine del barrio, los desayunos con amigos en el viejo restaurante prefabricado, que todavía estaba en pie, jugar con sus sobrinos a la consola, acompañar a su abuela a la iglesia, ir con todos a misa de gallo, comer lentejas en Nochevieja y dar muchos abrazos en Año Nuevo.

21

El hilo del tiempo

Lieke se fue a Groningen a pasar parte de las vacaciones de Navidad. El *college* le daba tres semanas de vacaciones y aprovechó para visitar a sus padres y tratar de mirar su vida con otra perspectiva. Ya no era la misma persona, notaba que todo se aceleraba dentro de su cabeza. Esos meses desde finales de agosto en Nuevo Hampshire había sentido bastantes emociones y necesitaba tomar distancia, respirar el aire frío de las callejuelas de su ciudad, hablar neerlandés, pasar tiempo con sus seres queridos comiendo los platos deliciosos que se cocinaban durante esas fechas y contemplar su vida en América con el sosiego y la objetividad que le daría estar en la otra orilla del océano. Además, el 27 de diciembre cumplía treinta y tres años y quería celebrarlo en familia. El número era bastante simbólico, *la edad de Cristo*, se solía decir para que uno comparase su vida con la de un dios que había predicado la bondad y transformado una civilización.

Lieke tenía claro que le atraía mucho Connor, encontrárselo y conversar con él era lo que más le gustaba de su vida en el campus, pero no se había atrevido a tomar ninguna iniciativa porque era el catedrático, un hombre bastante mayor que ella y que andaba, según había oído, en medio de un divorcio con una profesora muy apreciada en el *college*. Si hubiesen tenido la misma edad, la cosa sería distinta, ella habría coqueteado abiertamente para tratar de seducirlo, pero la brecha de los años, la jerarquía y su vida personal no resuelta le parecían demasiado complicadas para atreverse a intentar algún avance. Cuando se tropezaban por los pasillos o pasaba a saludarla a la oficina, entablaban entretenidas conversaciones sobre temas académicos variados y aspectos no resueltos de sus respectivos proyectos de investigación. Todos los consejos que Connor le daba para mejorar sus artículos eran buenísimos y siempre estaba dispuesto a ayudarla. Si era tarde y había oscurecido se ofrecía a caminar con ella por el campus hasta la entrada del bloque de apartamentos en donde vivía. Sus conversaciones, siempre divertidas, tocaban todo tipo de temas, pero él nunca aludía a aspectos sentimentales y ella tampoco se atrevía a preguntar sobre asuntos personales.

Sin embargo, a Lieke le pareció que Connor intentaba mandarle señales justo el día que estaba terminando el curso y el profesor cerraba su última clase práctica con los estudiantes en el invernadero y se despedía de ellos:

—Espero que disfrutéis mucho de las vacaciones, pero no os olvidéis de que tenéis hasta el sábado para entregar el cuestionario y demostrarme que habéis prestado atención a todas estas plantas; y no vale pedirle a Lieke que os escriba las respuestas —dijo

Connor bromeando con los estudiantes, a la vez que lanzaba una mirada cómplice a Lieke, que estaba allí y los observaba sonriendo mientras regaba unas macetas.

Los estudiantes se fueron y Connor se quedó para hablar con ella:

—Esto parece que se termina, ¿tienes planes para estas vacaciones? —le preguntó.

—Me voy a Groningen con mi familia. He encontrado un billete a muy buen precio hasta Ámsterdam para un avión que sale en tres días, lo único es que la vuelta es el 31 de diciembre. Pero estaré en las celebraciones de Navidad, y eso es lo que quería. ¿Y tú qué planes tienes?

—Quedarme aquí tranquilamente. Ha sido un año muy movido, con la compra de mi nueva casita y el papeleo del divorcio. Afortunadamente, ya he cerrado ese capítulo.

Era la primera vez que Connor mencionaba su divorcio abiertamente. Lieke había oído los rumores sobre su separación de boca de dos administrativos del departamento que lo comentaban con pena porque habían sido una pareja muy carismática en el *college*.

—Lo siento —acertó a decir Lieke.

—No hay que darme el pésame, divorciarme ha sido la mejor decisión —puntualizó Connor.

—He oído que tu exmujer es profesora aquí, ¿verdad? —preguntó Lieke.

—Sí, de Español, en el Departamento de Lenguas. ¿Te han llegado muchos rumores?

—Algo escuché, pero lo decían de forma respetuosa.

Connor la miró con gesto agradecido y cercano, y Lieke se atrevió a seguir preguntando:

—¿Llevabais mucho tiempo juntos?

—Sí, pero rompimos a finales de abril —se apresuró a matizar Connor—, lo que pasa es que la sentencia de divorcio ha llegado hace unos días. Y me alegro, porque así comienzo el nuevo año con ese asunto acabado.

Menos mal que no estaba allí Juana escuchando la forma en la que Connor condensaba poco más de dos décadas de vida en común. El tiempo de todo ese amor era para él un capítulo de vida bien cerrado, encapsulado por la necesidad de dejar claro que ese matrimonio ya no existía. Y Lieke lo escuchaba atenta y aliviada de saber que el hombre que le gustaba no tenía ningún compromiso, por lo que se atrevió a compartir su propia ruptura:

—Yo también terminé con una relación bastante larga este verano —dijo Lieke sin explicarle que habían sido ocho años.

Es difícil aclarar los matices de las relaciones pasadas cuando quieres contárselos a alguien que te gusta. Tratas de trazar la nueva ruta de la curiosidad con elipsis, miradas y silencios. Lieke y Connor se quedaron callados unos segundos mientras se observaban con cuidado.

—O sea, que vuelves el 31 de diciembre —se interesó Connor sonriendo.

—Sí, había una diferencia de más de trescientos dólares con las demás fechas, y no me importa llegar en Nochevieja al aeropuerto de Boston.

—Yo puedo ir a buscarte a Boston.

—Tendrás compromisos y esas cosas, ¿no? —respondió Lieke entre apurada y nerviosa.

—Ninguno, estaré encantado de ir a por ti al aeropuerto —replicó Connor rápidamente a la vez que la miraba con fijeza.

—Bueno, pues si para ti no es molestia, la verdad es que yo te lo agradecería —respondió Lieke mientras mantenía su mirada hacia los ojos de Connor y sonreía levemente sintiendo el vértigo de las posibilidades que se abrían frente a ellos.

—Perfecto, así celebramos el nuevo año juntos.

Y Connor y Lieke celebraron la entrada del nuevo año en mutua compañía. Él fue a buscarla al aeropuerto de Boston el 31 de diciembre por la tarde; había nevado bastante y salió con tiempo para asegurarse de no tener percances en la carretera. Connor iba nervioso porque presentía que algo podía pasar entre ellos, y no se equivocaba, porque su relación comenzó en la madrugada del 1 de enero de 2017. El capítulo de su historia de amor se abrió en la nueva casa de Connor, convertida ya en vergel con sus plantas, suelos de madera y baños arreglados, y unas amorosas alfombras que hicieron que su invitada se sintiera cobijada. Lieke había estado todas las vacaciones dando vueltas a ese encuentro con Connor, al momento en el que él estaría en el aeropuerto esperándola. Desde Groningen pudo calibrar la distancia de su deseo y toda la atracción que sentía por él. No tenían ataduras, y aunque fuera el catedrático no había conflicto de intereses porque ella no era alumna: se consideraban dos adultos libres que podían tener una aventura, y ella sentía mucha curiosidad por conocer a ese hombre.

A Lieke le sorprendió la naturalidad con la que empezaron a intimar. Durante todo el viaje en el coche nevó bastante y fueron con mucho cuidado. La blancura de la nieve en la carretera solitaria, con las colinas rodeadas de grandes árboles, iluminaba el camino y le daba una belleza especial. Se sintieron muy a gusto dentro del coche y hablaron de muchas cosas personales con tono sincero, de los recuerdos de su infancia, de sus primeros proyectos botánicos, de los lugares a los que habían viajado, de los que soñaban conocer, de cómo era haber crecido en Europa frente a hacerlo en un pequeño pueblo de Carolina del Norte. Luego llegaron a la casa de Connor y se sentaron a cenar en la mesa de la cocina. Connor había preparado crema de calabaza y chuletitas de cordero con ensalada de escarola y granada. También había comprado un vino neozelandés y Lieke, pese a que estaba cansada del viaje, lo comió y bebió todo con deleite. Luego recibieron el año entre risas y se dieron un fuerte abrazo que se convirtió en una larga sesión de besos, y acabaron haciendo el amor sobre la alfombra con la chimenea encendida.

Lieke tuvo la sensación de estar en una película, la luz del fuego se mezclaba con el cansancio del viaje y la blancura de la noche nevada que los rodeaba, pero su cuerpo le pedía vivir y disfrutar de ese momento. Al día siguiente despertaron desnudos en la cama, y Lieke sintió un poco de pudor por la situación. Notó que ella tenía un cuerpo de treinta y tres años frente al de cincuenta de Connor. Su piel era más fina y la de Connor más gruesa y áspera, pero era un hombre muy atractivo y le gustaba su olor y su manera de abrazarla dormido. Una vez superado ese momento de timidez, y cuando Connor se despertó, volvieron a hacer el amor, y Lieke pensó que era muy buen amante y que se sentía protegida en su mullida cama. Disfrutaba del cuerpo de un hombre que la besaba y la tocaba con una delicadeza especial. Se cumplían las expectativas de todo el deseo que había proyectado con su imaginación mientras pensaba en él y estaba en Groningen tratando de entender el nuevo camino por el que se dirigía su vida.

Juana y Cécile recibieron el nuevo año en un paraje espectacular de la República Dominicana. Cécile tenía unos amigos, Rod y Mathew, que eran pareja y habían sido discípulos de su padre cuando estudiaban Arte en la Universidad de Ohio y la conocían desde que era una niña. Ejercían de profesores de Arte y Diseño en Altos de Chavón, un lugar muy pintoresco construido en 1980 que imitaba una villa mediterránea del siglo XVI. Era una excentricidad de lugar, construido con piedras procedentes de una carretera dinamitada, donde, aparte de la escuela donde impartían sus clases desde hacía décadas, había un museo precolombino, una iglesia y un anfiteatro en el que habían actuado Frank Sinatra y otros muchos. Rod y Mathew, en cierta forma, eran lo más parecido a unos tíos adoptivos a los que visitaba cada cierto tiempo. Tenían su casa en una agrupación de viviendas para profesores junto a la escuela de arte y diseño, en la zona elevada que daba al río Chavón. Aquella peculiar villa estaba situada en la zona de la Romana, metida en el complejo residencial Casa de Campo, donde había chalés exclusivos de superlujo, campos de golf, un resort con varias piscinas y todo tipo de instalaciones a las que podían acceder.

Rod y Mathew se desvivieron para que Cécile y Juana disfrutaran al máximo de su estancia. Tomar baños de sol junto a la piscina y bajar de cuando en cuando a la playa les fue quitando algo de la angustia acumulada durante el otoño. Era como si el paraje de los Altos de Chavón, con su río, sus palmeras y sus casas de piedra de imitación renacentista, las hubiera transportado a otra realidad donde sus frustraciones se difuminaban. Ese era el efecto de las vacaciones en el lugar adecuado: el hilo de los pensamientos anudados se desenredaba y todo sufrimiento se volvía más leve. Brindaron por el nuevo año con Rod, Mathew y su grupo de amigos en el jardín de un chalé de ensueño, y se desearon toda la felicidad del mundo. Juana y Cécile respiraron aliviadas porque se cerraba un año tóxico, y aunque el que las recibía daría coletazos y estaría lleno de retos, ellas no se dejarían amedrentar. Al menos eso era lo que pensaba Cécile mientras alzaba su copa. Tocara lo que tocara resistirían y le pondrían ganas; tenían mucho que decir, y por eso estaba coordinando su participación y la de otras compañeras en la Marcha de las Mujeres del 21 de enero. Acababa de comenzar el año, y la idea de sumarse a esa protesta pacífica reivindicando a las mujeres contra la presidencia de

Trump y la masculinidad tóxica que representaba era una de las cosas que más la motivaba en su brindis de Año Nuevo.

En la mañana del 1 de enero Juana se despertó temprano. Miró el reloj de la mesilla: eran las siete de la mañana, calculó que había debido de dormir poco más de tres horas y trató, sin éxito, de retomar el hilo del sueño. Cécile dormía plácidamente en la cama de al lado. La habitación de invitados de la vivienda de Rod y Mathew era muy acogedora. La casa era pequeña, con solo dos dormitorios, pero tenía todas las cosas imprescindibles para vivir cómodamente y estaba ubicada en un lugar paradisiaco. Juana pensó que su casa en Etna era demasiado grande, que podía venderla y buscar algo parecido que no le diera mucho trabajo. Concentrar su vida en dos habitaciones o incluso en un simple estudio. Sus vacaciones en el Caribe estaban siendo magníficas gracias a los largos paseos que se había podido dar y a las horas de sol y brisa en las tumbonas de la piscina.

Comenzaba el nuevo año escuchando el aliento de su amiga, que emitía leves y entrecortados ronquidos. El sueño de Connor era más ruidoso, con un silbido largo que a veces masticaba las bocanadas de aire. ¿Quién le iba a decir a ella hace un año que recibiría el 2017 con Cécile en la República Dominicana? El Fin de Año pasado lo habían celebrado Connor y ella con algunos amigos del *college*. Juana no solía ir a España para esas fiestas, por muy familiares que fueran. Prefería reservarse el largo viaje para el verano y pasar allí un par de meses. Eran días cortos y fríos en los que aprovechaban para leer y avanzar con sus investigaciones o acudir a algún congreso que coincidía en esas fechas. El paso del tiempo era un misterio que ahora le daba vértigo, porque la arrastraba por lugares insospechados.

Juana se incorporó suspirando y fue a prepararse una infusión. La luz entraba por el salón con cocina americana y le daba amplitud al espacio. Se respiraba una serenidad casi mágica, que le dio placer mientras bostezaba. Abrió la mosquitera y salió a la terraza a contemplar las vistas desde una de las cómodas tumbonas. La estructura de la casa era un adosado que formaba hilera con otras cuatro viviendas de una sola planta, con amplios balcones sobre el mismo desfiladero del río. Juana disfrutó del paisaje mientras saboreaba un té de hibisco y escuchaba el gorjeo de los pájaros recibir con ella la mañana.

De pronto, Juana se sintió observada, pero a su alrededor no había más que la terraza y la belleza del río, a lo lejos, rodeado de vegetación. Sin embargo, la sensación de una mirada la siguió inquietando por varios minutos, hasta que por fin pudo encontrar la causa de su desazón. En el suelo de la terraza, a un metro de donde ella estaba, había una gigantesca tarántula. Juana nunca había visto ninguna de ese tamaño, era como una gran palma de la mano abierta y peluda, con dedos largos y gruesos, que caminaba lentamente por las baldosas. Juana se incorporó rápidamente, muda de la impresión, y la miró fijamente. El animal, al detectar sus movimientos, cambió el rumbo y se metió por el hueco de la puerta de la terraza, que daba al salón y había quedado abierta. Instintivamente, Juana corrió la mosquitera que hacía de pantalla para aislarse del bicho mientras trataba de pensar en la mejor forma de resolver la situación.

La tarántula caminó por la sala y se quedó en el centro muy quieta. Impresionaba ver ese animal peludo convertirse en la reina de la casa. Las puertas de los dos dormitorios estaban cerradas, por lo que no tenía demasiados sitios a los que ir. Juana la observó con profundo desagrado: ¿por qué ese bicho quebraba su placidez mañanera?, ¿no tenía suficiente con los sofocos nocturnos y el insomnio? La mujer se sintió molesta e inquieta con todos dormidos y esa gigantesca tarántula invadiendo el salón. De pronto recordó un breve poema de Walt Whitman sobre una araña paciente y silenciosa que estaba en un pequeño promontorio y lanzaba sus filamentos una y otra vez a su alrededor para explorar el espacio vacío. Y esa escena hacía que el poeta evocara la soledad de su alma, su aislamiento, y el intento por conectarse lanzando su propia telaraña, buscando prenderse de algún sitio. Tal vez ella era también un alma solitaria queriendo formar parte de algo, pertenecer a un mundo que tuviera sentido, pretendiendo que su vida no fueran las hebras de tristeza de su pasado, que el hilo del tiempo le permitiera tejer otra vida.

La puerta del dormitorio de Rod y Mathew se abrió y salió Rod descalzo y bostezando en camiseta y pantalones cortos.

—¡Cuidado! —gritó Juana asustada—. Hay una tarántula en la sala.

Rod miró al suelo sin alterarse:

—Parece que se metió una cacata en la casa.
—Ese era el término con el que se las llamaba en la República Dominicana.

—Espero que no te ataque —dijo Juana preocupada desde la terraza.

—No, no te preocupes, solo necesita que la ayuden a salir de la casa.

Rob tomó una toalla y la fue guiando hacia la puerta delantera. La tarántula caminó despacio mientras Rob la empujaba levemente con la toalla. Abrió la puerta de la casa y la tarántula salió al jardín delantero y se perdió en la maleza.

—¿Te asustó? —preguntó Rod con una sonrisa.

—La verdad es que sí —respondió Juana.

—Son grandes y de aspecto poco amigable, pero si no las molestas no te hacen nada.

—Nunca me imaginé que alguien pudiera domarlas con una simple toalla.

—Dicen que las tarántulas traen suerte y abundancia, creo que será un buen año.

—Ojalá —suspiró Juana resignada.

22

Ya no era él

La Marcha de las Mujeres sonaba a revolución, a transformación y a compromiso solidario; sonaba a grito de guerra en medio del desastre. La idea había surgido la noche de las elecciones de noviembre, cuando Trump se impuso, intoxicando la realidad política. Su investidura el 20 de enero necesitaba una réplica contundente el día después, con manifestaciones de mujeres por todas partes clamando contra su misoginia y exigiéndole respeto. A Cécile le hubiera encantado ir a Washington a gritar consignas contra Trump frente a la valla de seguridad que rodea la Casa Blanca en compañía de un batallón de compañeras del *college*, pero la ruta de casi nueve horas y la logística sin apenas opciones de hoteles, y demasiados colegas que no se decidían a hacer un viaje tan largo, lo habían complicado todo, por lo que tuvo que conformarse con coordinar el traslado de las compañeras a la Marcha de las Mujeres en Boston. Al principio había barajado irse ella sola a Washington, pero comprendió que era más sensato unirse al grupo de Massachusetts, con el que había colaborado estrechamente en la campaña de Hillary, y facilitar la participación de toda la gente de su zona. Contrató uno de los autobuses de la línea que cubría el trayecto entre el *college* y el aeropuerto y la estación central, y logró reunir a casi cincuenta personas, sobre todo mujeres, con ganas de gritar su rabia contra Trump y apoyar la marcha por las calles de Boston.

Alina confeccionó veinte gorros de lana fucsia con formas picudas que imitaban las orejas de un gato y los regaló en el autobús. Pete se quedó con Golo en la casa, no se pudo unir porque seguía fastidiado con lo de la amputación de varios dedos del pie y caminaba muy lento con la bota ortopédica y la muleta, pero preparó varios carteles en letras mayúsculas para que Alina los llevase, en los que se reivindicaba el poder y la hermandad de las mujeres y se decía que el amor y no el odio era lo que hacía que América fuera genial. Todos los lemas de la campaña de Trump se reinterpretaban en clave de humor. Y así, muchas ciudades compartían el clamor empoderado de las mujeres que avisaban al nuevo presidente de que no estaban dispuestas a tolerar las injusticias ni el abuso de poder.

El éxito de la marcha dio a Cécile algo de esperanza. El viaje a Boston, la energía de todas las mujeres que allí estaban, la emoción compartida como un pálpito necesario para presionar a la sociedad y lograr cambios. Caminar por las calles gritando consignas y sentir que juntas eran inmensamente poderosas. Todas las marchas hermanas que habían acompañado a la de Washington desde diferentes ciudades habían sido un éxito y formaban una misma red contra la opresión y el abuso.

—Te sienta muy bien el rosa —le dijo Cécile a Juana.

Su amiga española llevaba puesto el gorro de lana fucsia con orejas en pico tejido a mano que Alina les había regalado para la Marcha de las Mujeres.

—Lo pasamos muy bien el sábado, fue una idea estupenda ir a Boston. Gracias por organizarlo todo —contestó Juana con una sonrisa melancólica.

—Teníamos que haber ido a Washington, pero bueno, Boston no estuvo mal.

—Washington está demasiado lejos para un viaje así, y no se hubiera sumado tanta gente del *college*.

—Ya, por eso me tuve que conformar con llevaros a Boston —bromeó Cécile.

—Fue un éxito total, con miles y miles de personas en todas las ciudades, yo creo que Trump ha entendido el mensaje.

—Lo dudo, aparte de intentar construir un gran muro con México, seguro que lo trata de levantar contra todas nosotras, pero le resultará muy difícil, no vamos a parar —respondió Cécile con ímpetu.

—Me alegra verte mejor. —Juana notaba como Cécile se había recuperado del disgusto de las elecciones de noviembre y la marcha le había dado un propósito.

—Ese tipejo no se saldrá con la suya, y en cuatro años lo pondremos en su sitio —afirmó Cécile con rotundidad.

Juana miró a su amiga con dulzura. Estaban en el *college*, rodeadas de nieve, en la parte de atrás de su edificio blanco, cerca de una de las puertas. Era un día luminoso, sin demasiado frío, y los estudiantes entraban y salían por las puertas para ir a sus clases. Ellas habían terminado la jornada y tenían toda la tarde por delante.

—¿Qué tal vas con el proyecto de Stendhal? —preguntó Juana.

—Estoy con un artículo a medias que quiero mandar a una revista. También me tengo que poner las pilas y presentarlo como comunicación en alguna conferencia. Este verano veía muy claro el libro, pero creo que en otoño me he desviado un poco. ¿Y cómo te encuentras tú?

—Nos tendríamos que haber quedado con tus amigos en la República Dominicana.

—Es verdad, era el paraíso.

Permanecieron pensativas recordando la luz cálida de la Romana junto a la piscina y los desayunos en la terraza de Rod y Mathew contemplando el río Chavón.

—Hay momentos que deberían ser eternos —murmuró Juana mientras suspiraba con tristeza.

—¿Se te está haciendo duro el invierno? —preguntó Cécile.

—Mucho, intento no pensar en él, pasar página y asumir todo lo que ha sucedido.

Juana se quedó en silencio y miró a Cécile fijamente:

—¿Crees que Connor está con alguien?

—No lo sé —respondió Cécile sorprendida.

—Si estuviera con alguien me dolería muchísimo ser la última en enterarme.

—Si yo supiera algo, te aseguro que no dudaría en decírtelo —replicó Cécile pensando que quizás le debería haber contado a Juana la escena de la borrachera de Connor en verano y las cosas que dijo. Pero eso ahora carecía de importancia, porque quizás a Juana le preocupaba otra cosa, como que Connor rehiciera su vida delante de todo el mundo como si nada hubiera pasado. Eso le hizo reflexionar a Cécile sobre lo peculiares que eran los tiempos del amor, y reparó en que ella no se había vuelto a cruzar con Marco y, en cambio, a Connor lo había visto en un par de ocasiones, una en la biblioteca, charlando con Lieke, la mujer con la que halló los cadáveres del bosque, y otra en el supermercado. En ambas ocasiones apenas se habían cruzado un saludo y varias frases convencionales para dar naturalidad al encuentro, aunque Lieke y ella se entendieron con la mirada, compartían la misma imagen desgarrada, la escena desoladora de la que todavía no tenían respuestas.

Alguna otra vez se habían vuelto a cruzar ellas dos solas y Lieke le había preguntado:

—¿Has sabido algo de quiénes eran?

—Nada, desgraciadamente siguen siendo un trágico misterio.

—Qué pena —había murmurado Lieke con genuina tristeza.

Cuando en febrero a Juana le llegaron los rumores de la relación de su exmarido con Lieke, quiso desaparecer en ese mismo instante. Su amiga Cécile fue a avisarla al despacho. Estaba nevando y apareció acalorada porque no se había quitado las botas gruesas de los días fríos del invierno:

—Juana, me temo que Connor está con Lieke.

Juana apartó la mirada del rostro de Cécile y clavó los ojos en el ventanal; hacía bastante viento y los copos que caían se posaban sobre los cristales e iban dibujando hilitos y formas irregulares de hielo. Parecían grietas que crecían por toda la superficie transparente del cristal.

—Me lo he estado oliendo desde que terminamos los trámites del divorcio en diciembre —acertó a responder, sintiéndose rota por dentro, como si el vidrio de la ventana le hubiera reventado en el estómago.

—La verdad, yo también, pero no he querido contarte nada hasta no estar segura.

—¿Los has visto hacer algo juntos?

—Yo no, pero Richard los vio ayer, muy acaramelados, cenando en Roses.

Richard era un colega de ambas que impartía latín, y Roses un celebrado restaurante de mariscos y pescado a treinta kilómetros del *college*.

—Al menos se fueron lejos —dijo Juana tratando de encajar el disgusto con un aparente estoicismo.

—Ya, pero lo lamento muchísimo —acertó a responder su amiga.

—Cécile, no hace falta que lo lamentes, Connor y yo llevamos casi un año separados.

Eran 308 días, para ser exactos. Desde aquella mañana de domingo habían pasado casi cuarenta y cuatro semanas, y un año consta de un poco más de cincuenta y dos semanas. El ciclo de las estaciones se cerraba: él la había dejado un día de primavera y se confirmaban sus temores un día de invierno.

Lieke, la muchacha holandesa del posdoctorado, la que había venido para un año y cuya estancia habían alargado un segundo año, estaba detrás de la ruptura. Se veía venir, había algo en el rostro de Connor que lo delataba y lo volvía irreconocible. El problema estaba en seguir trabajando en el mismo lugar y seguir viviendo en la casa que habían compartido y notar cada día su vacío en las habitaciones, en los muebles, en todos los objetos. Reconocer su coche en el aparcamiento del campus o del supermercado. Verlo de lejos y cambiar de dirección para no tener que hacer el esfuerzo de saludarlo. Tenerlo presente como a un espíritu maléfico que había borrado al Connor que la había amado a ella.

Porque, para Juana, aquel Connor nuevo era otro ser. Un cuerpo extraterrestre que había eliminado al amor de su vida. Cuando pensaba en ese hombre extraño que un día decidió dejarla se acordaba de una película antigua que la aterrorizó de pequeña, aquella en la que unas esporas de otro planeta llegaban a la tierra a robar los cuerpos de los humanos. Las esporas se transformaban en vainas y luego en cuerpos que se apropiaban de las mentes y los sentimientos. Los extraterrestres creaban réplicas de los habitantes de un pueblo y reemplazaban a los humanos cuando se quedaban dormidos. A la Juana niña, esa película le causó grandes desvelos. Tenía miedo de que a ella también le robaran el alma y los sentimientos, de que en algún lugar cerca de su casa hubiera una vaina formando una réplica exacta de ella y esperando a que cerrara los ojos para vaciarla y apoderarse de su ser. Pensar que Connor ahora era un extraterrestre parecía una regresión a las angustias de la infancia. Un pensamiento absurdo que a ratos la lanzaba a otro tiempo y le daba un peculiar significado al silencioso luto por el amor perdido.

Su pobre Connor ya no existía, el terror que había sentido con tanta intensidad al ver la película en la televisión en blanco y negro, en casa de sus abuelos, ahora tenía sentido. «Tengo miedo de quedarme dormida», le decía Juana de niña llorosa a su abuela. «Es solo una película, no te va a pasar eso», la trataba de tranquilizar su abuela, quedándose a su lado junto a la cama mientras Juana la cogía de la mano y hacía esfuerzos para no dormirse. Las escenas de la película se le repetían en la cabeza. Un camión lleno de vainas gigantes y el protagonista aterrado viendo que la invasión era imparable, que se avecinaba el fin de la humanidad. Y su abuela ya no estaba para consolarla, ni siquiera había conocido a Connor, su gran amor, el que fue abducido por las vainas extraterrestres, transformado en un ser sin alma y sin sentimientos.

23

El deseo agazapado

A Cécile la hicieron jefa del Departamento de Lenguas Clásicas y Modernas a finales de marzo de 2017, en la época en que la relación entre Connor y Lieke se hizo por fin pública y ya se dejaban ver paseando juntos y acaramelados por el campus. El *college* era pequeño y la pareja de enamorados se convirtió en el tema principal de las conversaciones banales entre algunos colegas. A la gente le gustaba hacer conjeturas sobre si ya se habían liado antes de que Connor y Juana rompieran. La versión oficial era la del cese de la convivencia y un divorcio ordenado y respetuoso. Pero los colegas no se conformaban con esa trama, porque las tribulaciones sentimentales de los demás era lo único que parecía entretener la aburrida imaginación de ciertos compañeros. Siempre le preguntaban a Cécile por Juana y cómo se lo estaba tomando, pero Cécile era leal y hermética en los asuntos de su amiga. Ya le había llevado en febrero las malas noticias sobre la nueva vida de su exmarido, tenía muy clara la magnitud del sufrimiento de la española y se negaba a alimentar conversaciones superficiales. Si realmente les preocupaba cómo estaba Juana, ¿por qué no se lo preguntaban a ella directamente? La madre de Cécile, que era una mujer muy directa, había enseñado a su hija a ser clara y cortante con ese tipo de asuntos. Cécile notaba con desagrado la dosis de morbo malicioso que rodeaba a los protagonistas de aquella ruptura. Juana y Connor destacaban por sus carreras profesionales envidiables, y la fractura de su matrimonio tenía un curioso efecto en la psicología de los colegas levemente frustrados por sus insulsas trayectorias académicas, pues ellos, al menos, con inferiores méritos que la sesuda expareja, disfrutaban de vidas familiares completas y felices. Todo eso a Cécile la irritaba, si sus colegas sentían tanta curiosidad por el sufrimiento sentimental y el entramado del desamor, bien podrían leer algunas de las novelas que ella enseñaba en sus cursos y así aprender a ser más empáticos. Odiaba las reuniones y cenas que al final se impregnaban de esa curiosidad malsana: «Tú la conoces bien, ¿cómo se está tomando Juana lo de Lieke?».

Ante esa pregunta, Cécile había decidido levantarse educadamente de la mesa aduciendo que ya era hora de irse, pues tenía bastante trabajo: «Lo siento muchísimo, no me puedo quedar más, tengo una reunión con la decana a las ocho de la mañana y quiero repasar algunas cosas».

«Trabajas demasiado», se quejaban solícitos los colegas que veían como su interlocutora se les escapaba sin soltar prenda.

Cécile sonreía con fingida resignación, feliz por dentro de poder marcharse de esa cena de compromiso que se estaba poniendo incómoda. Desde que había sido nombrada jefa del departamento, su vida social se había multiplicado. La importancia de mandar significaba que los colegas querían tenerla cerca y la incluían en sus planes sociales. Y era agradable sentirse deseada, aunque el trasfondo fuera el nuevo y flamante título de capitana principal de un heterogéneo grupo de académicos que estudiaban la literatura y la lingüística de lenguas vivas y muertas. Monarca de una pequeña torre de Babel, porque el Departamento de Lenguas Clásicas y Modernas era como aquella mítica construcción con la que los hombres quisieron tocar el cielo y fueron castigados por Dios, condenados a no entenderse. El abandono de la torre y su posterior derrumbe, las lenguas y sus desencuentros. La injusta maldición bíblica en la que se fraguaron tantas melodías hacía que Cécile resoplara mientras trataba de arrancar el coche. Acababa de cenar con media torrecilla de Babel: con el de latín, la de alemán, la de italiano y el de chino, y la conversación se había ido por los derroteros íntimos de las desgracias ajenas. La vida de Juana y lo que muchos veían como su fracaso personal estaba de moda. La belleza de Lieke y el contraste evidente entre ambas. ¡Qué injusto era el paso del tiempo con las mujeres! Giulia Rossi, la profesora de italiano, que era siciliana, en un momento en que Cécile y ella se quedaron a solas, lamentaba el descuido de Juana y cómo había decidido abandonarse. La primera y clara señal era una horrorosa franja blanca brotándole de la cabeza. «No me hace caso —se quejaba Giulia con su expresivo acento—. Ya le he dicho que debería ir a teñirse. Esas raíces tan largas le hacen parecer una señora mayor.»

«No pongas esa cara, Cécile, tú llevas el pelo fenomenal. —Cécile tenía una melena pelirroja envidiable que se retocaba cada cinco semanas en la mejor peluquería de la zona—. Bien podrías convencerla de que se arregle un poco.» Y Giulia seguía imparable pese al gesto de incomodidad de Cécile: «Kathleen y Merry —se refería a dos profesoras del Departamento de Inglés— tienen unas melenas blancas preciosas; si eso es lo que quiere, vale, que se lo haga, pero o cortando o con mechas..., pero llevando el pelo con estilo..., porque ya te digo yo que Juana no está reivindicando el pelo cano, simplemente se está tirando al abismo...».

A Juana ya no le quedaban ganas de cuidarse, y si hubiera escuchado lo que decía de ella su colega Giulia a su amiga Cécile, le habría dado exactamente lo mismo. Se miraba al espejo y le daba igual no reconocerse. Es más, sentía a la señora gorda, de raíces canosas y melena despeinada que veía allí como a una nueva compañera de vida. Esa mujer de cara redondeada y grandes ojeras, que era su propio reflejo, la miraba con lástima, y ella a su vez también se apiadaba de ese rostro demacrado que parecía observarla. «Menudo par», pensaba con resignación mientras se pasaba el hilo dental. Si hay algo que Juana detestaba era que se le quedaran trozos de comida entre los dientes. Su aliento y su saliva estaban llenos de la pesadumbre del divorcio, pero, curiosamente, no había dejado un solo momento de cuidarse los dientes. Debajo de aquella piel carnosa que cubría sus pómulos había una dentadura que conservaba casi perfecta.

Años atrás había estado con Connor de viaje por Lima, y allí habían visto las catacumbas de la catedral, con los huesos de los religiosos ordenados en largos y tenebrosos pasillos subterráneos. Calaveras blancas de ojos huecos, mandíbulas de dientes perdidos, huesecillos esparcidos por el suelo. La muerte se había convertido en una atracción turística donde los seres humanos solo dejaban un leve rastro de calaveras desdentadas que a ella le impresionaron. Connor se mareó pensando en la levedad de la existencia, mientras que Juana solo quería que su cráneo preservara sus dientes más allá de su propia defunción.

El coche de Cécile se ahogó en el arranque. «Venga, vamos —pensó la profesora con desagrado, no quería tener que pedir ayuda a sus colegas—, no irás a dejarme tirada.» Al quinto intento logró arrancarlo; era un coche antiguo, un Subaru Forrester azul que tenía algunos años y le había dado buen resultado, pero últimamente se volvía caprichoso en el encendido. Menos mal que ya se ponía en marcha y podía volver a casa. Todavía era pronto y le daría tiempo de leer un rato antes de acostarse. La reunión del día siguiente, que tenía bien preparada, simplemente había sido la excusa para irse. No tenía ganas de alargar la velada, y menos a costa del sufrimiento de Juana y otras cavilaciones sobre la vida de Connor y Lieke.

La carretera secundaria daba varios rodeos por

zonas boscosas. La casa de la siciliana Giulia, que esa noche había sido la anfitriona, estaba al final de una colina de pequeños edificios unifamiliares esparcidos a seis kilómetros al norte del campus en dirección opuesta de la casa de Cécile. Había que ir con cuidado, porque a esa hora de la noche salían todos los ciervos a cruzarla. A los animales les gustaba hacer incursiones en los jardincitos que adornaban las fachadas de las casas. Comerse las hojas y los brotes de los arbustos exóticos. En primavera, los vecinos tenían que proteger los bulbos de las flores con redecillas metálicas. De pronto, un búho blanco se le cruzó a ras del parabrisas y Cécile se asustó, dando un frenazo. Estaba pendiente de los ciervos, pero no se esperaba al ave en vuelo rasante tan cerca del cristal. A lo largo de los años se le habían cruzado todo tipo de bichos: ardillas grandes y pequeñas, puercoespines, marmotas, mapaches, gatos, conejos, ciervos e incluso osos, pero nunca un búho blanco planeando con las alas extendidas. En la tradición griega, a Atenea, la diosa de la sabiduría, le acompaña un pequeño mochuelo gris jaspeado con los ojos muy abiertos, pero el búho de las nieves parecía salido del hombro del niño mago que había sido la lectura favorita de casi todos los estudiantes en edad universitaria. «Si se enteran de que anda por aquí el búho de Harry Potter...»

El último tramo del camino estaba lleno de curvas y desembocaba en una carretera más ancha de varios carriles en dos direcciones. Había un stop que Cécile no respetó, pues bajaba muy despacio, todavía distraída por el búho. Además, no veía ningún vehículo venir de frente, por lo que ella se incorporó tranquilamente, haciendo el amago lento de los automóviles que se encuentran con la señal de ceda el paso. No se dio cuenta de que en la cuneta estaba agazapado y a oscuras el coche patrulla de Marco, velando por la tranquilidad del pueblo y sus alrededores. Cuando Cécile descubrió, por el espejo retrovisor, las luces iluminadas del coche de la policía, se dio cuenta de su estúpido error: «Tendría que haberme parado, soy idiota». Arrimó el vehículo al arcén y contempló a Marco, que había parado detrás de ella, salir con paso firme. Cécile bajó la ventanilla y puso cara de niña buena.

—Ay, Marco, cuánto lo siento —dijo sonriendo.

—¿Qué ha pasado? Qué manera de llamar mi atención. No es necesario saltarse un stop para hacerlo.

—Perdona, Marco, iba distraída.

—Sargento DeLuca, querrás decir.

El policía la miró con gesto serio y Cécile se acordó de que había bebido un par de copas de vino en casa de Giulia y pensó con horror que si le hacían la prueba de la alcoholemia seguro que salía positiva.

«Mierda, si Marco se da cuenta, voy a dormir en la celda de la comisaría y a salir en las noticias locales.» En Estados Unidos existe la costumbre de noticiar todas las detenciones y difundir el rostro perplejo de los acusados. Cécile jamás había sido pillada infraganti en la carretera con alcohol en la sangre. Temió el examen y trató de sonreír:

—Mis disculpas, sargento DeLuca. —Cécile pronunció claramente el apellido de Marco—. He estado preparando una reunión para mañana y, la verdad, creía que la señal era la de ceda el paso. Me he confundido con otra salida. No voy a discutir contigo, realmente merezco la multa.

—El *college* está por otro lado, qué recorrido tan raro, ¿no? Dame la documentación del coche y el carné.

Cécile se quedó sin palabras, no volvía de su oficina y Marco se había dado cuenta. Intentó parecer natural; si sonreía demasiado, Marco la notaría achispada. Buscó en su cartera el carné y en la guantera los papeles del automóvil.

—¿No habrás bebido? —preguntó Marco.

—Qué va —dijo Cécile entre dientes mientras le entregaba los documentos.

Marco miró por encima los documentos de Cécile y, al devolvérselos, le pidió salir del coche.

—Vamos a ver si puedes caminar bien; sal del coche y no tardaremos en comprobarlo.

«Lo va a notar», pensó Cécile horrorizada mientras se quitaba el cinturón de seguridad y abría la puerta. Ella era incapaz de alinear los pies en circunstancias normales, y menos con un buen vino francés. La profesora llevaba un vestido rojo de punto ceñido con unos botines de charol negro puntiagudos de mucho tacón. Marco la miró e hizo un esfuerzo para no desearla. Qué guapa estaba Cécile con ese conjunto. Pese a los meses sin verse, el enfado y la frustración por la ruptura que sintió, le seguía gustando muchísimo y le estaba haciendo perder la concentración. Cécile se dio cuenta de que Marco se había puesto algo nervioso y le miró fijamente a los ojos mientras tragaba saliva y se juraba por dentro no volver a saltarse en su vida ninguna señal de tráfico, y no llevar nunca más el coche con dos grandes copas de vino encima.

—¿Cómo te ha ido últimamente? Hace mucho que no nos vemos. —Marco estaba cruzando la línea, no debería haber hecho esa pregunta, ni ese comentario sobre el tiempo que llevaban sin verse.

—Como siempre, con mucho trabajo. Dime, ¿qué quieres que haga? —Cécile aparentó controlar la situación, y luego pensó que, aunque estuviera ligeramente bebida, Marco no tendría autoridad para poder detenerla, porque ellos sabían que había un conflicto de intereses. Al menos en su *college*, estaba estipulado que las personas que habían tenido una relación no debían intervenir en los asuntos de sus parejas o exparejas. Pero ellos no habían sido exactamente pareja oficial, ¿cuál sería la definición de lo que fueron?

—No sé si podrás caminar en línea recta por aquí —dijo Marco mientras contemplaba el asfalto al borde de la carretera. Con la oscuridad y la humedad de una finísima lluvia que había caído al atardecer el suelo parecía muy resbaladizo. Se notaba el frío en el aire y la respiración de ambos desprendía un ligero vaho.

—Claro, sargento DeLuca, me temo que estos tacones y este asfalto helado son incompatibles. —Cécile fue precisa y distante señalando el suelo y la punta de sus botines de charol mientras temblaba y se frotaba los brazos porque el vestido no le abrigaba lo suficiente.

Marco suspiró consciente de que aquel no era el lugar para tratar de conversar con Cécile y que tenía que controlarse:

—Bueno, pues, por esta vez, debido al hielo, te dejo marchar con un aviso. —Ella no parecía mostrar ningún interés ni curiosidad por saber de él y le dolió. La miró fijamente a los ojos mientras le daba las últimas instrucciones y no pudo evitar aludir a la posibilidad de reencontrarse:

—Cécile, sé prudente en la carretera, y, cuando quieras verme, ya sabes dónde estoy.

La mujer le devolvió la mirada a Marco con gesto respetuoso y se metió en el coche. Esperó a que el policía volviera al suyo y le hiciera una señal con la mano para que pudiera arrancar. Se incorporó lentamente a la carretera, mirando con atención que no pasara ningún otro automóvil. En el espejo retrovisor podía ver el coche patrulla de Marco orillado, con las luces de emergencia todavía encendidas. Cécile se sintió aliviada de que el policía no hubiera indagado sobre el alcohol que llevaba encima. Menos mal que era Marco el que andaba haciendo la ronda, y sí, sabía dónde encontrarlo, pero se había prometido distanciarse, y había logrado evitarlo durante casi tres meses.

Fue la erupción de la rabia el origen de un abismo imaginario que había fabricado en su mente para alejarlo de su vida. Había roto con él, con la relación apasionada y secreta que ambos habían construido, y lo hizo con frialdad quirúrgica, como si en realidad Marco no hubiera sido nunca parte de su mundo. Lo anuló como si su presencia no fuera más que el lejano recuerdo de un entretenimiento mezclado con otros rostros. Como si todo lo que habían vivido perteneciera a una etapa juvenil anterior a su vida como profesora. Cécile se había concentrado en reprimirse y no pensar en él. Su trabajo en la universidad había sido su mejor aliado, el trabajo como una estrategia tenaz para olvidar a ese hombre. Cécile se había transformado en una diligente hormiga entregada a su labor y ajena a las distracciones del deseo.

Verlo otra vez hizo que se despertara el deseo agazapado dentro de ella. Porque el deseo, por más que quieras ahogarlo, es una sensación latente que nos habita y necesita respirar. Cécile pensaba que el policía había sido extirpado de su cabeza. Pero esos minutos en la carretera le hicieron revivir escenas cargadas de apetencia. «Marco, Marco, Marco, sargento DeLuca, ¿por qué te cruzas conmigo?», se dijo la mujer en voz alta mientras metía el coche en el garaje. ¡Cómo le gustaba ese hombre! Cécile suspiró profundamente, consciente del anhelo que sentía y de que el vino que había bebido no la estaba ayudando a pensar con claridad. Recordó el cuerpo de Marco y tuvo que hacer un grandísimo esfuerzo para no teclear su número en la pantalla del teléfono. Era como si el dique de contención que había construido para alejarlo de su mente se estuviera quebrando y amenazara con desbordarse de un momento a otro. Te prometes no hacerlo, pero lo deseas. Lo deseas con un fuerte pálpito que acelera tu respiración, y notas el desbordamiento de ese deseo por todo tu cuerpo.

24

Lo que germina

Una mañana de abril Lieke se levantó con el estómago revuelto. Se sentía rara y notaba la pesadez de la cena que había tomado la noche anterior en la taberna Molly's: se le repetían la salsa barbacoa de las costillas de cerdo a la brasa y los dos margaritas. Se arrepintió de haber cenado tanto mientras bostezaba y se masajeaba la sien. Preparó una infusión de manzanilla, pero no pudo bebérsela porque tuvo una repentina arcada de bilis en la boca y empezó a marearse. Volvió a la cama y se puso el termómetro: no tenía fiebre, por lo que esperó dormitando a que se le pasara el malestar. Estaba sola en su vivienda, aunque dormía casi todas las noches en la casa de Connor. Pero los días que él tenía que madrugar para dar clase muy temprano ella hacía noche en su pequeño apartamento.

Su relación con Connor iba bastante bien, ya casi todo el mundo sabía que eran pareja. Al principio la noticia de que estaban saliendo había chocado un poco a los colegas del departamento, porque estaban acostumbrados a la exmujer de Connor, pero no comentaron nada más allá de sus mejores deseos.

Solo Meredith, la mujer mayor que trabajaba con ella en el invernadero, a la que le gustaba opinar de todo y que llevaba más de cuarenta años en el *college*, le había dicho, días atrás, su parecer con mucha franqueza:

—Ay, muchacha, eres joven, y esto está lejos de todo.

—¿Qué tiene que ver eso? —había respondido Lieke sorprendida.

—Bueno, él tiene su vida aquí, su cátedra. Te va a tocar seguirle, y eso significa quedarse en este lugar.

—Estamos comenzando, simplemente estamos al principio de algo.

—Ya, pero este pueblo es pequeño y, aunque no lo notes, el tiempo vuela, y bueno, tal vez no era esto lo que planeabas hacer con tu vida cuando llegaste aquí con la beca posdoctoral. La idea era trabajar en tus investigaciones y luego construirte una carrera, ¿no?

—Creo que estás exagerando, hemos empezado hace poco más de tres meses.

—Sí, pero estás enamorada y él ya es un hombre mayor. El ritmo de las relaciones cambia, sobre todo cuando suceden entre personas adultas que tienen la vida organizada. Connor ostenta una carrera prestigiosa y eso lo vuelve muy atractivo, pero ¿y tú?

—¿Y yo qué, Meredith?

A Lieke le molestó que Meredith hablara de esa forma de lo que tenían Connor y ella.

—Que tú tienes un camino que recorrer por delante y de pronto decides irte por el camino de Connor.

—Yo no me estoy yendo por el camino de nadie.

Tengo mi propia carrera, mi doctorado y mis artículos, y estar con él no significa que nadie me dé nada ni me facilite nada.

—No dudo de tu integridad, Lieke, lo que me preocupa es que tu carrera quede relegada a un segundo plano.

—Para nada.

—Me alegra saberlo. ¿Estás buscando ofertas de trabajo para el próximo curso?

—No he tenido demasiado tiempo últimamente.

—Pues que sepas que han salido anuncios de puestos interesantes con tu perfil. Creo que debes mirarlos.

—Claro que lo haré.

Lieke se fue a su apartamento furiosa por la conversación que había tenido con Meredith, pero no le contó nada a Connor cuando este la llamó por teléfono para preguntar qué tal le había ido el día en el invernadero y quedar en verse por la noche. Después de darse una ducha, Lieke se puso a mirar en línea, en su ordenador portátil, las descripciones de los anuncios que Meredith le había mencionado. Había un par de plazas interesantes, una en la Universidad de Lubbock, en Texas, y otra en la de Santa Cruz, en California. Sin embargo, le dio pereza pensar en la idea de preparar el papeleo para optar al concurso de esas plazas. ¿Quería irse tan lejos? Ya no era solo la distancia con Connor, con el que estaba empezando algo muy bonito, también estaba la distancia con su propia familia en Groningen. ¿Qué era exactamente construirse una carrera? El tono de Meredith aludía a un universo de posibilidades que seguramente ella misma había imaginado, pocos años atrás, cuando defendía la tesis y preparaba sus papeles para ir a Estados Unidos y disfrutar de la beca.

A su edad, Lieke lo veía todo como un tiempo de aventura transitorio. Pero aunque lo hubiera intentado calcular, nunca se puede planear realmente lo que sucede, simplemente se van sumando los acontecimientos y un día te das cuenta de que tu vida, como una gran maquinaria, va propulsada en otra dirección. Ni Texas ni California le llamaban ahora la atención, estaba en la etapa más efervescente del amor con Connor, y tal vez por eso le molestaba tanto la franqueza de Meredith. En realidad, su colega tenía razón y estaba dejando en el aire su carrera porque la opción de quedarse un año más de adjunta en el *college* era lo que le apetecía en ese momento. Su historia de amor con un hombre mucho mayor que ella, un respetado catedrático, pesaba más que sus aspiraciones profesionales. Desde que estaba durmiendo con Connor sus artículos se habían ralentizado, se veían casi todos los días, los fines de semana visitaban algunas ciudades: Montreal, Boston, Portsmouth, Montpelier... Vivía en una nube de sensaciones placenteras donde sus investigaciones pasaban a un segundo plano.

Al tercer día de malestar, Lieke se acercó a la consulta del médico porque pensó que estaba incubando una gripe estomacal y lo mejor era atajarla con medicación y evitar contagiar a los demás. Al escuchar los síntomas, la enfermera que le tomaba la temperatura y la tensión le preguntó si podía estar embarazada. Lieke se quedó pensativa: había dejado de tomar anticonceptivos cuando se fue a vivir a Estados Unidos y luego, tras la ruptura con Stephan, no los había vuelto a tomar. Con Connor se estaba cuidando de manera un poco laxa, usando un diafragma, y sus reglas eran algo irregulares. Lieke no recordaba bien la última vez que le había venido la menstruación, creía que a principios de marzo, y estaba convencida de que la que ahora le tocaba le bajaría de un momento a otro.

—No, no creo que sea eso. Me estoy cuidando más o menos bien. Y, además, noto que me va a bajar. Yo creo que este malestar es más bien un virus estomacal.

—Podemos hacer una prueba de orina y salir de dudas —dijo la enfermera con naturalidad.

—Bueno —respondió Lieke un poco sorprendida.

La enfermera le dio una prueba de embarazo y Lieke entró en el baño a hacérsela. Se sentó en la tapa del inodoro a leer las instrucciones del prospecto. ¿Cabía la posibilidad de que ella estuviera embarazada? Sentía incredulidad y nerviosismo mientras sacaba el palito de la prueba de su bolsa hermética y luego orinaba sobre el extremo. Años atrás tuvo un susto con Stephan porque se le retrasó la regla, pero había sido una falsa alarma. Un retraso que había servido para que fantasearan con la idea de ser padres. Eran jóvenes y estaban enamorados, pero un hijo en aquel momento no entraba en sus planes. Sus carreras y su amor iban antes que la idea de formar una familia. Por eso respiraron aliviados cuando todo se quedó encapsulado en ese pequeño susto y en esa conversación sobre el futuro, sobre la idea de ser padres. «Nuestros hijos serán preciosos», se decían riendo. «Cuando llegue el momento tendremos por lo menos dos, ¿no? —le había consultado Stephan—, creo que dos es un buen número.» «Sí, no está mal», había contestado Lieke entre risas.

Lieke dejó el palito sobre la repisa, junto al lavabo, se lavó las manos y se observó en el espejo. ¿Debía salir a la sala de la consulta o simplemente quedarse en el cuarto de baño a esperar los resultados? Los minutos se le hicieron eternos y le dio pánico mirarlos. No había contado con la posibilidad de estar encinta, no se le había pasado por la cabeza que Connor pudiera dejarla embarazada. Miró los resultados, las dos rayitas lo indicaban claramente: lo estaba.

Lieke salió de la consulta con la extraña sensación de ir volando. De que estaba fuera de su cuerpo observando su perplejidad. La enfermera le había recomendado que pidiera cita con su ginecólogo y Lieke había movido la cabeza con gesto afirmativo mientras pensaba que allí no tenía ningún ginecólogo, que en Groningen estaban sus médicos, que en realidad ella estaba de paso. ¿Cómo había podido ser tan atolondrada? ¿Cómo de efectivo era el diafragma? ¿Se había puesto suficiente espermicida? Estaba claro que no lo había hecho bien, que toda esa pasión desbordada había dado su fruto dentro de ella, que ese malestar, ese mareo extraño, eran los síntomas de que estaba encinta. Caminó hacia el invernadero tratando de ordenar sus pensamientos. Tratando de entender lo que significaba su estado. De pronto entró un mensaje en el móvil.

«Hola, preciosa, ¿qué te ha dicho el médico?» Era una nota de Connor para saber si tenía gripe o gastroenteritis.

«Luego te cuento», acertó a escribir Lieke.

Abril era un mes con lluvias esporádicas y bastante barro en algunas partes del suelo. El césped se había secado con las bajas temperaturas del invierno y parecía que intentaba brotar mientras poco a poco se iba asentando la primavera en las zonas ajardinadas del campus. Lieke pensó en esos brotes verdosos que salían del suelo y en lo minúsculo que debía de ser el feto que llevaba dentro. Estaba brotando dentro de ella una semilla inesperada, ¿cuándo lo habrían concebido? En algún momento de marzo, tal vez en el viaje a Montreal, en aquel hotel de aspecto tan parisino, en esa habitación de techos altos con una lámpara de araña con lágrimas de cristal y almohadones con funda de terciopelo rojo.

Días atrás su única preocupación era decidir si quería seguir su carrera profesional por Estados Unidos y probar fortuna solicitando trabajo en las plazas que se estaban ofertando o quedarse un año más de adjunta cuidando del invernadero y dando un curso introductorio a los de primero. Nada anticipaba este embarazo, pensaba que eso solo les pasaba a las jovencitas, que las mujeres de treinta y tantos ya no se quedaban embarazadas por sorpresa. Tenía la edad de Cristo cuando lo crucificaron y qué de cosas había hecho aquel hombre santo antes de morir, y sin embargo ella ni siquiera era capaz de terminar los artículos que estaba sacando de la tesis. Pensó en sus padres embarazados de ella, en lo jóvenes que eran, en la cara que pondrían si se enteraban. Todavía no les había contado lo de Connor con detalle. Solo que había conocido a un colega y que se llevaban bien y salían. Lo había descrito con un tono informal y desapegado, como si fuera un *affaire* pasajero, como si Europa y América fueran dos espacios de emociones separados. Al hablar con sus padres había querido proyectar a la investigadora ambiciosa que, tras la ruptura con Stephan, el novio de toda la vida, aspiraba a construir una gran carrera académica al otro lado del Atlántico. Había pasado página sentimental, tenía amistades y alguien le gustaba, pero nada serio, porque ella en realidad se estaba labrando un porvenir, eso era lo que les decía a sus padres en las conversaciones por videoconferencia desde el teléfono. Además, solo habían pasado algo menos de tres meses y medio desde aquel primer beso de Año Nuevo con Connor.

Lieke calculó que debía de llevar casi tres semanas encinta y necesitaba pensar, pensar a solas, decidir ella, solamente ella, lo que quería hacer con su vida. Por eso, cuando Connor la llamó por teléfono esa misma tarde, Lieke le explicó que los médicos pensaban que estaba incubando un virus y que necesitaba dormir y descansar. Connor insistió en llevarle comida al apartamento, pero Lieke le dijo que ya tenía de todo y que le dolía mucho la cabeza y que hablarían al día siguiente. Connor no imaginó la verdad que se ocultaba detrás de aquellas palabras; es cierto que notó un tono extraño, pero asumió que eran la migraña y el malestar los que hacían que Lieke sonara rara al teléfono.

Al cuarto día de evasivas de Lieke, Connor se asustó.

—No entiendo por qué no quieres que me pase a hacerte una visita —le dijo a Lieke con preocupación.

—De verdad, Connor, deja que descanse y cuando me encuentre bien nos vemos.

—Pero ¿qué te ha dicho el médico? ¿Has vuelto a ir?

—Descanso, simplemente debo descansar. Connor, estoy inapetente y necesito tiempo.

Era como si Lieke se ocultara detrás de otra persona, hasta el tono de su voz le resultaba extraño, y le inquietaba mucho que ella no quisiera verlo.

Al quinto día Connor no pudo resistirse y fue a verla al apartamento, compró un ramo de flores y un puré delicioso de tomate que cocinaban en la cooperativa. Llegó al bloque y llamó al telefonillo varias veces, y le preocupó que Lieke no respondiera. Salió una vecina del rellano de Lieke por el portal y Connor preguntó si sabía algo de ella.

—Creo que ha ido al invernadero, me la crucé hace un par de horas.

—Es verdad, se me había olvidado —respondió Connor disimulando, y se encaminó hacia el invernadero muy nervioso, pues su temor era una realidad y Lieke lo estaba evitando. Había asumido que estaba recuperándose de la gripe en su apartamento y no era así.

Caminó a buen ritmo mientras se ponía en lo peor y su corazón se aceleraba: quizás Lieke se había aburrido de él, tal vez había aparecido repentinamente su exnovio o estaba con alguien nuevo del pueblo. Tenía que haber una explicación de por qué Lieke llevaba cinco días evitándole. Se sintió demasiado mayor para estar celoso, nunca lo había sido con Juana; claro que su exmujer no le había dado motivos, el impresentable siempre había sido él, jugando a la doble vida, y ahora se temía que Lieke pudiera estar con otro a sus espaldas.

Subió en el ascensor del edificio de ciencias y al llegar al último piso respiró con serenidad fingida: sea lo que fuere, actuaría con naturalidad. Se dio cuenta de que seguía con el ramo de flores y el recipiente de plástico donde le habían puesto el puré de tomate en las manos. Entró en el invernadero y caminó por sus diferentes zonas hasta que dio con ella en el espacio cálido de los cactus. Lieke estaba distraída mirando una de las plantas y se sobresaltó:

—Connor, ¡qué susto me has dado!

—He ido a tu casa a ver cómo estabas, llevarte comida y estas flores, pero me han dicho que te habías ido a trabajar. ¿Qué tal estás?

Connor miró con fijeza a Lieke tratando de encontrar en su mirada algún indicio que lo tranquilizara, pero Lieke tenía un semblante serio y distante que la transformaba en otra persona:

—Disculpa, Connor, necesitaba tiempo para pensar, no me encuentro muy bien.

—¿Qué ha pasado? —Connor no entendía la transformación de Lieke y anticipaba una posible ruptura.

—Estoy muy confundida —respondió Lieke.

—¿Hay alguien más? —Connor quería saber cuanto antes a lo que se enfrentaba.

—Se podría decir que sí. Y no quería verte hasta tenerlo todo claro.

—¿Lo conozco? —Connor sintió curiosidad por saber quién era su rival. Igual que ellos habían iniciado un romance apasionado de un día para otro, todo era posible.

Antes de que Lieke contestara, Connor siguió preguntando:

—¿Has vuelto con tu exnovio?

—No, no es eso. Connor, estoy embarazada.

—¿Embarazada?

—Sí, embarazada.

Esa respuesta Connor no se la esperaba. Se quedó paralizado y no supo bien qué decir.

—Por eso no quería verte, porque primero quería digerir yo la noticia. Poder dártela siendo capaz de entender lo que significa —dijo Lieke.

—¿Qué vas a hacer? —preguntó Connor.

—Ese es el dilema.

—Decidas lo que decidas, yo te voy a apoyar. No nos conocemos mucho, pero estoy aquí para lo que necesites.

—Exacto, Connor, no nos conocemos casi nada, ese es el tema. Yo ni siquiera sé lo que quiero. Hace unos meses pensaba buscar trabajo en puestos de profesor asistente en universidades estadounidenses. Luego empezamos a salir y simplemente me conformaba con la idea de ser adjunta y seguir un año aquí contigo para ver a dónde iba nuestra relación, pero resulta que estoy embarazada y entonces todo cambia.

—No es obligatorio tenerlo. Hay opciones.

—Sí, es verdad, dos opciones: tenerlo o abortar. Pero yo, Connor, cuido de las plantas, y nunca pisotearía una semilla recién germinada. ¿Cómo voy a hacer eso con mi propia semilla?

—No es lo mismo.

—Siento que hay algo vivo dentro de mí y la idea de abortar me parece horrible. Pienso en esa madre y ese niño sin nombre muertos en el bosque, que fueron y ya no existen, y no sabemos qué les pasó, ni quiénes los buscan y los lloran y todavía tienen esperanza de que estén vivos. Yo no quiero que mi semilla germinada se quede sin nombre, que desaparezca porque ahora no sé lo que quiero hacer con mi vida. No lo estábamos buscando, pero ha pasado y es parte de mí y quiero que crezca, que siga creciendo, que forme parte de mi vida, que siga siendo, que exista.

—Lieke, yo te apoyo —dijo Connor con dulzura.

Lieke lo miró con firmeza y se abrazaron, y ella rompió a llorar aliviada: en sus lágrimas y en el abrazo estaba la energía que necesitaba para seguir adelante. Apenas conocía a ese hombre, pero ella tampoco se reconocía en la realidad en la que ahora estaba inmersa. Respiró un llanto con hipo por donde se liberaron las hormonas y toxinas del estrés acumulado. La luz y el calor del espacio lleno de plantas le estaban dando serenidad, su cuerpo era un invernadero, y el hijo que esperaba un nuevo rumbo por el que se estaba adentrando con curiosidad y miedo.

25

Cruce de miradas

Marco y Cécile, de no verse en meses, pasaron a cruzarse dos o tres veces por semana. La primera vez fue por casualidad, en la calle principal del pueblo del *college* a los pocos días del incidente en la carretera: Marco salía del ayuntamiento de hacer unos trámites y ella subía por la acera escribiendo en el teléfono un mensaje para su amiga Juana. Ambos se sobresaltaron y se miraron con discreción mientras se saludaban con un murmullo. Las siguientes veces Marco forzó su ruta para hacerse el encontradizo con Cécile, quería mirarla a los ojos de nuevo y tratar de descifrar lo que había dentro de su cabeza. Desde aquella noche en la que la había parado por saltarse el stop, a comienzos de la primavera, no había podido dejar de pensar en ella. Cada vez que la veía el cruce de miradas le daba un extraño sosiego. Marco no era de esas personas que normalmente miraran con fijeza a la cara, prefería observar a los demás de lado o se refugiaba tras sus gafas de sol, unas Ray-Ban de montura de metal de aviador que le sentaban muy bien. Pero con Cécile siempre había ido directo a los ojos, como si dentro de ellos hubiera algo sobrenatural que le reconfortara más allá de la atracción que sentía por su cuerpo.

A la quinta coincidencia en menos de dos semanas Cécile concluyó que Marco la estaba buscando y eso le agradó. Esta vez sus ojos se volvieron a cruzar en el aparcamiento de la cooperativa, cuando ella salía con las compras y él entraba. Marco la miró con intensidad mientras la saludaba moviendo la cabeza con gesto serio. Aquella parada policial nocturna en la carretera después de tantos meses de silencio había reavivado las brasas que ella creía apagadas. El Marco distante que se deslizaba por sus ojos era cada vez más atractivo. No intentó frenar esa sensación, la nueva vida como directora de departamento era estresante, y pensar en Marco la devolvía a un estado de excitación que la rejuvenecía por dentro. Por eso el saludo frío e indiferente de Cécile se fue difuminando para dejar paso a una sonrisa cálida, cercana a la que ya le había regalado a Marco meses atrás cuando eran pareja y se veían a escondidas. Eso a Marco lo desconcertaba, pero no se atrevía a ir más allá del gesto firme de un saludo que sostenía la mirada y se zambullía por unos segundos en el interior de la mujer.

En mayo se volvieron a cruzar haciendo las compras en la cooperativa y Cécile se decidió a hablar con él y preguntar sobre las investigaciones de los cuerpos hallados en el bosque. A Marco le dio mucho apuro tener que contarle a Cécile que no había avances significativos. La patrulla de fronteras entre Vermont y Nuevo Hampshire, que precisamente vigilaba para impedir el tráfico humano y tenía redes de informantes, no había podido aclarar nada.

—Ojalá tuviera mejores noticias, Cécile. Han desarticulado una red de trata de personas en Texas que tenía tentáculos que llegaban hasta aquí y hay varias personas detenidas cerca de Burlington que se estaban lucrando a costa de la desesperación de los migrantes, pero seguimos sin saber nada de quiénes eran la mujer y el niño.

—Y ahora, con Trump, todo será más difícil para la gente como ellos —apuntó Cécile.

—Eso parece —respondió Marco con tristeza.

Cécile lo miró. Su rostro se había suavizado mientras le daba explicaciones y estaba guapísimo.

—¿Qué tal te ha ido estos meses? —se atrevió a preguntar Cécile con dulzura.

—Como bien sabes, el invierno por aquí es bastante duro —dijo Marco en tanto la miraba con deseo y trataba de disimularlo bajando la cabeza.

Cécile se despidió con gesto cariñoso a la vez que pensaba en invitarlo a tomar algo la próxima ocasión que se cruzaran. Sabía que después de cómo se había comportado durante la ruptura con él, el policía no iba a intentar propiciar ninguna cita. Simplemente la buscaba en ese cruce de miradas, sin planear nada más allá de esos instantes de tiempo detenido en sus ojos. A Marco le gustaba sentir la sustancia de lo que habían sido en sus retinas mientras la observaba evocando las cosas hermosas que los unían. Marco tenía demasiadas pesadillas con otros ojos, con las miras telescópicas apuntando con precisión, con los recuerdos de las guerras y la población civil a la que daban el alto. El miedo en los ojos, el odio en los ojos, la impotencia en los ojos. Destellos de luz amarga atravesaban su memoria, y cruzarse con Cécile lo liberaba de esa ansiedad, lo llevaba a un limbo de deseo, a un espacio intermedio entre su pasado de soldado y su realidad como policía de pueblo.

Juana, por otra parte, llevaba meses esquivando miradas. Evitaba cruzarse con colegas y conocidos para no tener que dar explicaciones sobre cómo le iba la vida. Se le había hecho muy cuesta arriba el primer aniversario de la ruptura porque Connor y Lieke ya no se escondían y era ella la que sentía el impulso de esconderse de todo el mundo. Se compró unas gafas de sol grandes de pasta gruesa y lentes muy oscuras. Quería taparse bien la cara y que nadie pudiera descifrar el gesto de su mirada.

La primera vez que los vio juntos fue a mediados del mes de mayo. Estaban en la terraza que daba a la calle del restaurante Lou's, un sitio muy popular donde preparan una comida casera deliciosa y que tiene una parte de pastelería en la que venden las mejores tartas y bizcochos de la zona. Juana había entrado en el local a comprar un pedazo de tarta de chocolate y un bizcocho de plátano con nueces para desayunar. Al salir fue cuando los vio sentados en una de las mesas, comiendo y conversando acaramelados. Juana, que se había colocado las gafas de sol en la cabeza a modo de diadema para entrar al local y ver con claridad los dulces del mostrador, llevaba la cara descubierta. Connor, que estaba sentado mirando hacia la única puerta, que daba a la vez al restaurante y al mostrador de los pasteles y dulces, reaccionó con un gesto rígido, tanto de cara como de cuerpo, que hizo que Lieke, que estaba sentada de espalda a la entrada, se diera la vuelta y mirara con curiosidad hacia donde Connor había clavado la vista. Así se topó con los ojos de Juana, y, sobresaltada, movió rápidamente la cabeza hacia la mesa para evitar su mirada. Connor, que tenía a Juana en su ángulo de visión, trató de saludar con una sonrisa impostada e hizo amago de incorporarse para hablar con ella, pero Juana fue más rápida, se desvió y aceleró el paso mirando hacia otro lado.

A Juana, tropezarse con Connor y Lieke disfrutando de un almuerzo en la terraza de Lou's, le pareció una falta de respeto. Era su restaurante favorito y Connor lo sabía. Pero Connor ya no se acordaba de ese detalle, y Lieke y él se habían parado a almorzar allí de casualidad después de visitar al ginecólogo, confirmar aliviados que el embarazo de Lieke iba bien y calcular oficialmente que el bebé nacería en algún momento de diciembre.

—Madre mía, qué mal rollo —dijo Connor pesaroso mientras veía como Juana se alejaba a toda prisa.

—Ya es mala suerte que nos la encontremos precisamente hoy —añadió Lieke incómoda.

—Tendríamos que haber buscado un lugar un poco más apartado para comer; lástima, no me he dado cuenta.

El corazón de Connor latía con fuerza, no pensaba que la mirada de estupefacción y rabia de Juana fuera a afectarle tanto. Habían sido unos pocos segundos, pero la sensación de inmensa culpa se le había clavado en la garganta. Carraspeó y bebió un trago largo de agua mineral con gas.

—Tampoco nos vamos a esconder a estas alturas, ¿no te parece? —respondió Lieke con suspicacia.

Connor sonrió mirando a Lieke con algo de tristeza y suspiró agitado. A ella le molestó notar a Connor tan nervioso por ese brevísimo encuentro con Juana. Al hombre se le hacía difícil explicarle a Lieke que con Juana se sentía muy culpable y trataba de disimularlo. En febrero su exmujer se había enterado por terceras personas de su historia con ella y le había escrito un correo electrónico muy seco pidiéndole que fuera a recoger una serie de cosas que todavía tenía en el garaje y algunos papeles, cuadernillos y fotos que habían aparecido por la casa. Cuando llegó a la puerta se lo había encontrado todo tirado de malas maneras dentro de una vieja caja de cartón con un folio encima en el que había escrito en letras mayúsculas:

COBARDE
HUBIERA AGRADECIDO ENTERARME
POR TI

Connor se quedó tan impactado que cogió la caja, la puso en el asiento del copiloto y fue a tirarla, sin ni siquiera mirar lo que había dentro, a un contenedor de basura grande de los de detrás de la cooperativa del supermercado. No le había contado a Lieke lo que había pasado, tampoco a la terapeuta, a la que seguía viendo de manera intermitente. Juana tenía toda la razón, con ella había sido un cobarde mayúsculo, faltaba añadir egoísta y sinvergüenza, pues en su relación con Juana había sido todas esas cosas tóxicas de las que ahora se arrepentía y avergonzaba. Y lo malo es que seguía metiendo la pata, porque ir con Lieke a Lou's mostraba una vez más su atolondramiento y falta de tacto. Por eso Connor estaba nervioso y se sentía mal, pero no podía explicarle a Lieke todo lo que bullía en su cabeza, lo que significaba esa culpa densa que le hacía resoplar pensativo y beber agua para aliviar la ansiedad que se acumulaba en su garganta.

Juana aceleró el paso por la calle principal, cruzó por la zona verde del campus y fue hacia el edificio de ladrillo pintado de blanco en donde estaba su despacho. De sus ojos salían varios lagrimones y buscó en su bolso un pañuelo de papel, pero no tenía. Entró en el baño y se mojó la cara y la nuca: estaba acalorada por la pena y la rabia. Trató de calmarse, no podía ponerse así cada vez que se los encontrara por la calle. Pero el encuentro, totalmente inesperado, en su restaurante favorito, la había descolocado. La mirada fugaz de la chica y la cara de su exmarido lo decían todo. ¿Cómo había podido llevarla allí y exhibirla en la terraza de la calle? Ese había sido su lugar de celebraciones con Connor, todas las tartas de cumpleaños las encargaban en la pastelería de Lou's, los finales del trimestre los celebraban comiendo juntos en esa misma terraza. No era justo que la sacaran de su espacio y pusieran a otra persona en el mismo lugar, que ella tuviera que ser la espectadora de la vida que ya no tenía con él.

Al salir del baño, Juana se cruzó con Cécile, que bajaba por las escaleras y se dirigía hacia el baño. Su amiga advirtió el rostro contrariado de su amiga:

—¿Qué ha pasado? —preguntó a Juana preocupada.

—Me he cruzado con ellos, estaban comiendo en la terraza de Lou's. No he podido esquivarlos y me han visto. El cretino de Connor la ha llevado a nuestro lugar favorito. —A Juana se le volvieron a llenar los ojos de lágrimas.

—Lo siento, querida, qué falta de sensibilidad.

—Eso mismo he pensado yo.

—Con el programa de Madrid que vas a dirigir este otoño y el sabático en la próxima primavera te podrás distanciar de todo esto.

—Menos mal que me marcho de aquí una larga temporada —dijo Juana con rabia.

—Te quería comentar, precisamente, que te he encontrado inquilinos para tu casa. Nos viene un profesor visitante de alemán con su mujer y su hija pequeña este agosto y se queda todo el curso escolar hasta junio.

—Eso sería fantástico, les puedo alquilar también el coche —respondió Juana con ánimo.

—Exacto. Así tienes ingresos extra y te cuidan la casa y el coche mientras los usan todo el año. ¿Cuándo planeas irte a España?

—Había pensado para finales de junio, pero si sigo cruzándome con esos dos, me parece que en cuanto terminen las clases y hagamos la ceremonia de graduación.

—Este año la ceremonia cae el domingo once de junio.

—Pues, mira, voy a sacarme un billete ahora mismo para el lunes doce de junio. ¿Me ayudarás con la casa?

—Claro, yo me encargo hasta que vengan el profesor invitado y su familia. Tú tranquila, Juana, piensa ya en la desconexión que necesitas, en el veranito con los tuyos en España. Y ya en agosto te preocupas de los estudiantes que irán contigo a disfrutar del programa de Madrid este otoño. Pero, sobre todo, no dejes de aprovechar las posibilidades que surjan de viajes y estancias con el sabático que tendrás a partir de enero.

De pronto a Juana ya no le pareció horrible su vida. La idea de salir y alejarse todo un año, de saber que tenía una amiga que la apoyaba y la ayudaría con la logística de la casa y sus cuidados, le dio sosiego y energía.

—Qué bien que me he cruzado contigo, Cécile, no te imaginas el nubarrón existencial que tenía sobre mi cabeza.

—Tranquila, ya estás cerrando una etapa.

Cécile sonrió y le dio un fuerte abrazo a Juana mientras pensaba que lo que le rondaba a ella por la cabeza eran los ojos penetrantes de Marco y las ganas que tenía de volvérselo a encontrar.

26

Animal nocturno

Marco y Cécile se cruzaron un montón de veces entre abril y mayo. Y justo cuando Cécile planeaba tomar la iniciativa y aclararle a Marco algunas cosas de la ruptura y tal vez recuperar algo de la amistad perdida, el policía se esfumó. Ella lo buscaba con la mirada por la calle principal, por los aparcamientos, por la cooperativa, en la heladería que había junto al cine y en el café Dirt Cowboy. Miró por todos y cada uno de los lugares del pueblo del *college* en los que había percibido su presencia, pero no hubo suerte y le dio pena no volvérselo a encontrar, aunque no se atrevió a llamarlo. Cécile no lo sabía, pero Marco estaba cubriendo el turno de noche porque los dos colegas jóvenes que preferían hacer esa ronda habían tenido varios compromisos. Él se había ofrecido para hacer las sustituciones y encargarse temporalmente de ese horario que le resultaba tan incómodo al resto del equipo, que ya peinaba canas y tenía una vida familiar.

Así que el día en el que las miradas de Cécile y Marco se volvieron a cruzar, no sucedieron las cosas exactamente como Cécile había imaginado semanas atrás. Era ya el mes de junio, la noche antes de la ceremonia de graduación. El *green*, esa zona del campus en forma de parque rodeada por los edificios más antiguos de la universidad, se había preparado con una tarima y todas las sillas en hilera. Era la primera vez que Cécile asistiría como jefa de departamento y había quedado con Juana para marchar juntas en la comitiva. Además, se graduaban varios estudiantes que se habían especializado en francés y español, y a los chicos les hacía mucha ilusión fotografiarse con sus profesoras vestidos con la toga y el birrete.

Cécile se fue a dormir pronto para estar descansada por la mañana, pues toda la coreografía de la ceremonia comenzaba temprano. Su apartamento, decorado con mucho encanto, estaba en la segunda planta de un edificio antiguo de ladrillo rojo restaurado que databa de finales del siglo xix y se hallaba a veinte minutos andando de su despacho. Tenía dos chimeneas, también de ladrillo, que en su día debieron de usarse, pero que ahora servían para adornar el espacio del salón y el amplio dormitorio con vestidor. Y fue por la chimenea del dormitorio, que debía de tener algún hueco por estar mal cegada, por donde se coló un murciélago y revoloteó por el cuarto, golpeándose con la esquina del techo y cayendo aturdido sobre la cara de Cécile. La mujer estaba profundamente dormida y no se despertó, incorporó en su sueño la viscosa sensación del animal dándole palmaditas en la mejilla con las alas extendidas. Cécile sentía como si caminase por la selva y las hojas frías de inmensas plantas le rozaran una y otra vez el rostro en su deambular por la espesura. El murciélago tratraba de incorporarse para levantar el vuelo, por eso agitaba las alas nervioso, y al tomar impulso sus patitas de uñas afiladas raspaban la piel de la cara y el cuello de Cécile. El animal logró engancharse a la melena de la mujer y trepar por entre el pelo y la oreja. Allí es donde se clavaron sus uñas con fuerza hasta hacerle sangre, y Cécile por fin se despertó dolorida y extrañada.

Cuando encendió la luz vio al murciélago sobre la almohada agitando las alas. Cécile pegó un fuerte grito y saltó hacia atrás instintivamente. Tardó unos segundos en reaccionar, mirando horrorizada al animal, que se esforzaba, sin éxito, por levantar el vuelo. Buscó una toalla en el baño para envolverlo y lo sacó a la calle. Después regresó a su cuarto aturdida, se fijó en las manchas de sangre sobre la almohada y corrió al baño a mirarse el cuello y la cara. Tenía un par de arañazos muy rojos entre la mandíbula y el cuello y sangre en la zona del lóbulo derecho. Se lavó meticulosamente y se puso un poco de alcohol en las pequeñas heridas de la oreja. No eran demasiado profundas y enseguida dejaron de sangrar. Nerviosa, cambió las sábanas. Cuando se metió en la cama y apagó la luz, empezó a sentir mucho asco, alterada por la impresión de haber tenido un murciélago arañándole el cuello y la cara mientras dormía. Eran las tres de la madrugada y se había desvelado. De pronto recordó que esos animales nocturnos, aunque estuvieran protegidos, trasmitían algunas enfermedades, y a ella ese inesperado intruso le había hecho sangre. Llamó al hospital y pudo hablar con una operadora que le puso con la unidad de enfermería que estaba de guardia. Así Cécile explicó su situación y las dudas que sentía por las pequeñas heridas y arañazos que le había hecho el murciélago.

—Venga aquí y traiga el espécimen —dijo la enfermera.

—Estoy sola; saqué el bicho a la calle, no creí que debiera guardarlo. Estaba vivo, me ha dado un gran susto —respondió Cécile nerviosa.

—No se preocupe, entonces. ¿Puede conducir o necesita una ambulancia?

—Puedo conducir sin problema. Estoy bien, es solo la impresión y las pequeñas heridas, no sé cuánto tiempo ha estado conmigo mientras dormía.

—Venga inmediatamente al hospital para que la veamos e iniciemos el tratamiento. La estaremos esperando en urgencias.

Al colgar y pensar en las indicaciones de la enfermera, Cécile se dio cuenta de que el tema del murciélago era más complicado que un simple susto. Se puso el chándal y salió contrariada a la calle a buscar su coche. Lo tenía aparcado en una cochera abierta que estaba a unos minutos de su casa. La densa oscuridad y el silencio de la noche la pusieron más nerviosa. Arrancó el coche y salió con mucha prisa, cavilando en lo absurdo que era lo que le había sucedido. El centro hospitalario estaba a varios kilómetros, que había que recorrer por una carretera ancha que salía del pueblo para tomar luego un desvío hacia otra más estrecha y sinuosa.

Aunque había poca visibilidad, Cécile iba bastante deprisa, pensando que debía llegar cuanto antes al hospital. Y así fue como volvió a encontrase con Marco, que estaba aparcado en el camino y la vio pasar a una velocidad muy por encima de los límites establecidos. Inmediatamente la siguió con las luces encendidas y dándole avisos con la sirena. Cécile, en cuanto vio el coche del policía detrás de ella, se orilló en el arcén. Marco salió del coche y se acercó a la ventanilla de Cécile. Ella la bajó y lo miró con preocupación, aunque se sintió aliviada de que fuera Marco el que, como la vez anterior, la hubiera parado.

—¿Estás bien? Cécile, ¿te has dado cuenta de la velocidad a la que ibas?

—Lo siento, Marco, es que tengo que ir al hospital.

—¿Te pasa algo?

—No te lo vas a creer, pero me ha caído un murciélago encima mientras dormía.

—¿Cómo?

—Ha debido de entrar por la chimenea. Me ha arañado la cara y el cuello y me ha hecho sangre.

—¿Te ha mordido?

—Pues no lo sé. Tal vez sí, o tal vez hayan sido las uñas del animal. Me han dicho que debo ir a urgencias.

—Escucha, Cécile, es noche cerrada y por aquí es muy peligroso ir tan deprisa.

—Ya, ya, lo lamento mucho, no estaba pensando, simplemente quería llegar cuanto antes.

Cécile se puso a sollozar hiperventilando, el pico de ansiedad por la situación que estaba viviendo había llegado a lo más alto:

—Disculpa, parezco una cría, pero estoy asustada porque me he dado cuenta de que estos bichos trasmiten la rabia.

—Cécile, tranquila, sal del coche y ven conmigo. Te voy a llevar yo, estás demasiado nerviosa para conducir.

—¿Y qué hago con mi coche? —preguntó Cécile.

—Se queda aquí aparcado, no te preocupes, luego, cuando estés bien, yo te traigo y lo recoges.

—Vale, gracias.

Cécile respiró aliviada mientras salía del coche. El policía tenía razón, no estaba en condiciones de seguir conduciendo. Acompañó a Marco hasta el coche patrulla. Este le abrió la puerta de los asientos de atrás:

—Son un poco incómodos, pero el de copiloto lo tenemos ocupado con nuestro sistema tecnológico —le explicó a Cécile.

Ella miró el interior del coche con curiosidad mientras se metía. Se dio cuenta de que los asientos eran de plástico duro y habían sido diseñados para llevar personas detenidas. Cécile cerró los ojos agotada y se dejó llevar a las urgencias del hospital. Una vez allí, Marco la acompañó hasta la zona de admisiones.

—Estoy seguro de que te tratarán bien. Llámame cuando termines y te vengo a buscar y te llevo hasta tu coche.

—Gracias, Marco. —Cécile lo miró con afecto.

—Para eso estamos.

Antes de que el policía se alejara, Cécile tuvo el impulso de decirle lo que llevaba tiempo pensando:

—Marco, te debo una conversación y una disculpa, estaba llena de ira.

El hombre abrió los ojos y la miró sorprendido:

—Luego hablamos, ahora tienes que solucionar lo del murciélago.

Cécile sonrió:

—Sí, es verdad, veamos lo que hacen aquí conmigo.

—Creo que te pondrán algunas inyecciones, pero estarás bien, luego me cuentas.

Cécile fue la mujer sensación en las tranquilas urgencias de aquella noche. Todos lo que hacían guardia se acercaron a ver cómo era la señora a la que había atacado un murciélago mientras dormía. Le desinfectaron los arañazos y las heridas. Le pusieron la antitetánica e iniciaron el tratamiento antirrábico, que consistía en varias dosis que tendría que pincharse a lo largo del mes. Los enfermeros, los médicos en prácticas y todo el personal que estaba trabajando esa noche asomaron la cabeza por la habitación en la que atendían a Cécile. La mujer aceptó resignada el trasiego y se acordó de aquellos cuentos góticos con ilustraciones en las que aparecían las siluetas de mujeres de largas melenas corriendo mientras las perseguían murciélagos. Se preguntó si las mujeres del pasado dormían con gorro y trenzas para evitar que los murciélagos que entraban en las casas se les enredaran en el pelo.

Cuando le dieron el alta eran las seis y media de la mañana. Había ido avisando a Marco con mensajitos de SMS de las diferentes cosas que le habían hecho:

Me han puesto la inyección del tétano y la primera dosis de la de la rabia. Tengo que ponerme más en las próximas semanas.

Marco, que había terminado su ronda a las cinco de la mañana, había ido a su apartamento en White River para darse una ducha y había vuelto al hospital vestido de paisano, en su propio coche, y esperaba a Cécile en el aparcamiento del hospital respondiendo a sus mensajes:

Avísame cuando te den el alta... Ánimo con el lío del murciélago...

Los mensajes de Marco y los emoticonos con sonrisas ilusionaron a Cécile. Estaba agotada de la noche absurda, pero le reconfortaba que Marco estuviera pendiente de ella. Por eso, lo primero que hizo al verlo esperándola en la puerta de salida de urgencias fue darle un largo y fuerte abrazo.

—Gracias, Marco, gracias —le susurró mientras lo abrazaba pegando todo su cuerpo.

—¿Estás mejor? —preguntó Marco sin saber bien cómo reaccionar al abrazo sensual de Cécile que sentía en su torso.

—Estoy feliz de verte y agotada, menuda nochecita. Menos mal que apareciste.

—Venga, te llevo a tu coche y así puedes volver a casa y descansar.

—Me temo que no voy a poder descansar hasta la tarde, tengo la ceremonia de graduación en un par de horas —respondió Cécile bostezando.

La mujer se dio cuenta de que Marco estaba vestido de paisano:

—¿Y el uniforme?

—He terminado mi ronda a las cinco.

—¿Estás sin dormir por mi culpa? —exclamó Cécile cariñosa.

—Por ti, Cécile, merece la pena desvelarse un poco —dijo Marco bromeando.

—Marco, fui muy injusta contigo —dijo Cécile mirándole a los ojos.

—Era como te sentías en ese momento.

—Lo hice muy mal. No tenías la culpa, concentré toda mi rabia en ti.

—Llevo un equipaje complejo, soy consciente de lo diferentes que somos.

A Cécile le sorprendió la elocuencia con la que Marco le contestaba y se atrevió a insinuarle que seguía sintiendo cosas por él:

—Marco, me gustaría poder verte otra vez y recuperar esa amistad que teníamos.

—¿Nuestra amistad secreta? —preguntó Marco con tono juguetón.

—Sí, esa amistad —respondió Cécile con una sonrisa contenida, y le dio un beso en los labios.

27

Confesiones

—Vengo sin dormir, he tenido una noche disparatada.

Cécile llegó jadeando hasta la zona del césped en donde la estaba esperando Juana con la toga en el brazo y el birrete en la mano. Antes de que Juana pudiera preguntarle qué había sucedido, su amiga le narró toda la peripecia del murciélago.

—Me pasa eso a mí y me da un ataque, esos bichos son ratas voladoras —respondió Juana sintiendo una profunda repugnancia.

—Pues uno de esos me ha dejado estas marquitas —respondió Cécile riéndose, mostrándole el cuello a su amiga.

—Me encanta tu carácter, Cécile. Yo con la tarántula de la Romana tuve ya mi dosis de aventura.

—No me queda otra que tomármelo con humor. Al menos ya no ponen las vacunas de la rabia en el estómago, te la pinchan en los brazos.

—¿Duele mucho?

—Un poco, porque es densa, y también me pusieron la antitetánica —explicó Cécile mientras se colocaba la toga y notaba la zona del brazo sensible por los pinchazos.

La mañana era agradable y ambas amigas se situaron con el grupo de profesores para desfilar en la parte de delante mientras los estudiantes que se graduaban ese día se organizaban para desfilar detrás de ellos y sentarse en la amplia zona de sillas blancas que tenían asignadas. Juana miró a su alrededor con nerviosismo, no deseaba encontrarse con Connor. Aunque se temía que también iría a la ceremonia y aparecería de un momento a otro, se conformaba con que no llegara con Lieke y tuviera la elegancia de sentarse lo más lejos posible de donde estaban Cécile y ella situadas.

La banda del *college* empezó a tocar una melodía de clarinetes, trompetas, flautas y trombones al compás de los platillos. Los padres, las madres y otros familiares saludaban desde unas gradas habilitadas y unas zonas de sillas plegables que había alrededor del *green* a sus hijos, listos y vestidos para la ceremonia. La procesión arrancó con un gaitero tocando una melodía que dio paso a la entrada del presidente del *college*, a los decanos y a todo el profesorado. Detrás de ellos los alumnos marchaban risueños, también vestidos con sus togas y birretes negros decorados con diferentes elementos. La banda volvió a tocar, amenizando toda la escena con diferentes piezas musicales. Juana y Cécile se sentaron en una esquina de la primera fila, lejos de Connor, que llegó casi en el último minuto, justo antes de que comenzara la procesión.

La ceremonia, que solía durar tres horas largas, iba a buen ritmo, con los alumnos recogiendo sus diplomas, alzando muchas veces los brazos emocionados, y los familiares aplaudiendo con júbilo. Algunos de los estudiantes de la comunidad de los indios navajos que se graduaban iban vestidos con sus trajes típicos en vez de la toga. Se escuchaban gritos cariñosos y silbidos desde todos los rincones del *green*. Juana miró de reojo: Connor se había sentado en la última fila con varios colegas de su departamento. No había rastro de Lieke y eso la alivió, Juana no tenía ninguna gana de verlos juntos en este evento que sentía como parte de su vida y siempre había disfrutado, porque bastantes de los estudiantes que se graduaban habían tomado clases de español con ella.

Cécile se estaba quedando adormecida y pensaba en Marco y en lo que seguía sintiendo por él pese a todos los esfuerzos por borrarlo de la mente. De pronto tuvo ganas de hablar y sincerarse con su amiga:

—Juana, te tengo que contar algo.

—¿Qué sucede? —preguntó Juana con curiosidad.

Cécile miró alrededor y vio que no había nadie conocido cerca que pudiera tener interés en lo que iba a decirle a Juana. Aun así, se acercó más a su amiga, que estaba sentada a la derecha, para proyectar la voz en su oído sin que los demás pudieran escuchar lo que hablaba.

—¿Te acuerdas del policía guapo?

—No sé de quién hablas.

—Uno que te perdonó una multa.

—Eso fue hace un montón —respondió Juana algo confusa.

—Sí, el año pasado, antes de que te fueras a España. Yo lo había conocido en el cursillo sobre incidentes violentos y me gustó muchísimo.

—Ahora lo recuerdo, es un hombre muy guapo, a veces lo he visto por el pueblo.

—Pues tuvimos un lío el verano pasado. —Cécile se lo dijo en voz baja.

—¿En serio? —dijo Juana mientras miraba a su amiga con sorpresa.

—Fue muy intenso y duró bastante. —Cécile seguía hablando en voz baja.

—¿Cómo es que no me lo contaste? —indagó Juana.

—Estabas en España y no sabía realmente lo que quería. Rompí con él tras las elecciones.

—¡¿Duró hasta noviembre?! —exclamó Juana perpleja.

—Sí, no supe bien cómo definir lo que estaba siendo aquella historia, por eso no te lo conté. Era la primera vez que tenía una aventura con alguien de por aquí.

Cécile siguió hablándole a Juana con discreción:

—Me gusta muchísimo, pero llevo bastante mal que sea policía, y encima veterano de guerra.

—No te entiendo —dijo Juana.

—Me molesta mucho todo ese rollo de lo militar que forma parte de él. Aunque no votó por Trump, tampoco lo hizo por Hillary. En realidad, no votó por nadie. Es bastante nihilista en el plano político.

—¿Tienes prejuicios? —preguntó Juana, que escuchaba con mucha atención las confidencias de su amiga.

Cécile se quedó pensativa un instante.

—Pues tal vez un poco, porque no me apetecía que nadie lo supiera. Pero me gusta mucho. Aunque el gran problema es que somos muy distintos. ¿Tú te ves saliendo con un policía veterano de guerra?

—Podría ser peor, podría ser catedrático en la escuela de negocios y apoyar abiertamente a Trump —le respondió Juana bromeando y aludiendo a varios colegas republicanos que habían hecho campaña por Trump.

—No es lo mismo —dijo Cécile.

—Cécile, no entiendo bien lo que te preocupa. Si el tipo te gusta puedes salir con él, aunque no te agraden su trabajo, su pasado o su ideología.

—Es la violencia que arrastra, eso que representa, lo que me incomoda.

—Por Dios, Cécile, creo que estás exagerando, no es un criminal que deba saldar cuentas con la justicia.

—Odio las guerras —respondió Cécile tajante y en voz alta.

—Todos odiamos las guerras, hasta los soldados las odian. Pero hay muchos motivos por los que los jóvenes terminan en el ejército. Y no creo que sea precisamente porque les guste estar en primera línea de fuego listos para que los maten. Por otra parte, entrar en la policía después de estar en el ejército no me parece mala salida profesional para ese tipo de perfil.

—Vaya, Juana, no me esperaba que fueras tan comprensiva con el entramado militar.

—Pues la verdad, Cécile, siento mucha compasión por los veteranos de guerra y por los jóvenes soldados en general. Puedo intuir lo que hay detrás de un sistema y unas circunstancias que los arrastran a ser soldados.

—Entiendo lo que dices, pero creo que es un tipo de perfil poco recomendable —insistió Cécile.

—No, querida, no es un tipo de perfil. Y parece mentira que pienses eso. Sinceramente, creo que en el fondo lo que te preocupa es el cómo te verán los que, al igual que tú, detestan las instituciones de defensa y protección.

—¿Tú no sientes rechazo por el mundo militar? ¿No eres consciente de lo abusiva que es la policía?

—Cécile, en el tipo de sociedad en la que estamos no podemos abolir los ejércitos. Y, sí, claro que la policía comete muchos abusos y necesitamos unas infraestructuras que formen cuerpos policiales con garantías de que cumplen bien su función. Pero el tema ahora mismo es otro, hablamos de las personas que hay debajo de lo que representan, y el policía guapo te debe de gustar muchísimo para que tuvieras una aventura con él pese a tus prejuicios —respondió Juana un poco molesta.

Las dos amigas se quedaron calladas mientras por el megáfono se seguían escuchando los nombres de los estudiantes que subían a recoger su diploma y los aplausos del público.

—Perdona si he sonado un poco dura —dijo Juana, arrepentida por el tono de sus últimas palabras.

—No, no, para nada. Hablar contigo me ayuda a

comprender y a matizar mi punto de vista —dijo Cécile pensativa.

—¿Tú sabías que Cervantes era veterano de guerra? —dijo Juana.

—Ya, y Stendhal estuvo con las tropas napoleónicas en Italia y trabajó en el Ministerio de Defensa, pero eso no significa que debamos idealizar nuestro presente —respondió Cécile.

—En el siglo XVII España era el Imperio.

—Como lo fue la Francia napoleónica del XIX —añadió Cécile.

—Por eso, los imperios alimentan su maquinaria de guerra con hombres que son jóvenes y los despedazan. Cervantes y Stendhal tuvieron suerte y sobrevivieron a las maquinarias que les tocó vivir en primera línea.

—Sí, eso ya lo he pensado, pero que todo el entramado sanguinario y bélico institucionalizado continúe en este presente me parece lamentable.

—Vale, pero no podemos cambiar la vida de las personas. Ni siquiera podemos controlar el rumbo de nuestra propia vida, ni de quién nos enamoramos o nos dejamos de enamorar.

—Ayer por la noche me paró en la carretera cuando iba a urgencias.

—¿Te volviste a encontrar con el poli guapo?

—Sí, yo estaba de los nervios, conducía como una loca, y me llevó al hospital. Se llama Marco DeLuca y creo que voy a volver a estar con él.

—Cécile, si te hace feliz, tienes todo mi apoyo. —Juana miró a su amiga con gesto cariñoso y añadió—: Y que sepas que me parece estupendo.

—A mí también. Pero, Juana, francamente, me asusta la idea de enamorarme de alguien tan diferente.

—Cécile, con eso del amor no hay garantías de nada. Mira mi vida: hace año y medio era completamente distinta y yo, querida, hubiera puesto la mano en el fuego por Connor. Ahora sería tullida, como Cervantes.

La última frase Juana la dijo con humor y se echó a reír. Cécile sonrió mirándola y se sintió aliviada de haberle revelado a su amiga la existencia de Marco en su vida. Ella misma se estaba poniendo trabas con esa relación por querer teorizar sobre los afectos en el siglo XXI y sobre lo que era apropiado y lo que más le convenía a ella. Durante años había buscado a sus parejas en contextos académicos pensando que las afinidades intelectuales eran la clave. Marco se salía del molde, su yo más pragmático estaba lleno de prejuicios y le hacía buscar el amor en el espacio de la conveniencia. Pero la Cécile más sensual, la mujer que era realmente y quería sentirse viva, le hacía perder la cabeza por Marco. En el momento en que Cécile levantaba el bloqueo que había puesto a sus emociones y se abría la posibilidad de volverlo a sentir dentro, sus teorías sobre el tipo de relación que debía buscar y las necesarias afinidades intelectuales se iban al traste.

Al terminar la ceremonia, cuando Juana y Cécile se habían hecho las fotos de rigor con sus estudiantes vestidos con toga y ribete y estaban a punto de marcharse, apareció Connor. Saludó a Cécile sin apenas mirarla porque en realidad buscaba a su exmujer.

—Juana, ¿tienes un rato para que hablemos? —le preguntó Connor sin rodeos.

—Mañana me voy a España, como no quieras que sea ahora.

Cécile, que estaba cansadísima, se despidió de ambos y le recordó a Juana que la iría a buscar temprano al día siguiente para llevarla a la estación de autobuses. Juana y Connor se quedaron solos cerca del edificio histórico de lenguas, de ladrillo pintado de blanco. Ambos llevaban sus togas dobladas en el brazo y el birrete en la mano.

—¿Quieres tomar algo? —preguntó Connor.

—No necesitamos tomar nada. Cuéntame lo que me tengas que contar y nos evitamos perder tiempo —dijo Juana fría y resolutiva.

—Creo que es importante lo que te tengo que decir y me gustaría que pudiéramos estar sentados en una mesa. Tal vez podamos almorzar, con la ceremonia no hemos comido nada y son casi las dos.

—¿Qué sucede Connor? —Juana estaba perdiendo la paciencia.

—Debo contarte algo y no quiero que te enteres por terceros.

—Claro, es verdad, deseas evitar lo mismo que pasó cuando me contaron lo de Lieke y ni te habías molestado en decirme nada —dijo Juana con tono irónico.

—Sí, Juana, fui un cobarde y lo siento muchísimo.

—Bueno, pues ya lo has dicho. Te deseo mucha suerte.

Juana se encogió de hombros e hizo amago de marcharse, pero Connor la paró dándole la noticia sin rodeos:

—Juana, Lieke está embarazada.

Juana miró a Connor a los ojos con rabia contenida:

—¿Ahora has decidido ser padre?

En aquel interrogante y aquella mirada se condensaba el cadáver de lo que habían sido como pareja. A Juana no le hubiera importado ser madre. Siempre había sido Connor el reticente a la hora de barajar la idea de ser padres. Las veces que se lo habían planteado seriamente, cuando lograron la permanencia y la vida en el *college* invitaba a la posibilidad de formar una familia, Connor la había persuadido para que esperasen. Una década atrás, y sin consultarle, Juana había dejado de tomar la píldora para ver qué pasaba, pero no logró quedarse embarazada. Tenía más de cuarenta, y con los ovarios poliquísticos sus posibilidades se habían reducido y no tuvo suerte. No se atrevió a buscarlo por inseminación artificial porque sabía que Connor no tenía interés ni ganas, y con esa falta de compromiso por su parte ella misma no estaba segura de lo que deseaba. ¡Qué rápido se le había pasado su vida fértil! ¡Qué injusto que a los hombres no les sucediera lo mismo!

—Veo que a Lieke no la has logrado persuadir para que espere —dijo Juana respirando profundamente por la nariz.

—No te imaginas cuánto lamento el daño que te he hecho.

—La vida que vivimos juntos tú y yo, Connor,

es un tiempo que no vale nada ni merece ser recuerdo.

A Juana se le humedecieron los ojos, pero hizo un gran esfuerzo para no romper a llorar.

Connor miró a Juana con profundo remordimiento, su exmujer tenía razón. Con ella lo había hecho todo mal, había sido un hombre tóxico y egoísta. La pobre Juana había vivido con la peor versión del Connor que ahora le confesaba que iba a ser padre.

—Pero tranquilo, Connor, que voy a estar fuera un año y me voy a ahorrar el cruzarme por este pueblo contigo y con Lieke embarazada. Por cierto, ¿y para cuándo lo esperáis?

—Para diciembre, eso era lo que te quería contar —respondió Connor tímidamente.

—Perfecto, no necesitamos comer juntos. Que tengas una estupenda paternidad. Adiós.

Juana se dio la vuelta y se dirigió sin mirar atrás hacia su coche, que estaba aparcado a unos doscientos metros de donde habían hablado ella y Connor. Tenía muchos preparativos que hacer porque se iba a España al día siguiente e iba a alquilar su casa durante un curso completo. Quería guardar todas sus cosas personales en cajas para que los inquilinos, el profesor visitante y su familia, estuvieran a gusto. Que Connor fuera a ser padre no debía amargarle la vida a ella. Juana tragó saliva y arrancó el coche mientras evitaba pensar en lo que pudo ser y en su propio anhelo por ser madre.

Connor volvió caminando pensativo a su casa. Hablar con Juana le había impresionado, y seguía arrastrando mucha culpa, pero se sentía aliviado por haber sido él el que le dijera, cara a cara, que Lieke esperaba un bebé. Había pasado poco más de un año desde la ruptura y le costaba recordar su vida con Juana. En parte, su exmujer tenía razón, la memoria de lo que vivieron juntos se había esfumado.

28

El mismo lugar

A Juana no le gustaba volar. En el momento del despegue se ponía rígida en su asiento y buscaba con la vista a las azafatas, y se quedaba muy quieta observando el flujo de la tranquilidad de aquellas mujeres vestidas de uniforme. Solo respiraba aliviada al escuchar la voz del capitán dando la bienvenida y describiendo la altitud del vuelo y las horas que tenían por delante hasta llegar a su destino. Era absurdo ponerse tan tensa en los despegues, pero la sensación del morro del avión elevándose con los motores rugiendo la descolocaba por dentro. Aunque en aquel vuelo hacia España del día después de la graduación del *college* la cabeza de Juana estaba en otra frecuencia, y cuando se quiso dar cuenta ya habían despegado y no notó ningún vértigo en el estómago, como le había pasado otras veces. Ni siquiera se asustó con las marcadas zonas de turbulencias que todos los pasajeros sintieron cruzando el Atlántico. Juana estaba agotada, la rabia que acumulaba con la noticia del embarazo de Lieke y el estrés de tener que dejar la casa lista para el profesor visitante y su familia la habían tenido toda la noche en danza. Por eso cuando llegó a su asiento del avión y se puso el cinturón de seguridad, su cuerpo y su cabeza no le permitieron más tensiones y se quedó dormida.

Despertó con hambre a menos de una hora para aterrizar en Madrid y comió con apetito el desayuno que le sirvieron. Llevaba sin volver a España desde el verano anterior y tenía muchas ganas de ver a su familia y aclararles algunas cosas de su vida personal. A finales de febrero a su madre le había adelantado por teléfono lo que definió como una crisis con Connor, pero sin dar demasiados detalles para no preocuparla. Lo había descrito como un cese temporal de la convivencia en el que ella se había quedado viviendo en la casa. Sin embargo, su madre ya se olía que estaba pasando algo entre ellos dos cuando a mediados de diciembre Juana le contó que se iba con su amiga Cécile a pasar las vacaciones de Navidad a la República Dominicana, y, al preguntarle por Connor, su hija había sido muy concisa diciendo que estaba con un proyecto y no viajaría.

Del aeropuerto de Barajas Juana se fue a la estación de Chamartín, y esperó poco más de una hora para coger el tren a Gijón. Llegó a la casa de sus padres con cara de cansancio, el pelo recogido en una coleta baja y decidida a cambiar de apariencia. Lo primero que hizo fue sacar la ropa de la maleta, darse una ducha e irse a la peluquería que frecuentaba su madre a cortarse el pelo. Llevaba más de un año sin teñirse y sin hacerse nada, ni siquiera se había saneado las puntas. Las raíces ya no eran raíces, eran largas franjas de canas que contrastaban con las puntas, que estaban teñidas de un color castaño que se había quedado reseco y anaranjado.

Escuchar el chasquido de las tijeras y notar el pelo cayendo a su alrededor fue una liberación. Sintió que ese era el cambio que necesitaba al verse en el espejo con el pelo corto y de un gris lleno de brillos.

«Te da distinción y elegancia», al menos eso fue lo que comentaron las peluqueras y su madre mientras celebraban el acierto de la transformación.

—Vas a estar mucho más cómoda. Se terminaron los tintes, ahora solo debes hacer cortes de mantenimiento —dijo una de las peluqueras.

Juana, que arrastraba el agotamiento del viaje, sonrió contemplando con curiosidad su nuevo aspecto. En el suelo quedaban esparcidos los mechones anaranjados, como hojas secas de un lejano otoño. Tenía ante sí un verano familiar, un programa de otoño con estudiantes en Madrid y, después, medio año sabático por delante, que incluía una estancia de cuatro semanas en Hong Kong. La vida le concedía tiempo y distancia para desprenderse de las últimas briznas de tristeza que le quedaban.

Los padres de Juana se quedaron perplejos con las novedades que les trasmitía su hija como un vómito de sucesos encadenados que habían estado guardados durante más de un año. Ella trató de disculparse por lo poco precisa que había sido con todos los cambios:

—Si el verano pasado os hubiera contado que Connor y yo habíamos roto, habríais estado angustiadísimos por mí. Yo no sabía la dirección que iba a tomar la ruptura, y he querido esperar a que estuviera todo en orden y finiquitado para decíroslo.

Juana modulaba con seguridad la trama de sus decisiones y la razón de su hermetismo inicial, del que solo había arrojado algo de luz en febrero, al aludir por teléfono a la separación sin concretar que había sido un divorcio oficial con su repartición de bienes. Sus padres no la cuestionaron, era ella la que vivía en otro país y hacía las cosas a su manera. Juana había gestionado su situación como mejor le había parecido y ellos no estaban en este mundo para enjuiciarla.

A su hermano le dio mucha pena saber que Connor y ella habían terminado, pero no dijo nada más allá de un «lo siento» y no quiso indagar detalles, aunque le pareció una excentricidad que su hermana hubiera tardado tanto en explicar el asunto. Recordó que, una década atrás, mientras vivía con ellos y hacía las prácticas en la vaquería de Vermont, ya pudo ver lo marcianos que eran y cómo Juana tenía esa tendencia al mutismo y estaba siempre obsesionada con el trabajo.

La reacción de Maica fue algo distinta: las dos hermanas se sinceraron y hablaron con franqueza a finales de junio, cuando Juana fue a ver a Maica a Zaragoza y le explicó todas las cosas tal y como habían sucedido:

—Una mañana me dijo que ya no estaba enamorado de mí, que se marchaba de la casa. El verano pasado estaba rota por dentro y obsesionada con lo que había pasado y no me atrevía ni a verbalizarlo. Fue horrible.

—Tendrías que habérmelo contado —dijo Maica con dulzura.

—No, Maica, no era el momento, no quería que sintieras la lástima que ahora estés sintiendo. Quería poder decírtelo desde este lugar en el que yo misma ya no siento esa pena. Él ha rehecho su vida a toda velocidad. Da vértigo ver cómo ha cambiado, y está con una chica joven de su departamento, una holandesa que fue para allá con una beca posdoctoral.

Maica se quedó callada y miró fijamente a su hermana y Juana siguió hablando:

—Quizás esa muchacha fue la razón por la que decidió romper conmigo. Ya todo da igual.

—Sí, claro, qué más da eso ahora. Lo importante eres tú, Juana —dijo Maica.

—Ella está embarazada.

—¿Connor va a ser padre? —Maica no pudo contener el gesto de sorpresa, abriendo mucho los ojos y mirando intensamente a Juana.

—Parece increíble, ¿verdad? Pues la futura paternidad de Connor también me da lo mismo, o quizás no, pero debo pasar página porque esa no es mi vida y tengo todo un año para alejarme y desconectar.

—Haces muy bien Juana, eres tú la que importa.

—Se me ha quedado pequeño el *college*.

Juana sonrió mirando a su hermana, y se atrevió a preguntarle por dónde estaba ella en ese momento vital:

—¿Qué tal tú? ¿Cómo estás? ¿Vuelves a Panticosa?

—Sí, me temo que sigo en el mismo sitio en el que me dejaste el año pasado. No sé cómo explicarlo.

—Ya me imagino.

—Nadie lo sabe y nadie sufre.

—¿Tú no sufres?

—Lo raro es que no.

—¿Y si os descubren?

—Ahora somos más cuidadosos.

—Maica, no es sano lo que estáis haciendo.

—Juana, sé que es muy difícil de entender, pero yo los quiero a los dos. El tiempo con mi familia es sagrado, pero lo que siento esos días en el festival de música de Panticosa es muy especial y no quiero renunciar a eso.

—¿Solo en el festival de música de Panticosa?

—Bueno, hay otros momentos, pero son encuentros puntuales.

—Maica, eso irá a más y vais a hacer mucho daño a otras personas.

—No quiero pensar en ello, no hablemos más, por favor.

Juana miró con cariño a su hermana y la abrazó. Qué distinto era el lugar en el que se encontraba cada una. Maica, paralizada, inmersa en una doble vida con todos sus amargos pliegues, y ella tratando de liberarse de sus rencores, buscando sentido a la suya.

—Sabes que puedes llamarme siempre que quieras —dijo Juana.

—Ya lo sé, Juana, ya lo sé.

—Y creo que he madurado, porque no te voy a juzgar: te quiero y te voy a escuchar, y deseo que seas feliz.

A Maica se le llenaron los ojos de lágrimas y se le quebró la voz.

—Ay, Juana, ojalá todo fuera sencillo.

—Ya sé que no lo es. Yo he tardado más de un año en entender quién soy ahora.

—Teniendo la responsabilidad de mis hijos veo las cosas de otro modo, y a veces me asusto.

—Cierto, los hijos dan otro significado a la vida.

—Además, quiero mucho, muchísimo, a Benja.

—Pero no estás enamorada de él, ¿verdad?

—¿Y qué es exactamente estar enamorada, Juana? Explícamelo si puedes.

—Eso tal vez se lo deberíamos preguntar a Connor —contestó Juana pensativa.

Las dos hermanas se miraron y sonrieron.

—Menudo lío —dijo Maica.

—Ojalá pudiera ayudarte —respondió Juana.

—Parece que la vida va por un lado y el corazón por el otro.

—Sí, y a veces toman caminos distintos.

El camino de la vida de su hermana estaba ligado a su familia, a sus hijos Clara y Andrés y a su marido Benja, que era un estupendo padre. Pero su pobre corazón la arrastraba por un sendero empinado y absurdo. Un año atrás Juana le había recriminado con mucha frustración la aventura que estaba teniendo con aquel colega en Panticosa, y que ella descubrió por casualidad. Sin embargo, el tiempo había atenuado la rigidez de su mirada, y ya no se consideraba con demasiada autoridad para juzgarla. Atrás habían quedado la rabia y la decepción. Juana ya no quería tener la razón en todo y sentirse moralmente superior a Maica. La relación con ella no podía basarse en esa forma tan estricta de evaluarla. La clave tal vez estaba en darle espacio al significado del amor, o, mejor dicho, en tratar de entender la pasión que alimentaba sus entrañas. Maica era arrastrada por la inercia de un deseo superior a su propia razón. La misma inercia que alimentaba el pálpito de los personajes de la literatura parecía haberse concentrado en el corazón angustiado de su hermana.

29

La distancia del cariño

Los padres de Lieke se tomaron la noticia de su embarazo con gran sorpresa y mucha preocupación. No tenían ni idea de que su hija estuviera saliendo con alguien en serio, y menos con un hombre mayor cercano a la edad de ellos. Lieke había esperado a finales de julio para contárselo por videollamada: el embarazo parecía ir bien y ella se había mudado a vivir con Connor.

—No lo buscábamos, pero sucedió —le había explicado a su madre.

—Santo Dios, Lieke, qué noticia tan inesperada, ¿cuándo nacerá? —preguntó Liv perpleja.

—En diciembre —respondió Lieke risueña.

Connor se iba adaptando bien a la idea de su nueva vida y su futura paternidad. Estaba enamorado de Lieke y, de pronto, le hacía ilusión tener un hijo. Aunque siempre había sido muy reticente a la descendencia, con ella resultaba todo tan natural que se dejaba llevar por esa sensación de vivir descubriendo cada día nuevas cosas. Le resultaba fascinante el proceso del embarazo de Lieke, tocar su cuerpo, acercar el oído a su barriga, que poco a poco iba creciendo, y sentir que allí dentro estaba su hijo, que ellos dos habían sido capaces de crear una nueva vida. Era muy feliz, aunque de vez en cuando se acordaba de lo desquiciado que había estado con sus oscuras adicciones, pero sentía que había sido capaz de neutralizar esa toxicidad y orientarse hacia un propósito vital luminoso. Su amor por Lieke, los preparativos para la llegada de su hijo y sus investigaciones con las plantas ocupaban la mayor parte de su pensamiento.

Connor escuchaba a Lieke hablar en neerlandés con sus padres. Desde que les había dado la noticia, Lieke se conectaba con el ordenador portátil por videollamada y pasaba largos ratos charlando con ellos, sobre todo con su madre.

—¿Estás comiendo bien? —preguntaba Liv.

—Sí, claro, aquí tenemos un buen supermercado, que es una cooperativa, y tiene productos locales frescos y de mucha calidad.

—Qué raro se me hace tenerte tan lejos y esperando un bebé —murmuraba con tristeza la madre.

—Ya, yo tampoco pensé que mi existencia tomaría este rumbo. Creo que mi cuerpo estaba buscando la maternidad antes que mi cabeza.

Lieke parecía otra persona, totalmente sumergida en la idea de su nueva relación y del hijo que estaba esperando, sin notar el tono melancólico con el que le hablaba su madre:

—Parece que fue ayer cuando estabas con nosotros celebrando las Navidades, y no me mencionaste que te gustaba Connor.

Liv se refería a las semanas que había pasado su hija en familia hacía poco más de medio año.

—No creí que me volvería a enamorar tan rápido. Me siento feliz al lado de Connor, cierro los ojos y me imagino mi vida junto a él. Con Stephan dejé de ser capaz de proyectar un futuro juntos.

—¿Os vais a casar? —A Liv le preocupaba la estabilidad económica de su hija.

—No hemos pensado en eso. Él acaba de salir de un divorcio después de un matrimonio muy largo.

—Ese no es tu país, Lieke, me preocupa tu situación profesional.

—Me han ofrecido un contrato de un año renovable de adjunta —respondió Lieke jovial.

Liv tenía la sensación de que su hija no era consciente de todas las transformaciones que se avecinaban y de lo que significaba ser madre. Además, estaban la distancia con Groningen y las diferencias culturales entre ambos países. Podía intuir el cúmulo de problemas que se avecinaban mientras escuchaba a su hija flotando en la nube del enamoramiento que sentía por Connor. Pero ¿qué podía hacer? Era la vida de su hija, la que ella había elegido. Tenía que respetarla, aunque todo pareciera una suma de emociones improvisadas. Pero eso no evitaba que, como madre, sintiera una honda preocupación. Por eso intentó convencer a su hijo para que fuera con su novia de vacaciones ese verano a Nueva Inglaterra, visitara a su hermana y viera de primera mano cómo era su realidad.

Gerben seguía saliendo con Ruxanda y no se había planteado hacer ese viaje porque era demasiado costoso.

—Mamá, entiendo que estéis muy preocupados por Lieke, pero es carísimo mandarnos de espías a Ruxanda y a mí.

—Te he dicho que nosotros lo financiaremos —replicó Liv.

—Sigue siendo un dineral, salga de donde salga el pago de los billetes de avión. Es temporada alta y nosotros estamos ahorrando para comprar un apartamento. La verdad, prefiero que ese dinero se use en ayudarnos con la entrada para nuestra vivienda.

—Estoy muy angustiada por tu hermana.

—Que vayamos allí a mediados de agosto a verla no va a cambiar las cosas. ¿No hablas ya bastante con ella?

—Sí, pero no es lo mismo.

—¿Qué cambia que yo la vea en persona?

—Creo que el hecho de que vayáis vosotros, si estáis de viaje por la zona, es menos intrusivo que plantarnos en la casa de su novio.

—¿Pero no os ha sugerido que vayáis a visitarla?

—Desde que está embarazada y con ese hombre no nos ha dicho nada.

—Lo siento, mamá, pero sea lo que sea lo que le esté pasando por la cabeza a Lieke creo que no merece la pena hacer un esfuerzo tan grande este verano. Además, todavía falta un montón para que nazca el bebé, ¿no?

—Tu hermana me preocupa mucho.

A Liv le desconcertaba carecer de toda la información para entender el nuevo rumbo que había tomado la vida de Lieke.

—Cuando yo me enamoré de Ruxanda y os dije que me quedaba a vivir en Moldavia no te pusiste tan nerviosa. Bueno, o al menos eso a mí no me lo contaste.

—Ruxanda y tú tenéis una edad parecida, y en Chisináu vive la familia de ella. Es un mundo más cercano al nuestro, pero allí Lieke está sola y va a ser madre.

A Gerben le molestó que su hermana no se diera cuenta de la angustia que estaba sintiendo Liv y decidió llamarla para hablar directamente con ella:

—Lieke, mamá está muy preocupada con tu embarazo.

—Qué dices, si hablo un montón con ella.

—Ya, pero no sabemos demasiado de ese hombre del que te has enamorado.

—Es catedrático...

Antes de que Lieke pudiera terminar la frase su hermano la interrumpió:

—Me refiero a que el tipo es mayor y divorciado.

—Bueno, ¿y eso es un problema? —preguntó Lieke sorprendida.

—Pues a mamá le parece que estás sola en un pueblo perdido de un país que no tiene sanidad pública y donde todo el mundo va armado.

—Anda que Moldavia es puro desarrollo...

—No estoy compitiendo sobre qué país es mejor. Te estoy contando lo que piensan papá y mamá y no te dicen. En Navidades, cuando nos vimos todos, no mencionaste a este señor, y ahora resulta que vas a tener un hijo con él. Creo que nos hemos perdido algún episodio intermedio de tu vida en Estados Unidos. No me quiero imaginar la cara que se le va a poner a Stephan cuando se entere.

—¿Qué tiene que ver Stephan en todo esto? —preguntó, molesta, Lieke.

—Pues que fuisteis pareja un montón de años y ahora vas y te lanzas a tener un hijo con un tipo con el que empiezas a salir.

—Pero es que el amor es así, Gerben —respondió Lieke bastante irritada—. El verano pasado, cuando te fui a ver y me presentaste a Ruxanda, no me puse a analizar tu vida ni a compararla con novias del pasado. Si tú esos días me hubieras dicho que Ruxanda estaba embarazada, yo estaría encantada por vosotros. ¿Qué hay en mi situación que te molesta tanto?

—Tal vez que estás lejos, y eso, sobre todo a mamá, le pesa mucho.

—Pueden venir cuando quieran.

—¿Se lo has dicho?

—Mamá lo sabe. Es a papá al que no le interesa Estados Unidos.

—No me refiero a ir a visitarte para hacer turismo. Es que vas a tener un crío y ellos van a ser abuelos. Y tienen la sensación de que estás a la deriva. Me dice mamá que no planeáis casaros, que vives en la casa de él, tienes que entender que esté preocupada porque te nota vulnerable.

Lieke se quedó pensativa después de la conversación con su hermano. Ella estaba muy bien con Connor, disfrutando de su embarazo y del maravilloso verano en el pueblo del *college* con sus días tranquilos y sus paseos. No entendía bien lo que su hermano le quería decir. ¿Por qué era tan grave que Connor y ella no se casaran por ahora? Estaban en el siglo XXI y tenía ya una edad y había decidido libremente tener ese bebé.

Al día siguiente Lieke llamó a su madre y fue directa:

—¿Me puedes explicar lo que te preocupa tanto y no me estás contando?

—Hija, que estés tan lejos y que el parto sea en invierno en un pueblo de once mil habitantes.

—¿Has mirado el censo del pueblo?

—Claro, he buscado información sobre el clima, sobre las instalaciones del hospital más cercano. He tratado de imaginarme cómo es tu vida ahora y a lo que te vas a enfrentar tú sola.

—No, mamá, sola no. Estoy con Connor.

—Sí, y no dudo que ese hombre se preocupa por ti, pero al final estás tú sola porque los que te conocemos bien estamos demasiado lejos.

—Mamá, estás siendo injusta y creo que tienes prejuicios contra Connor porque es de vuestra quinta y eso te pone nerviosa. Y mira, me sorprende que tengas tanta desconfianza, como si mis casi dos años en Estados Unidos no fueran una garantía de que estoy bien y en el lugar en el que necesito estar.

—Cariño, tengo suficientes años como para ver las cosas con perspectiva y poder afirmar que estás en una situación desequilibrada respecto a Connor. Disculpa mi franqueza, pero sin trabajo asegurado con un contrato indefinido y viviendo en su casa, te queda poco margen para tus propias decisiones. Hace un año estabas bajo el yugo de la culpa por haber roto con Stephan y ahora...

Lieke interrumpió irritada a su madre:

—Ahora, te repito, mamá, estoy donde deseo estar.

—Yo lo que quiero es poder ayudarte. —La voz de Liv sonó quebradiza.

—Mamá, saber que estás es ya mucha ayuda, aunque no te lo creas.

—Pero estoy muy lejos.

—Puedes venir cuando quieras. Aquí tenemos sitio, hay una habitación de invitados.

—Me vas a necesitar durante el parto y las primeras semanas. Puedo dejar todo listo en el trabajo y tomarme mes y medio para acompañarte.

—¿Y papá?

—Él se apañará bien solo, y yo te podría ayudar muchísimo, os he criado a ti y a tu hermano.

—Y eras jovencísima y muy valiente —añadió Lieke con cariño. La tensión entre la madre y la hija se había atenuado.

Cuando Lieke terminó de hablar con Liv, le explicó a Connor la situación:

—Mi madre quiere venir al parto y quedarse el primer mes para ayudar con los cuidados del bebé.

—Me parece bien —respondió Connor.

Iba a ser extraño tener a la madre de Lieke en la casa. Ella y Connor eran coetáneos, y en el fondo no le hacía demasiada gracia la idea. Pero entendía que Lieke, siendo madre primeriza, necesitaba del cariño y la experiencia de su madre. Connor se acordó de la suya, todavía no le había dado la noticia de que iba a ser abuela; tampoco a su padre. La distancia hacía que perdiera la noción del tiempo con ellos.

30

Mentiras piadosas

La luz mesetaria iluminaba los campos junto a la carretera y hacía que contrastaran brillantes frente a la profundidad del cielo. En primavera crecían las amapolas en ese tramo de tierra que queda entre el asfalto y los cultivos. Pero el otoño había comenzado, y ya no quedaba ni rastro de aquellas flores rojas. Maica pensó en las amapolas que ya no estaban, en su hermana y en lo difícil que se volvía planear cada nuevo encuentro con Gonzalo. Juana ya se lo había dicho, lo que hacían no estaba bien, no podían seguir engañando a sus parejas, no estaban solos en este mundo. Sin embargo, cuando se deseaban y pasaban unas horas juntos, escondidos en la habitación 205 de la hospedería de Sádaba, todo parecía un sueño sin malicia, una vida paralela e inofensiva que solo necesitaba de la energía encapsulada del amor que compartían.

Maica intentaba no agobiarse, no dejarse arrastrar por la culpa o la angustia de no saber lo que realmente deseaba hacer con su vida. A Gonzalo le pasaba igual, coincidía con ella en el mismo discurso de lo mucho que amaba a su pareja y a sus hijos. No podían dejar a sus familias, ellos dos se amaban en minúscula, mientras que sus parejas e hijos eran el amor en mayúsculas. Así habían aceptado y definido la realidad de su amor a escondidas. Por eso planeaban viajes recorriendo los pueblos de Zaragoza, descubriendo la belleza de sus castillos y torres medievales y visitando sus acogedoras hospederías y casas rurales. El amor secreto en la zona de las Cinco Villas, en el paisaje de la meseta, en el cruce de caminos, en el sendero de una vida que solo Maica y Gonzalo podían entender.

Juana había decidido mirar hacia otro lado, olvidar lo que sabía de la infidelidad de su hermana. Qué feas eran las palabras que evocaban desde fuera lo que estaba sucediendo: traición, engaño, deslealtad, adulterio. Por eso hacía todo lo posible por borrar de su mente la escena que había visto en Panticosa y las conversaciones que tuvo con su hermana a raíz de aquello. Hacer como si nunca hubieran existido los abrazos y besos que Maica y Gonzalo se dieron y ella observó perpleja. O la tristeza de Maica reconociendo la pasión callada que la habitaba por dentro. La melancolía de su pobre hermana por ese nido, por ese cobijo delicado de un amor que no debía prosperar.

La vida de Juana en Madrid estaba siendo muy cómoda: vivía en un pequeño estudio en la zona de Moncloa que había alquilado desde mediados de agosto. En septiembre habían comenzado las clases del programa para los estudiantes del consorcio de universidades americanas que dirigía. Supervisaba a veintidós alumnos que vivían con familias españolas. El grupo se componía de ocho chicos y catorce chicas de entre diecinueve y veintiún años con un nivel de español intermedio. Para ellos, pasar casi cuatro meses en España era una oportunidad única de conocer la cultura y mejorar su español. Los alumnos tomaban clases de gramática, lengua, conversación y arte con varios profesores contratados por las mañanas. Juana les daba el curso de literatura y los acompañaba en las visitas a los museos y en los viajes de un día los fines de semana a lugares emblemáticos como Toledo, El Escorial o Segovia.

Era un programa bien asentado que le dejaba bastante tiempo libre para recuperar su pasión por los archivos y la investigación. Eso hizo que por las mañanas frecuentara la sala de consultas para investigadores del archivo de la RAE y leyera embelesada las treinta y ocho cartas de Emilia Pardo Bazán a su Galdós, sorprendida por la naturalidad con que doña Emilia le explicaba su vida y su cotidianidad a su amigo querido. Por las tardes se iba a la biblioteca del Ateneo de Madrid, en donde le habían hecho un pase de investigadora y disfrutaba siguiéndoles el rastro a don Benito y doña Emilia, reuniendo piezas sobre los amores secretos de esta pareja.

En noviembre pasó varios días en Madrid su cuñado Benjamín, para asistir a una feria de ciencia representando a su empresa. El último día hizo un hueco antes de regresar a Zaragoza para comer con Juana en un restaurante cerca de la estación de Atocha.

—Me alegra muchísimo verte, gracias por incluirme en tus planes —le dijo Juana a Benja a la vez que se abrazaban.

—Te sienta muy bien el pelo corto, tiene razón Maica —destacó su cuñado mientras se sentaban en la mesa.

—Todo el mundo me lo dice. ¿Verdad que estas canas me dan mucha distinción? —contestó Juana riéndose.

—La verdad es que sí. Y que sepas que yo también tenía muchas ganas de charlar contigo un rato; ¿cómo te va la vida? —preguntó Benja.

—Me va bien. Tengo un grupo de estudiantes muy majos a quienes les encantan los museos. Esta tarde iré con ellos un rato al Reina Sofía. Estos meses en Madrid me están viniendo muy estupendamente.

Pidieron pinchos para compartir y picar, y, mientras se servían las bebidas, Juana notó un gesto melancólico en su cuñado:

—Sentí mucho lo que te pasó con Connor —dijo Benjamín mirándola con dulzura.

Juana se sorprendió de que Benjamín sacara el tema de su divorcio de forma tan directa.

—Bueno, son cosas que ocurren —respondió restándole importancia y con ganas de eludir el tema.

—¿Pero estás bien?

—No me queda otra que pasar página. Y sinceramente, ya lo siento todo como algo muy lejano.

—El amor es un tema muy complejo; las cosas parecen que están claras, pero luego sucede todo lo contrario —aseveró Benja mientras clavaba la mirada en los ojos de Juana.

—Sí, un jeroglífico —replicó Juana un poco desconcertada por la actitud de su cuñado.

—¿Tú estabas muy enamorada de Connor?

—Sinceramente, Benja, no tengo ganas de rememorar los detalles. De un día para otro decidió romper, y poco puedo añadir.

—Maica me contó que hay otra —dijo Benja con tristeza.

—Una chica joven, pero prefiero ni pensarlo.

—¿No lo notaste? ¿No te diste cuenta de que no iban bien las cosas?

—Ay, Benja, ¿a qué vienen estas preguntas?

—Creo que Maica me está engañando.

Juana se quedó pálida. Trató de disimular que ella supiera algo de la vida secreta de su hermana y miró a su cuñado con fingida sorpresa:

—¿Qué dices?

—Es horrible, pero me temo que Maica se está viendo con alguien. ¿A ti no te ha contado nada?

—No, por supuesto que no. Maica no está con nadie —contestó Juana fingiendo seguridad.

—Pues te equivocas, tu hermana se ve con un tipo, y lleva bastante tiempo poniéndome los cuernos.

—Benja, no sé qué decir.

—Los he seguido, tengo hasta fotos.

—¡Ay, Benja!, ¿cómo?

—En septiembre empecé a notar algo raro y le puse una aplicación en el teléfono para saber qué estaba haciendo. Se ve con el tipo en una hospedería de

Sádaba, recorren lugares…, parecen una pareja de jóvenes enamorados.

Los ojos de Benjamín trasmitían una profunda tristeza. Juana no supo lo que hacer, quería proteger a su hermana, pero no podía negar la evidencia. Había sucedido lo que tanto temía, se había abierto la bocanada amarga de ese inmenso dolor que le anunció a su hermana, el peligro real de que los descubrieran.

—¿Has hablado con ella? —se atrevió a preguntar.

—No, nadie lo sabe —respondió Benja.

—¿Por qué me estás contando esto a mí? —quiso saber Juana.

—Porque amo a tu hermana y no quiero que me deje por ese tipo. —La voz de Benja se quebró y se tapó la nariz y la boca con las manos mientras respiraba profundamente.

Juana lo miraba con preocupación. Empatizaba con el dolor de su cuñado, con la angustia, la frustración y el vértigo que estaba sintiendo en aquel momento.

—Ay, Benja, lo de espiar su teléfono no debiste hacerlo —se atrevió a murmurar Juana mientras juntaba las manos formando un puño sobre las piernas. Notaba el cuerpo rígido sin saber cómo sobrellevar la situación que había generado la revelación de su cuñado.

—Estoy destrozado. ¿Sabes si ella planea irse con ese tipo?

—No, no sé nada. Me dejas de piedra con todo lo que me estás diciendo.

—¿A ti Connor te hizo lo mismo?

—Yo nunca quise buscar evidencia de nada. No noté nada, un día me dejó y ya está.

Los ojos de Benja se humedecieron.

—No quiero que me pase eso. Me encantaba mi vida, amo a mi familia.

—Tal vez sea una mala racha —se atrevió a decir Juana.

—¿Cuánto dura una mala racha? ¿Qué puedo hacer con el dolor que siento? Esta rabia, estos celos, este horror de saber que ella está con otro. Por favor, habla con ella, indaga, trata de descubrir qué se le está pasando por la cabeza. Yo no me atrevo, tengo miedo a que nuestro amor se rompa. No quiero, no quiero que mi matrimonio se vaya a la mierda.

—Vale, vale, tranquilo. —Juana trató de calmarlo.

Después de esa conversación tan intensa en el restaurante, que les quitó el hambre y les hizo dejar las raciones de comida sin terminar, Juana acompañó a su cuñado a la estación de Atocha y se despidieron con un fuerte abrazo:

—Gracias por escucharme —dijo Benja con tristeza.

Juana tuvo ganas de echarse a llorar, pero se esforzó por disimularlo, le miró con profundo cariño y susurró:

—Ánimo, no te angusties, ya te contaré.

Le vio marcharse cabizbajo, hacer la cola de seguridad, meter su maleta de ruedas, su cartera y su abrigo en la máquina de rayos X y darse levemente la vuelta para lanzarle una última mirada con gesto desolado. Juana se despidió con la mano y luego se fue caminando al museo Reina Sofía mientras recordaba los diferentes momentos de la escena que acababa de vivir. Pensó en la convicción con la que su cuñado hablaba de su amor por Maica. Suspiró apenada porque vio el amor como una triste batalla de la que todos saldrían heridos de muerte. Incluso ella, que había tenido que mentir para proteger a su hermana.

Cuando llegó a la puerta principal, con sus ascensores de cristal y su escalinata, se sintió indispuesta, como si un escalofrío febril se le hubiera colocado entre la nuca y los hombros. Los alumnos la esperaban formando un corrillo risueño y ella solo tenía ganas de irse al apartamento y meterse en la cama. Sonrió, fingiendo estar bien, y se llevó al grupo a visitar el museo. Trató de concentrarse en los cuadros y en las explicaciones que iba dando a los alumnos, pero la infidelidad de su hermana y que su cuñado lo hubiera descubierto le pesaba como una gran losa. Era irónico, pues había pasado semanas descifrando la letra de doña Emilia Pardo Bazán, admirando su naturalidad y la forma en la que explicaba su realidad a su amante, Galdós. Pero en la trama de la aventura de Maica, la petición de su cuñado para que le ayudara a salvar su matrimonio la desarmaba, le hacía sentir como una agente doble que acabaría condenada a cadena perpetua por traicionar a ambos países.

31

Diciembre

La madre de Lieke llegó al pueblo del *college* la tarde de un día de diciembre en el que se esperaba que al anochecer volviera a caer una gran nevada, como llevaba sucediendo de forma intermitente las últimas semanas. El cielo estaba encapotado, con unas nubes densas y grises que le daban un encanto misterioso. Fue un viaje tranquilo, las instrucciones para tomar el autobús desde el aeropuerto habían sido claras y precisas. El autobús la dejó en la parada del hotel del *college*, donde Lieke y Connor la esperaban. Lieke se emocionó al ver bajar a su madre del autobús, y las dos se fundieron en un largo y sentido abrazo:

—Mi niña, mi niña..., mi niña querida —dijo Liv visiblemente conmovida, como si estuviera rompiendo con esas palabras un hechizo.

Connor las miraba con curiosidad: Liv y Lieke hablaban en neerlandés y no entendía nada de lo que decían.

—Mamá, tranquila, estoy bien, te voy a presentar a Connor.

Lieke cambió al inglés, y Connor saludó a Liv

con timidez. La madre trató de sonreír, estaba cansada del viaje, pero hizo un esfuerzo por ser agradable y cercana, pues ese hombre, lo quisiera o no, formaba ya parte de la vida de su hija y tenía que aceptarlo.

La casa de Connor le pareció acogedora. Cenó algo ligero, se dio una ducha y enseguida se fue a dormir a la habitación de invitados que le habían preparado. Era un cuarto agradable con una cama de matrimonio y un armario amplio donde guardó su ropa. Mandó un mensaje por WhatsApp a su marido indicándole que había llegado bien y que todo estaba en orden. En Groningen eran las tantas de la madrugada, y la mujer calculó que su esposo ya estaría durmiendo. El cansancio del viaje hizo que ella descansara a tramos, despertándose varias veces sudorosa y con algo de angustia. Esta era la vida de su hija, y pronto llegaría su nieto, y todo lo demás ya no importaba. Las expectativas de lo que había soñado para Lieke eran otras, alguna vez se la había imaginado casada con Stephan y teniendo hijos en Groningen. Sinceramente, había pensado que disfrutaría de sus nietos en su ciudad o en alguna ciudad aledaña, y no en un pueblo de la Nueva Inglaterra estadounidense. Madre e hija pertenecían a la pequeña Europa, en la que todo era cercano y manejable, y este lugar parecía lo opuesto, a casi tres horas en autobús de Boston. Pero era el momento de desprenderse de sus frustraciones y aceptar la realidad de Lieke como un nuevo comienzo. Verla tan embarazada le había impresionado. Estaba guapa y sonriente, y Connor parecía un hombre agradable.

Cualquier otra consideración no podía entrar en su pensamiento, era el aquí y el ahora, y quedaba semana y media para que naciera el bebé. Calculaban que para después de Navidad, y le habían dado justamente la fecha del 27 de diciembre, que coincidía con la del cumpleaños de Lieke. Frente a Liv estaban los días de espera, de ese tiempo con su hija para apoyarla, quererla mucho y que sintiera presente a su familia.

Diciembre era un mes de grandes nevadas, de calles y carreteras resbaladizas y accidentes. Connor no quería que Lieke y su madre salieran demasiado a la calle, pues temía una mala caída o un susto:

—En Groningen también tenemos nieve y hielo, incluso patinamos por los canales y los estanques cuando baja tanto la temperatura que se quedan congelados —dijo Liv riendo al escuchar las indicaciones de Connor.

Pero Connor insistía en las precauciones, pues se acordaba, aunque no lo contase, de cómo años atrás Juana se había roto el tobillo caminando por la calle por culpa de un resbalón por el hielo. Su exmujer se cayó y no quiso darle importancia, y fue cojeando a dar la clase y luego, al terminar, comprendió que tenía algo roto. La recuperación fue lenta y aparatosa, por eso le aterraba pensar que Lieke y su madre pudieran sufrir una caída parecida justo cuando iba a llegar el bebé. Sabía que ese miedo era el rastro de la lejana culpa que le quedaba, había algo en su interior que le impedía ser completamente feliz. Temía las zancadillas del destino en ese nuevo camino que iniciaba con Lieke, en esa aventura maravillosa de la paternidad.

Cuando Juana le había dicho que no estaría en el pueblo aquel otoño, Connor había respirado con alivio. Que su exmujer se hubiera marchado a España evitaba los encuentros, con los disgustos innecesarios que generaban. La vida era una extraña suma de temporalidades en la que el pasado con Juana se había encapsulado y solo aparecía como una leve sombra de culpa y miedo. No quería que Lieke y su madre se arriesgaran demasiado a caminar por las aceras del pueblo, y por eso fue el primer tema que le sacó a Liv en el desayuno del día siguiente de su llegada, y en las conversaciones de todas las mañanas, mientras se anticipaban el parte meteorológico y los planes para la jornada. Con el frío intenso, con la nieve y el hielo, las calles nunca terminaban de estar suficientemente limpias, y anunciaban un invierno de muchas y densas precipitaciones de nieve.

Si le hubieran preguntado a Marco por el efecto de las nevadas en las carreteras habría respondido con un montón de anécdotas. Por un lado, estaban los coches que se quedaban atascados en la nieve intentando salir de los aparcamientos, y por otro, los que se salían de la carretera perdiendo el control. A veces los coches eran demasiado impacientes. No esperaban a las máquinas quitanieves y todo se complicaba. El mes de diciembre llevaba encadenando varias nevadas abundantes que luego se volvían pistas de hielo con bajadas de temperatura extremas. A Marco, cuando todos dormían y nadie tenía prisa tratando de sacar el coche del garaje, le gustaba la luminosidad de las noches nevadas en los paisajes que bordeaban la carretera, la blancura dibujando un horizonte intemporal y apacible del que no saldría humo ni grandes explosiones. A veces recordaba el campo de batalla, el desierto, con ese silencio similar, y respiraba aliviado, consciente de que estaba prácticamente a salvo, de que no habría ataques sorpresa ni francotiradores apuntando en la distancia.

Marco se sentía bien, aquel diciembre era muy diferente al anterior. Seguía saliendo con Cécile, pues habían vuelto a unirse tras la noche del murciélago. Otra vez estaban sumergidos el uno en el otro desde aquel beso en la salida de las urgencias del hospital, que fraguó otra ronda de citas a escondidas y otro veraneo en las playas de Maine. Además, los meses del otoño no habían desgastado la pasión, pues dormían juntos las noches que él libraba. Eran una pareja atípica, pero se entendían, pasaban muchas horas acurrucados en el sofá viendo películas y series, o tumbados en la cama mientras jugaban a acariciarse las manos o a rozarse los pies y hablaban de la vida cotidiana: el sabor de un plato delicioso, una anécdota sobre una tarea de los estudiantes, un gato perdido subido a la copa de un árbol maullando sin parar, un alce desorientado paseando por el campus, la comida para los pájaros en el poyete de una ventana...

En esta nueva etapa vivían cada momento con naturalidad, sin sacarlo de contexto, condensado en el instante placentero de disfrutar juntos, y por eso Marco se atrevió a pedirle a Cécile que viajara con él a Pittsburgh durante la semana de Acción de Gracias, pues esta vez había solicitado sus días de vacaciones coincidiendo con esas fechas de finales de noviembre. Cécile lo acompañó mostrando curiosidad por entender sus orígenes, y los dos lo habían pasado muy bien, y, solo entonces, Marco se había atrevido a imaginar su futuro con ella. Cécile tuvo la oportunidad de conocer a la familia de Marco, ya que comieron con ellos en varias ocasiones, incluida la cena de Acción de Gracias, pero se alojaron en un hotelito del centro porque querían intimidad. Disfrutaron mucho el uno del otro, dieron vueltas por la carismática ciudad de acero, marcada por su pasado industrial, y visitaron sus museos: el Carnegie, el de Andy Warhol, el de historia y la casa del industrial y financiero del xix Henry Clay Frick.

Habían sido unos días perfectos, en los que todas las conversaciones fluían y a Cécile se la notaba relajada, sin las tensiones que acumulaba en el *college* como jefa de departamento. Marco sabía que en la cabeza de Cécile bullían muchos temas y preocupaciones, que su activismo político y su lugar en el *college* como una profesora muy comprometida marcaban su identidad. Él no quería luchar contra eso, era consciente del desequilibrio y las diferencias. Ella había leído libros mientras él había vivido guerras. Sus recuerdos y sus emociones eran una amalgama de experiencias diferentes la una de la otra, pero cuando estaban juntos y se abrazaban en silencio parecía que estaban hechos con el mismo sustrato.

Marco nunca olvidaría la peculiar luminosidad de esa noche de diciembre jaspeada con las alegres luces de Navidad que decoraban los porches y jardines de las casas, en la que, sin esperarlo, fue testigo del nacimiento del hijo de Connor y Lieke. Porque con la gran tormenta de nieve de aquel viernes 22 de diciembre llegaron los dolores de parto, y cuando Connor quiso sacar el coche, el camino estaba lleno de nieve, y, por supuesto, también las calles y la carretera hacia el hospital. Nevaba con mucha intensidad, tanto que no se veía nada y los parabrisas se quedaban cubiertos en pocos minutos. Era una nieve copiosa que se apelmazaba en las superficies y formaba remolinos con el viento. Tal vez por eso la casualidad quiso ponérselo difícil a Connor, que sentía la situación como un castigo por lo mala persona que había sido con Juana y sufría en silencio mientras quitaba nervioso la nieve del camino del garaje con una pala.

Liv salió a avisar a Connor de que su hija había roto aguas y de que ya estaba con contracciones de parto, y lo mejor era llamar a una ambulancia o a quien pudiera ayudarlos con lo que se avecinaba. Fue entonces cuando Marco recibió el aviso de un Connor que había llamado nerviosísimo a la central pidiendo ayuda. El policía, afortunadamente, estaba aparcado cerca y fue caminando a la casa con el maletín de primeros auxilios que llevaba en el maletero. Imaginó que la ambulancia no tardaría en llegar, pero no estaba de más llevar su equipo mientras esperaban los refuerzos.

Marco entró en la casa y vio a Lieke medio tumbada sobre los módulos del sofá, que habían colocado en el centro de la sala. Enseguida reconoció que era la mujer que estaba con Cécile cuando encontraron los dos cadáveres sin identificar en el bosque. Trató de no pensar en esa escena y concentrarse en el momento que estaba viviendo. El hombre que le había abierto la puerta y hablaba atropelladamente también le resultaba familiar. Marco había curado heridas de balas, quemaduras y cortes profundos, pero nunca había presenciado un parto. Confió en que los servicios de emergencias no tardaran en llegar y que quizás la cosa no fuera tan inminente. Supuso que, al ser padres primerizos, como explicaba un Connor ansioso por el aislamiento que estaba generando la gran nevada, que no paraba, se había activado en ellos ese pánico frente a la posibilidad de que el parto sucediera en la casa y saliera todo mal. La única persona serena en la casa era Liv, que trataba de tranquilizar a su hija y ayudarla con todo el proceso.

La voz de la mujer de la central avisó a Marco por radio de que la ayuda tardaría un poco por culpa de un accidente de carretera, pero que el hospital estaba avisando a una matrona que vivía cerca para que intentara llegar caminando a donde estaban ellos. Marco, mientras se desinfectaba las manos, se ponía guantes y buscaba en el maletín utensilios que pudieran servirles, confiaba en la llegada de esa matrona, en que Lieke era joven y tenía a su madre a su lado. Pensó que el cuerpo de las mujeres estaba diseñado para la maternidad y que, por muchos cursillos de primeros auxilios que él hubiese tomado, solo se sentía capacitado para contemplar maravillado. Era un hombre de acción que ahora trataba de disimular su parálisis, su vértigo, su incapacidad para saber lo que realmente debía hacer en cuanto saliera la cabeza del bebé. Pensó que todo había llegado de la misma forma al mundo, y, si no había complicaciones, el propio cuerpo de la mujer, que gritaba de dolor, sabría cómo moverse, cómo ayudar al nacimiento.

—La matrona llegará en cualquier momento, no se preocupen —acertó a decir Marco.

Lieke se quería poner en cuclillas y hablaba en neerlandés con su madre.

—Tengo muchas ganas de ir al baño. Están dándome unos retortijones horribles.

—Eso es que el bebé está empujando —le respondió Liv.

—No, mamá, me cago, literalmente me estoy cagando.

—Amor, esa sensación es el bebé, a mí me pasó lo mismo cuando os tuve a vosotros.

—No podemos entender lo que estáis diciendo —señaló Connor con preocupación.

—Está teniendo contracciones muy fuertes —aclaró Liv.

—Ay, ay, ay... —sollozó Lieke.

Lieke se puso de cuclillas y la cabeza del bebé comenzó a salir, y como por arte de magia apareció la matrona, que ni tiempo tuvo de quitarse las botas de nieve y dejó un rastro de pisadas húmedas por el suelo de madera.

Se agachó y cogió el bebé al vuelo mientras salía.

En pocos segundos ya había cortado el cordón umbilical y se oía el llanto del bebé alto y claro. Lieke se tumbó encima del sofá y la matrona le puso a su hijo unos minutos sobre el pecho mientras le explicaba que todavía necesitaba empujar un poco para expulsar la placenta.

—El cuerpo humano es un misterio y la mujer tuvo un parto precipitado —le contó Marco a su madre por teléfono al día siguiente—. No me esperaba que fuera algo tan asombroso: nació allí, en medio de la sala. Fue increíble escuchar ese primer llanto, ese aliento de la vida. No me lo imaginaba así, hasta que no lo ves en persona no eres consciente.

Ella lo escuchó con curiosidad y emoción; le encantaba la anécdota de un nacimiento inesperado en una casa y en esas fechas. Su hijo esta vez no iría a visitarlos por Navidad, pues le tocaba trabajar los turnos de las festividades, pero había ayudado a nacer a un bebé, y eso era una señal del cielo.

—Cuando se lo cuente a tus abuelas se van a emocionar muchísimo —dijo la madre de Marco.

—Hasta yo me he emocionado, mamá, creo que es la experiencia más increíble y bonita, y ya sabes que no soy para nada niñero ni ando pensando en tener hijos —respondió Marco riendo.

—¿No me vas a dar algún día un nieto? —interrogó la madre contrariada.

—Mamá..., me parece que por ahora no —contestó Marco mientras seguía riéndose.

—Si cambiaras de opinión, debes darte prisa, porque a tu amiga no le queda demasiado tiempo.

—No creo que Cécile esté interesada en ser madre, bastante es que duremos como pareja —dijo Marco con humor.

—Yo creo que ella te quiere, no bromees con eso.

—Me parece que la quiero yo más a ella. Pero eso no importa, porque soy feliz. Me encanta quererla.

—Esa muchacha no sabe la suerte que tiene contigo.

Era verdad, Cécile no sabía lo mucho que Marco la quería, aunque el hombre solo se atrevía a verbalizar esos sentimientos bromeando con su madre. Él no sabía hablar del amor como lo hacía Stendhal, pero tampoco le preocupaba demasiado que aquel escritor francés, el literato con el que Cécile pasaba las horas en la biblioteca o en el escritorio de su despacho cuando él no podía estar a su lado, fuera su gran rival.

32

Método Ponseti

A Connor le resultaba extraño e inquietante a la vez volver a Iowa City. Estaba haciendo el mismo viaje que había hecho con Juana años atrás a la inversa. Recorriendo con su hijo, con Lieke y con Liv las mismas carreteras que décadas atrás, cuando su exmujer y él se doctoraron de la Universidad de Iowa y partieron hacia su nueva vida rumbo al pueblo del *college*. Ironías del destino: su hijo acababa de nacer y necesitaban ir a Iowa City para que pudieran tratarle su problema en los pies. El niño, al que habían llamado Jeroen en honor al abuelo ya fallecido de Lieke, había nacido con una anomalía congénita que afectaba a los dos pies. La parte superior de sus pies estaba doblada hacia abajo y hacia adentro, torciéndolos y haciendo girar el talón. Uno estaba tan torcido que parecía como si estuviera al revés.

Los médicos se habían dado cuenta cuando por fin llegaron al hospital. El niño había nacido sin problemas, en un parto precipitado en la casa, pero sus pies estaban deformados.

—Su hijo tiene los dos pies zambos.

Connor escuchó el diagnóstico del médico con honda preocupación.

—¿Qué significa eso?

—No se preocupe, hay forma de tratarlos, pero va a necesitar constancia y mucha paciencia.

Les explicaron que el mejor lugar para el diagnóstico de los pies zambos era el hospital de Iowa City, donde estaba el doctor Morcuende, discípulo del doctor Ponseti, el médico que había creado un método no invasivo para corregirlos sin tener que hacer cirugía. A Connor se le hizo un nudo en la garganta, su pequeño Jeroen era maravilloso y diminuto, pero sus pies necesitaban tratamiento cuanto antes. «El método Ponseti los corregirá.» Connor escuchaba con atención para entender lo que significaba ir corrigiendo la forma de los pies con escayolas.

Cuando Juana y él habían estudiado en Iowa, el doctor Ponseti todavía estaba vivo. Connor jamás hubiera imaginado que el legado de aquel español exiliado de la guerra civil ayudaría a su hijo a poder andar con normalidad. Sus investigaciones sobre la forma de curar las anormalidades del pie zambo habían sido sorprendentemente innovadoras, y su labor continuaba a través de sus discípulos, curando los pies a miles de niños en todo el mundo sin tener que hacer agresivas cirugías. Porque nacer en un país pobre y con los pies torcidos y metidos hacia dentro era estar condenado a una vida miserable arrastrándote por el suelo. Aquel doctor Ponseti había inventado la genialidad de un simple método de escayolas que permitía que pudieran tratar esos pies en todas partes.

El viaje duró dos días, en los que Liv y Connor se turnaron para conducir. Había bastante nieve en los bordes de la carretera, pero no hubo tormentas ni temperaturas extremas que dificultaran la visibilidad o generaran peligro. Lieke iba sentada detrás junto al bebé, que se pasó casi todo el viaje durmiendo en su silla de seguridad a contramarcha. Lieke solo tenía ojos para su hijo, así que los paisajes y los estados que atravesaban (Vermont, Nueva York, Pensilvania, Ohio, Indiana o Illinois) le daban igual; Jeroen era lo único que importaba, que su pequeño Jeroen pudiera crecer con los pies bien, que Morcuende, ese médico del que hablaban maravillas, obrara el milagro con sus manos y unos yesos que necesitaba acoplar en los piececitos y piernecitas de su hijo.

Cuando el coche cruzó el río Misisipi y salieron del estado de Illinois para entrar en el de Iowa, Connor sintió la presencia de Juana como una ráfaga de viento frío en su memoria. Recordó que era una fanática de Mark Twain y adoraba ese río, y el primer viaje juntos que habían hecho, profundamente enamorados, en la época luminosa en la que empezaron a salir, había sido para visitar el pueblo de Hannibal en Misuri. Ese lugar estaba a dos horas y media en coche de Iowa City, y el recuerdo se impregnó de un suspiro cariñoso que trataba de condensar el rastro de aquella genuina felicidad. Habían alquilado un pequeño coche y durante dos días fueron de excursión para conocer el pueblo en donde, en el siglo XIX, se fraguó el universo de Tom Sawyer y Huckleberry Finn. Visitaron la casa de la infancia de Mark

Twain y otros sitios que habían inspirado al autor, incluida la cueva donde la ficción hizo que se escondiera el indio Joe. También montaron en un barco que hacía una pequeña ruta por el Misisipi mientras les explicaban algunos parajes que aparecían en las novelas del autor. Juana era joven y una recién llegada a Estados Unidos, y contemplaba ese río con fascinación, aunque se quejó de que era más pequeño de lo que imaginaba:

—La literatura hace que las cosas parezcan más misteriosas e inmensas. ¿No te pasa que lees sobre lugares y luego, cuando los visitas, en realidad se te quedan pequeños?

—En botánica pasa al revés —respondía Connor riéndose—. Ves los dibujos, y las fotografías de los árboles y los bosques y las selvas nunca te decepcionan.

—La literatura evoca cosas con una profundidad que va más allá de las meras descripciones científicas. Este pueblo me parece de juguete, me encanta visitarlo porque representa esas lecturas que tanto me marcaron en mi niñez, pero tienen algo de falso escenario.

—Es que creo que todo es un poco falso, lo han acondicionado para los turistas —respondió Connor.

—Sin embargo, este es el lugar en el que se fraguó todo —puntualizó Juana.

—Sí, pero creo que solo quedan el río y la cueva, lo demás lo han debido de reconstruir, las casas de madera es lo que tienen.

—¿Tú crees que lo nuestro es como el Misisipi o

es como una hermosa casa de madera? —interrogó Juana.

—No, lo nuestro es como este río, siempre va a llevar agua.

Connor sonrió con tristeza, sorprendido por la nitidez de aquel recuerdo y por el convencimiento con el que había respondido a la Juana de entonces. Ya no quedaba agua en ese río y el amor que habían construido juntos había sido una casita, ahora en ruinas. Él era otro hombre con otra vida, con una familia que viajaba al mismo lugar donde un día se fraguaron instantes hermosos. Iowa City los recibía con nuevas construcciones y edificios, pero las arterias del centro de la pequeña ciudad seguían siendo las mismas. El campus con sus edificios y el hospital al otro lado del río. Sus recuerdos ahora dialogarían con el tratamiento de su hijo, con las emociones de Lieke y Liv, angustiadas por los meses que iban a pasar en esta ciudad del Medio Oeste, depositando toda su esperanza en las manos de un médico español discípulo de otro médico, también español, para que Jeroen pudiera corregir sus pies. Qué extraño era el camino de la vida: creemos que al vivirla sabemos a dónde nos lleva, pero Connor jamás hubiera imaginado la trama de todo lo que le estaba sucediendo. Sentía que había madurado, que era otra persona, capaz de contemplar al otro Connor, o a los otros, porque habían sido varios y a ratos muy destructivos y egoístas.

El Connor convertido en padre había renovado todas las células de su cuerpo, y respiraba una intensa emoción llena de amor por su hijo y por Lieke, pues habían aparecido en su vida como un inmenso río y le habían salvado de un abismo de fuego.

Para Lieke y Liv, Iowa City era una pequeña ciudad con un gran hospital y unas pocas calles llenas de bares y estudiantes ruidosos. Notaban la enorme diferencia con el pueblo del *college*, rodeado de preciosos bosques. Se sentían ajenas a ese lugar, y el tiempo que pasaban allí con el bebé las unía cada vez más. Lieke volvió a sonreír cuando inició las sesiones de escayolas y vio de primera mano las mejoras de los pies con el tratamiento. Habían alquilado un apartamento cerca del hospital y Liv y ella pasaban muchas horas conversando en neerlandés sobre la familia y los recuerdos de cuando Lieke y su hermano eran pequeños.

—Tú también hacías esas carantoñas, aunque la forma de la nariz y los ojos es más de tu hermano —decía Liv mientras contemplaba embelesada a su nieto.

—A mí me parece que tiene muchos gestos de Connor.

Lieke veía a su hijo como una versión diminuta de su padre. El bebé abría la boca y esbozaba una sonrisa que le resultaba idéntica a la de Connor, por más que su madre insistiera en encontrar otros parecidos.

—Bueno, ya, pero este niño es más de los nuestros. Te tengo que enseñar las fotos de tu hermano con meses para que te des cuenta de lo que hablo.

A Liv le gustaba destacar el aire de familia de su

nieto, las raíces neerlandesas que lo hacían formar parte de la vieja Europa, a la que esperaba que algún día pudiera irse a vivir.

—Tienes que hablarle siempre en neerlandés. Aunque Connor no se entere, eso da igual, lo importante es que tu hijo no pierda sus raíces.

—Ya, mamá, lo intentaré.

—Lieke, debes ser constante, no olvides que tu hijo tiene a su familia en Groningen.

—Claro, mamá, lo sé, pero todos habláis bien el inglés en casa, y yo no tengo idea de cómo va a evolucionar su relación con los idiomas; a veces, cuando son adolescentes, se suelen revelar.

—Si te comprometes y le hablas en neerlandés todos los días lo aprenderá sin problemas. —Liv insistió en el asunto.

—Eso significa que Connor se quedará al margen de algunas cosas —murmuró Lieke contrariada.

—Pues que también lo aprenda. Para nosotros es muy importante que nuestro nieto hable bien el neerlandés, ¿lo comprendes?

Lieke movió afirmativamente la cabeza mientras acariciaba a su hijo, que se acababa de quedar dormido en su regazo después de haber mamado.

Liv continuó hablando:

—Ya verás, los veranos vendréis a Groningen. Este niño va a disfrutar muchísimo con todos nosotros y con los primos que vendrán, porque estoy segura de que tu hermano y Ruxanda, cuando conozcan a este pequeñín, también se van a animar.

Con todo lo que había vivido junto a su hija desde el nacimiento del nieto en América, Liv se sentía segura para planear su futuro y fabular ilusionada. Lieke se dejaba llevar porque su madre tenía razón, en Groningen también estaba su hogar y una vida posible para su hijo, y para pertenecer sin trabas a ese mundo necesitaba dominar el idioma. Jeroen heredaba dos culturas y muchos caminos por recorrer en cada orilla.

33

Lo mejor para todos

Las Navidades y las festividades de Fin de Año habían resultado extrañas con Maica y sus hijos en Gijón visitando a los abuelos. Benja no había ido esta vez, se había tomado un descanso por el estrés del trabajo y se había ido de viaje con sus amigos del instituto de toda la vida, con los que se había comprometido, hacía tiempo, a hacer un viaje aventura, y estas eran las únicas fechas que le funcionaban a todo el grupo. La ausencia de Benja se notaba porque era un hombre divertido y dicharachero que animaba las cenas y todo tipo de celebraciones. Juana y Maica hicieron un pacto de silencio y no hablaron con sinceridad de la ausencia de Benja hasta el día antes de que regresara con sus hijos a Zaragoza. Quisieron evitar tensiones y penas navideñas con los niños en la casa y los abuelos felices de que la familia al completo estuviera por fin reunida. Juana, viviendo la mayor parte del tiempo en Estados Unidos, no solía visitarlos en Navidades, y tenerla en casa les hacía mucha ilusión. Las dos hermanas salieron a pasear por la mañana y conversaron sobre lo que estaba pasando entre Maica y su marido.

—¿Os estáis separando o vais a intentar arreglar todo el desastre? —preguntó Juana a su hermana.

—Digamos que desde que se enteró la cosa no está funcionando.

—Pero has dejado de ver a Gonzalo, ¿verdad?

—No exactamente.

—Yo le dije a Benja que habías roto con ese hombre.

Juana recordó la conversación con su hermana después de aquel encuentro en Madrid con Benja, y, luego, las incómodas llamadas del pobre Benja para saber qué le había contado Maica. Juana se sintió una cínica disimulando todo lo que sabía y trasmitiendo las cosas tal y como Maica quería que Benja las supiese.

—Y ese era el plan.

—Maica, no te entiendo, Benja te quiere muchísimo, y tu indecisión lo único que hace es desgastar vuestra relación.

—Ese es el tema, Juana, el desgaste, la falta de ilusión.

—¿Por eso Benja no ha querido venir a Gijón a pasar las fiestas? Me ha sorprendido mucho que no viniera, pensé que no me llamaba porque os habíais reconciliado.

A Juana las tensiones entre Benja y Maica le habían abrumado, y tras hablar con cada uno de ellos un par de veces había tratado de estar al margen.

—Necesita tiempo para pensar y distanciarse un poco.

—No sé para qué te pregunto —dijo Juana un

poco contrariada—, pero me preocupa que tus hijos lo pasen mal.

—No te preocupes, a ellos los estamos protegiendo de nuestras movidas y no se están enterando de nada —respondió Maica.

—Quizás a Benja le siente bien tomarse un descanso y estar con sus amigos —murmuró Juana tratando de tranquilizarse.

—Ya, esa es la idea. Que se vea a sí mismo de otra manera, menos *dependiente* de la familia —dijo Maica enfatizando lo dependiente que era su marido.

—¿Qué quieres decir exactamente? —preguntó Juana.

—Que está un poco obsesionado con todos, con los niños, conmigo.

—En eso estás siendo injusta, Maica, os siente como la parte fundamental de su vida y es lógico que no quiera que se rompa la familia.

—Qué rabia que se enterara de lo de Gonzalo —dijo Maica contrariada.

—¿Pensabas estar toda la vida con tu amante?

—No lo sé, Juana, no lo sé.

—Benja es una buenísima persona que lo único que intenta es salvar su vida familiar y se aferra a lo que construyó contigo. Debe de estar sufriendo un montón.

—Yo también sufro, ¿sabes?

—No lo dudo, pero son tus decisiones las que está afectando al resto.

—Es que no estamos bien.

—Ya imagino, Maica, tienes un amante y no sabes lo que quieres.

—No depende de mí.

Los ojos de Maica se llenaron de lágrimas y Juana buscó un banco, en el que ambas se sentaron.

—¿Estás muy enamorada de Gonzalo?

—Sí, mucho, pero él no quiere romper con su mujer.

—¿Le has pedido que lo haga?

Juana estaba muy sorprendida con el giro que iba dando la conversación.

—Hemos fantaseado con la idea de separarnos y estar juntos. Pero él no está seguro de lo que quiere hacer, no se atreve —dijo Maica.

—¿Y tú te atreves?

—Mi relación con Benja está muy deteriorada porque, aunque dice que quiere salvar nuestro matrimonio, le pueden los celos.

—Es normal que esté celoso si sigues viendo a Gonzalo. Me habías dicho que ibas a dejar de verlo y que tranquilizara a Benja. No entiendo tu lógica. —El tono de Juana sonaba fuerte y alterado.

—Es que no hay lógica, y lo estoy pasando fatal. —A Maica se le quebró la voz.

Juana resopló y le dio un abrazo a su hermana, que comenzó a sollozar. Estaban paseando por el malecón, cerca de la playa.

—No sé bien qué aconsejarte, Maica. Siento que no me escuchas y que vas a la deriva, dejándote llevar por impulsos irracionales.

—Yo creo que lo mejor es que Benja y yo nos separemos, no se merece todo esto.

—Ay, Maica, cuánto lo siento.

A Juana le pareció desolador el camino que

afrontaba su hermana, enamorada de un hombre que no pensaba romper su matrimonio mientras ella destruía su núcleo familiar.

—Pufff. Esta indecisión, este no saber qué va a suceder. Este desconocer hacia dónde se dirige mi vida. Tengo la sensación de que lo hago todo mal. No importa lo mucho que ame, lo mucho que lo sienta. Soy consciente de que me he cargado a mi familia. Va a ser un tiempo muy duro. Qué manera tan triste de empezar el año...

Maica respiró profundamente y dejó que su pecho expulsara el aire temblando por el hipo que le había dejado el llanto. Se sonó los mocos con un pañuelo de papel que le había dado Juana. Ambas se quedaron un buen rato en silencio, sentadas en el banco mirando hacia el mar. Hacía un poco de frío, pero la luz del sol era muy agradable.

—¿Te vas a quedar con papá y mamá hasta el viaje a Hong Kong? —preguntó Maica queriendo cambiar la conversación.

—Sí, voy a estar con ellos hasta finales de enero, luego ya me quedaré en Hong Kong todo marzo.

—Qué bien, qué envidia, ocho semanas en Hong Kong es lo que necesito.

—Yo también, créeme, hermanita, yo también.

—¿Te vendrías conmigo un tiempo a Zaragoza cuando vuelvas de Hong Kong a ayudarme con todo el lío?

—¿Qué quieres decir?

—Estoy asustada, me supera un poco la situación. Quiero alquilar un apartamento e irme.

—¿Cómo? —Juana estaba confusa.

—Soy yo la que ha jodido la relación y voy a ser yo la que se marche.

—¿Quieres dejar a tus hijos con Benja? —preguntó Juana sorprendida.

—No, pero es lo justo —Maica miró a Juana y siguió hablando—. Por lo menos durante un tiempo, hasta que podamos decidir lo que queremos hacer.

—Creo, Maica, que estás muy confundida. Espera a ver ahora a Benja, daros un tiempo.

—Si pudiera me iría contigo a Hong Kong o me metería en la cama y no volvería a salir nunca. —Maica se tapó la cara con las dos manos y cerró los ojos.

—Maica, cariño, creo que tienes dos frentes abiertos: digerir el dolor y la culpa porque Benja lo sepa y por el daño que hace a vuestro matrimonio y el asunto con Gonzalo.

—Sí, parece que Gonzalo no me quiere. No se atreve a quererme.

Los ojos de Maica volvieron a llenarse de lágrimas.

—Pensar así no te hace bien —dijo Juana.

—Por lo menos contigo puedo hablar, eres la única persona a la que puedo contarle con sinceridad cómo me siento.

—Termina con Gonzalo. Aunque sientas una atracción irrefrenable, deja de verlo.

—Lo intentamos, lo estamos intentando. —Maica volvió a sollozar.

—¿Crees que tener tu propio apartamento te ayudará a sentirte mejor?

—No lo sé. Pero yo solo quiero lo mejor para todos. Que todos estemos bien. Que esto no duela tanto.

—Bueno, decidas lo que decidas, volveré de Hong Kong a finales de marzo, y si me necesitas voy contigo a Zaragoza una temporada.

—Gracias, Juana, gracias.

Las dos hermanas se volvieron a abrazar y Juana dejó que Maica se desahogara llorando unos minutos. Reflexionó sobre lo vulnerables que nos vuelven el amor y el desamor. Imaginó que el hijo de Connor ya habría nacido, y que si ella hubiera tenido hijos con Connor serían unos adolescentes. Suspiró en silencio por los hijos que nunca tuvo y por los que ya nunca tendría. Pensó en la pena de su hermana, enamorada y rota, y en esa culpa que arrastraba y en el sórdido panorama de un divorcio con hijos que tenía por delante. Se sorprendió de ver cómo todo cambiaba sin esperarlo y de lo absurdo que era acumular tanto dolor para estar en este mundo un tiempo efímero, demasiado breve. Ahogarse y naufragar con tanta pena y tanta culpa cuando al final la vida simplemente pasaba y ellas solo querían lo mejor para todos.

34

Amor herido

Marco era sencillamente feliz, se conformaba con sus simples rutinas de hombre secretamente enamorado que contemplaba a Cécile cuando dormía o le acariciaba las piernas mientras veían juntos la televisión. Era una persona que se cuidaba mucho de ser demasiado efusivo y sincero con Cécile. La quería, sabía que la amaba cada vez que la tenía en sus brazos, pero no se lo decía abiertamente porque ella se ponía a la defensiva ante la idea de tener que comprometerse con alguien, y más con un policía veterano de varias guerras. Ya la había perdido una vez y no tenía ganas de perderla de nuevo. Por eso evitaba discutir por cosas absurdas o presionarla para que se comprometiera abiertamente con él. Haberla llevado a Pittsburgh ya era un gran triunfo. Que Cécile tuviera curiosidad por su familia y sus orígenes y le hubiera gustado la ciudad cuando la visitaron durante la semana de Acción de Gracias había sido para Marco una gran alegría. Con su padre se había entendido a las mil maravillas, preguntando un montón de cosas sobre la industria del acero y la vida de los trabajadores de las fábricas:

—Me ha encantado tu ciudad —le había dicho Cécile a Marco cuando ya dejaban Pittsburgh para volver al pueblo del *college* y atravesaban uno de sus inmensos puentes de hierro.

—Tuve suerte de crecer en el barrio italiano de Bloomfield.

—Es que es muy original, con todos esos barrios, estos puentes tan bonitos y los tres ríos. Y tu familia me cae bien.

—A ellos también les has gustado. Me alegra que quisieras venir.

—Es bueno romper con la rutina y salir un poco.

En Pittsburgh habían caminado cogidos de la mano y se habían dado besos en la calle. Cécile se había dejado llevar por la pasión espontánea y había bromeado sobre el placer de ser una desconocida:

—Da gusto poder estar a nuestro aire sin encontrarnos a alumnos o colegas. A veces se me queda pequeño el pueblo, es demasiado tranquilo y todos nos conocemos.

—A mí eso me gusta, estar en un lugar tranquilo y que todos nos conozcamos —respondió Marco con suavidad. No se atrevió a añadir que su vida con ella en el pueblo era lo mejor que le había pasado, que los días en que se despertaba y ella estaba dormida y abrazada a su pecho eran sencillamente maravillosos. No se atrevió a describir el gozo de estar vivo a su lado.

Con el regreso de los estudiantes en enero, tras las vacaciones de Navidad y Fin de Año, el pueblo recuperó su jovial dinamismo juvenil. A Marco le tocaron rondas alternas, y algunos días comenzaban muy pronto. Si Cécile había ido a verle la noche anterior, la dejaba durmiendo en el apartamento de White River y salía de puntillas para no despertarla. Ella se levantaba un par de horas más tarde y se iba a su casa para arreglarse con calma y preparar las cosas para la jornada en la universidad, que solía comenzar después del almuerzo porque daba las clases por la tarde. Como jefa del Departamento de Lenguas tenía que resolver todo tipo de asuntos, desde presupuestos de gastos, dudas sobre asignación de cursos, problemas de estudiantes, solicitudes para financiación, búsquedas de profesorado y otros menesteres ligados a la tediosa gestión de su cargo.

Fue la mañana del 16 de enero cuando dieron aviso de que algo sucedía en una vivienda. Los vecinos habían escuchado gritos, llantos y golpes y Marco se acercó a ver lo que pasaba. Había nevado días atrás pero no habían limpiado la nieve, y en el caminito a la casa se habían formado pequeños bloques resbaladizos. Marco tuvo que caminar con mucha precaución para no caerse mientras pensaba en lo descuidado que estaba el jardín de aquel lugar. Escuchó las voces de una discusión y los gritos que habían precipitado un rato antes la llamada de un vecino preocupado. También se oía el llanto de un bebé y la voz de una niña pequeña llamando a su madre.

Marco llamó a la puerta con preocupación y la voz de los adultos se apagó. Con lo poco que había podido escuchar y el llanto de los niños, presintió que dentro de aquella casa se estaba produciendo una escena de violencia doméstica. Golpeó la puerta con fuerza y avisó por radio de que algo no iba bien y sería bueno que mandaran refuerzos. Siguió llamando a la puerta, y, como nadie salía a abrirle, rodeó la casa tratando de ver lo que sucedía por las ventanas. Por fin vio a alguien desde la puerta de cristal de la cocina. En el suelo había una mujer sentada a la que parecía que habían golpeado porque sangraba por la nariz, y tenía a su bebé llorando en brazos, y, a su lado, una niña de unos tres años que la miraba asustada.

—Veo una mujer herida, vengan rápido.

Marco empujó la puerta de la cocina para entrar y ayudar a la mujer, y no imaginó que el maltratador le estaba apuntando desde un ángulo ciego de la cocina con una escopeta. Sonaron dos tiros. El primero lo sintió cerca del hombro, por debajo de la axila: fue como si le dieran un fuerte golpe que le empujaba hacia un lado; y el segundo creyó sentirlo por alguna parte de la espalda. Perdió el equilibrio y salió hacia la calle golpeándose contra el hielo y la nieve sucia que se había acumulado en la parte de atrás de la casa. Trató de buscar su arma para defenderse antes de que le fueran a dar un tercer tiro. Escuchó ese temible disparo y notó que le alcanzaba la parte de atrás del muslo. Pensó en dónde estaba su brazo derecho, pero no tuvo fuerzas para moverlo, como si la bala que le había entrado por la axila le hubieran quitado toda la energía. Solo sentía el frío en la cara: se había quedado boca abajo y sus heridas dibujaban un charco de sangre.

El impacto de las balas le había pillado por sorpresa, no eran ni las nueve de la mañana, cómo iba a imaginar que le dispararían a esa hora en ese pueblo idílico. La de la axila había entrado limpiamente, esquivando la protección del chaleco antibalas. La de la espalda estaba contenida por el chaleco, pero le escocía como si fuera una patada. La de la pierna le hacía sangrar de forma abundante. Pensó en que Cécile todavía estaría dormida en su cama, en que quizás ya no volvería a abrazarla, en que solo se había despedido de ella con un beso delicado para no despertarla. Intentó decir algo, pero notó la sangre en su boca y los latidos del corazón bombeando con fuerza. La radio hablaba sola avisando de que estaban en camino, y antes de perder el conocimiento creyó escuchar las sirenas de la ambulancia como un eco lejano que le arrullaba.

Marco había acertado con su pensamiento sobre Cécile: aquel día ella se había quedado remoloneando en su cama. A Cécile le gustaba el apartamento del policía porque le hacía sentir como si estuviera de vacaciones. A eso de las nueve y media decidió levantarse e ir a su casa a preparar la reunión de departamento que tenía a las tres de la tarde. Ese día no le tocaba enseñar, por lo que se tomó la mañana con mucha calma y fue a su despacho después de almorzar dando un largo paseo con sus botas de nieve. Estaba contenta con el arranque del semestre y la distribución de su tiempo entre las responsabilidades de su cargo en la universidad y su aventura con Marco, que seguía siendo secreta.

Cuando Cécile llegó a la sala de juntas, ya había varios colegas sentados conversando en la gran mesa de madera. Uno de ellos, el profesor de latín, leía las noticias desde la pantalla de su teléfono.

—Madre mía, han disparado a un poli del pueblo esta mañana. Qué raro se me hace, con lo tranquilo que es este sitio.

—¿Dónde lo has leído? —preguntó el profesor de chino.

—En el *Valley News*. Han herido gravemente al policía Marco DeLuca, ¿alguien lo conoce? —respondió el de latín en voz alta.

Cécile, que se acababa de sentar, al escuchar el nombre de Marco se quedó petrificada:

—¿Qué ha pasado? —preguntó con horror.

—Le han pegado varios tiros a un poli del pueblo cuando ha ido a atender un aviso de violencia doméstica a una casa. La mujer estaba siendo maltratada y el agresor, antes de huir, le ha metido tres tiros al policía, que está muy grave en el hospital.

Cécile se incorporó:

—Lo siento, pero me tengo que ir. Se cancela la reunión.

—¿Te encuentras bien? —preguntaron los colegas sorprendidos.

—Conozco a Marco —acertó a decir Cécile con gesto desencajado, y abandonó precipitadamente la sala de juntas, dejando todos los papeles que había preparado para la reunión sobre la mesa.

Cécile salió a la calle; había empezado a nevar suavemente y atravesó el *green* con los ojos humedecidos y respirando nerviosa por la boca. Tenía que llegar cuanto antes a casa para coger el coche e ir al hospital. Notaba el corazón latiéndole en la garganta y tenía ganas de gritar.

—Cécile, ¿dónde vas tan apurada? —Eran Alina y Pete, que la saludaban desde su coche.

—Tengo que llegar a mi casa —respondió Cécile con angustia.

—Sube, que te llevamos nosotros. ¿Estás bien? —dijo Alina, que notó a su amiga muy alterada.

—No, no estoy bien —contestó Cécile mientras se acomodaba en los asientos traseros del coche—. Han disparado a Marco, tengo que ir al hospital.

—¿Quién es Marco? —preguntó Pete.

—Mi amigo policía —respondió Cécile.

—Tranquila, ya te llevamos nosotros al hospital ahora mismo —dijo Alina, que enseguida reaccionó y se dio cuenta de que Cécile estaba en shock.

—No sé cómo está, le han pegado tres tiros —dijo Cécile con la voz quebrada.

De los ojos de Cécile empezaron a caer grandes lagrimones. Pete miró a Alina con cara de no entender nada mientras Alina dirigía el coche hacia el hospital y trataba de calmar a su amiga.

—Llegaremos enseguida y podrás saber cómo evoluciona tu amigo de sus heridas.

—Gracias, no me puedo creer que le hayan disparado.

—¿Cómo te has enterado? —preguntó Pete.

—Ha salido en las noticias.

Al contestar a Pete, Cécile rompió a llorar con sollozos.

Se hizo un silencio tenso en el que se escuchaba el llanto de Cécile mientras Alina trataba de conducir con precaución. Las carreteras se habían cubierto con una leve capa de nieve y Pete miraba a su mujer poniendo cara de circunstancias. Alina paró el automóvil cerca de la entrada de urgencias:

—Bájate aquí, nosotros vamos a aparcar y luego te buscamos —le dijo Alina a Cécile mientras arrimaba el coche a la acera.

—No hace falta que os quedéis —respondió Cécile.

—Ve a ver cómo está tu amigo. Nosotros iremos ahora.

Cécile salió del coche apresuradamente y se fue a la recepción de las urgencias.

—Vengo para saber cómo está Marco DeLuca. Le han disparado esta mañana y me acabo de enterar.

—¿Es usted familiar? —preguntó la enfermera.

Cécile miró a la mujer que estaba en la recepción y respondió con naturalidad:

—Soy su mujer.

La respuesta le salió clara y sincera desde dentro del pecho. Era lo que sentía, era lo que quería gritar para neutralizar la rabia. Dejar claro al universo que ella era su mujer y que él era su hombre. Que habían herido a su hombre.

—Espere un momento y ahora la avisaremos.

Cécile se quedó sentada mirando al vacío en una zona de cómodos sillones donde no había casi nadie esperando. Pete y Alina llegaron para acompañarla. Cécile los miró y les explicó su relación con Marco en pocas palabras:

—Marco y yo estamos juntos y no os había dicho nada porque soy idiota.

—Cécile, no tienes que darnos explicaciones de tu vida privada —respondió Alina.

—Por favor, por favor, que no se muera —dijo Cécile tapándose con la palma de las manos la cara mientras se tragaba las lágrimas.

Alina y Pete la contemplaban en silencio con mucha tristeza, y Alina le acariciaba la espalda con suavidad.

—¿Señora DeLuca?

Una médico en bata blanca se acercó a donde estaba Cécile sentada con sus amigos. Cécile se incorporó nerviosa y Alina y Pete también se levantaron, aunque Pete seguía cojeando y se ayudaba de una muleta.

—Sí, soy yo.

—Su marido está grave, ha salido de una operación complicada por varios impactos de bala, una le ha alcanzado el pulmón y otra la arteria femoral de la pierna. Ha perdido mucha sangre y ha necesitado un par de trasfusiones. Lo tenemos en coma inducido y en la unidad de cuidados intensivos.

—¿Puedo verlo? —preguntó Cécile con los ojos llenos de copiosas lágrimas.

—Sí, acompáñeme.

Cécile siguió a la médico con el corazón encogido. No podía creer lo que había sucedido, que a Marco le hubieran disparado. Que su amor estuviera gravemente herido y en coma. Porque Marco era su amor en letras mayúsculas, aunque su amiga Juana fuera la única persona del pueblo a la que le hubiese confesado que existía algo entre ellos. Ese hombre que estaba entubado y parecía dormido era su gran amor, a pesar de que ella, por sus prejuicios idiotas, nunca lo hubiera hecho público entre sus colegas y amigos del pueblo. Sentía por Marco un amor inmenso, como el de las mejores novelas del xix, y lloraba, lloraba con desesperación viéndole en esa camilla rodeado de máquinas que emitían sonidos y dibujaban cifras en las pantallas.

Lo que aconteció después fue el abismo ante la posibilidad de perder a Marco, de que nunca volviera en sí, y se le reveló el amor que sentía por él como la evocación de un secreto que vivía en lo más profundo de su corazón: todas las noches que había pasado a su lado y que, hasta entonces, no había sabido comprender en toda su magnitud.

Se va a morir sin saber cuánto lo amo, se dijo a sí misma. Ay, Cécile, cuando se ama, hay que decirlo todo el rato. Se lo tenía que haber dicho, se lo tenía que haber dicho...

35

¿Elegimos el camino?

Justo el día antes de que Juana viajara a Hong Kong, Marco despertó de su coma y se encontró con Cécile cogiéndole la mano, sentada junto a su cama. Intentó hablar, pero estaba entubado. Pese al dolor y el aturdimiento, Marco se sintió extrañamente dichoso de estar vivo y de notar los labios de la mujer en la palma de la mano. Tuvo la certeza de que ella estaría siempre a su lado y de que el amor que sentía era el camino hacia una vida feliz que, ambos, habían elegido.

Juana viajó al otro extremo del mundo aliviada de saber que Marco se había despertado del coma y que el pronóstico era favorable. Los días anteriores se había mantenido en contacto con Cécile, intercambiándose llamadas y mensajes a diario. Se levantaba y se acostaba pensando en ellos. Los visualizaba en el hospital y confiaba en la energía de ese amor como si se tratara de una terapia mágica capaz de favorecer su recuperación. Pensó en la fragilidad del ser humano y en lo relativo que era todo. Y desde esa sensación de misteriosa insignificancia, contempló su propia realidad, llena de curiosidad y esperanza, con el anhelo de dejarse llevar por lo que el destino tuviera que ofrecerle. Ese fue el talante con el que Juana Cepeda se embarcó en la aventura de ir de estancia a Hong Kong.

En la maleta llevaba una selección de libros y lecturas que utilizaría para las charlas panorámicas sobre la literatura del XIX, y tenía la sensación de que la historia de su hermana Maica podría ser un capítulo más en esa amalgama de tramas. El ciclo de conferencias arrancaría con *Orgullo y prejuicio*, de Jane Austen, y también aludiría a *Cumbres borrascosas*, de Emily Brontë. Se trataba de un programa amplio para el que había tenido que localizar traducciones al inglés de *Rojo y negro*, de Stendhal; de *Madame Bovary*, de Flaubert; de *Ana Karenina*, de Tolstói, o de *Fortunata y Jacinta*, de Galdós, así como de varios cuentos de Emilia Pardo Bazán. Lamentó que no hubiera apenas novelas españolas del siglo XIX traducidas al inglés y que las que existían no fueran demasiado accesibles. Había realizado una selección muy amplia de libros para las charlas, de los que leería algunos fragmentos. Explicar un siglo y cuatro países europeos a través de la literatura a un grupo de estudiantes asiáticos constituía para ella, amante de los libros, un deleite. Su vida y su corazón estaban en esas novelas que ella había leído desde que era adolescente, en el tiempo que pasaba explicando en las aulas la importancia de la literatura y en el universo de esas vidas complejas y apasionadas. En esta ocasión impartiría las charlas en inglés y, como casi siempre impartía sus clases en español, le suponía un gran desafío.

Había dejado Madrid un frío sábado de finales de enero y llegaba al inmenso aeropuerto de Hong Kong a las dos y pico de la tarde hora local. Juana estaba aturdida con los cambios de horario de un viaje larguísimo y el ajetreo de los aviones y aeropuertos en los que había hecho escala. Con España había siete horas de diferencia, y con el *college* de Nueva Inglaterra, trece. O sea, todo comenzaba antes en Hong Kong, y eso le gustó. Pensaba en Oriente como en un lugar en donde reinventarse, un sitio misterioso desde donde poder contemplar su presente. Tal vez, pensó, la cordura consistía, simplemente, en ser capaz de elegir, creando rituales que nos ayudaran a no dejarnos secuestrar por los pensamientos circulares de la desdicha. Hong Kong se le apareció no solo como un punto lejano en el mapa, sino como aquel desde el que comenzaría una nueva ruta.

Juana tenía todas las instrucciones de llegada impresas en una hoja. Pasó Inmigración, recogió su equipaje en la zona de aduana y tomó un taxi. Los de allí eran rojos, con forma rectangular y con un morro alargado que le recordaba a los automóviles de los años ochenta. Su habitación, la 1004, estaba en la décima planta de la llamada Casa Internacional, dentro del complejo universitario de la zona de Kowloon, en la parte noreste de la península. Juana iba a vivir ocho semanas en una sencilla pero confortable habitación de una residencia estudiantil. Se sintió bien. La mesa de trabajo era de madera y estaba junto a los ventanales de un mirador. Había dos pequeñas camas, un hervidor de agua y una neverita. Se duchó y salió risueña a dar una vuelta y familiarizarse con los alrededores, y con esa misma alegría fue viviendo todos los días de esas ocho semanas, en las que cada lunes, en un seminario de tres horas, intentaba trasmitir el misterioso latido de la literatura del siglo XIX.

En algunos momentos Juana meditaba sobre su vida sin Connor, y la nueva vida que él se había construido junto a su joven pareja y el hijo que acababa de tener. Pese a todo el dolor y la rabia que había sentido contra él, pervivía un hondo cariño por lo que habían sido. Connor estaba en este mundo de otra manera, ya no era su hombre, pero saberlo vivo le daba tranquilidad. El desamor y sus rupturas aparentaban ser una especie de muerte, pero la vida era más fuerte y se abría camino dibujando otros mapas.

Cuando se quiso dar cuenta, las ocho semanas habían pasado y ya le tocaba regresar. Y se juró, mientras hacía las maletas y guardaba los regalos que había comprado, que volvería en el futuro, porque en Hong Kong el tiempo del dolor se había detenido. Había disfrutado de las islas, del mar, de los rascacielos, del gentío, de los parques llenos de flores, de los pájaros cantando, de la sabrosa comida, del color de los mercados y sus productos misteriosos, de la calidez de los profesores y alumnos, de los templos y el olor del incienso, de los gatos blancos de la fortuna, de las montañas con sus bosques, de los largos paseos, subiendo y bajando escalinatas, y de la magia de otra cultura que, hasta ese momento, había sido totalmente desconocida para ella y ahora la cobijaba, regalándole un tiempo luminoso para reflexionar.

Juana se fue despidiendo de Hong Kong a su manera. Recorrió las calles que había descubierto en los primeros días de su estancia y decidió aventurarse en los puestos de la fortuna que había junto al templo taoísta de Wong Tai Sin. Fantaseaba con la idea de que alguien le leyera el destino, que le narraran cómo sería su vida. Pero no fue capaz de comunicarse demasiado bien cuando el anciano de un puesto la detuvo, la sentó en una banqueta de su habitáculo y se empeñó en leerle la mano. Ella esperaba otra cosa, tal vez que eligiera un número al azar o que le ofreciera un oráculo o que le echara las cartas. Pero el hombre apenas chapurreaba algo de inglés y ella no supo negarse. Le preguntó la fecha de su cumpleaños y la hora de su nacimiento mientras consultaba un viejo y manoseado libro. Luego le pidió que le enseñara la palma de la mano derecha y, mientras se la mostraba, intentó volver a explicarle que ella, en realidad, no quería que le leyeran la mano. El anciano se puso a hacer garabatos en una hoja de color rosa. Eran los ideogramas chinos de *tierra*, *oro*, *madera* y luego escribió *tierra*, *fuego* dos veces y *agua*. La suma de estos elementos daba como resultado las palabras «buena vida», que escribió muy ufano.

—Vivirás ochenta años —dijo el anciano mientras anotaba el número 80.

—¿Solo? ¿Solo hasta los ochenta? —preguntó Juana sorprendida, pues aspiraba al menos a ser nonagenaria como su abuelo materno.

—Si ayudas a alguien, llegarás a los ochenta y cinco —respondió el anciano sonriendo mientras apuntaba el número 85.

Después escribió en la misma hoja «amor verdadero» y «te gusta tu trabajo», y le recomendó que cuidara su estómago. En menos de diez minutos la sesión se había terminado, y Juana presenció cómo el anciano doblaba seis veces la hoja rosa con las anotaciones, la metía en un sobre rojo con el dibujo de un gatito blanco y se lo entregaba. Le cobró 300 dólares de Hong Kong, que equivalían a unos treinta y ocho dólares estadounidenses. Juana se sintió ligeramente estafada, aunque quizá aquel anciano le había proporcionado la fórmula de la eterna juventud. Ella quería vivir esa «buena vida» que le había escrito en el papel y que, al parecer, podía leerse en los surcos de su mano. ¿Cómo iba a lograr ese propósito?

Juana regresó del templo taoísta al recinto de la universidad dando un largo paseo. Por fin había salido el sol después de varios días de cielos encapotados. Aunque el viejo adivino le había leído la palma de la mano, en el fondo no le había dicho nada que ella no supiera ya: que su vida era buena, que había amado y que le gustaba su trabajo. Al llegar a su habitación miró otra vez la hoja rosa y, debajo del 85, Juana escribió el número 100. De este modo pudo sentir que estaba a mitad de camino, y contempló su vida con serenidad y agradecimiento. Ya no le asustaba el camino por el que ahora le tocaría transitar. Pese a que no fuera el que ella hubiera elegido, estaba convencida de que iba a vivirlo plenamente, dejándose llevar por la belleza de todos los instantes.

Agradecimientos

Este camino está lleno de personas a las que quiero y agradezco todo lo que hemos compartido.

A mi familia, que siempre me apoya.

A Pilar Marcé, por la maravillosa amistad y los años de Iowa.

A Ulpi y José Antonio Marcuende, por enseñarme el Método Ponseti.

A la memoria de Cécile Danehy, por los congresos de cómics en Bethesda.

A la memoria de Diana Tommarello, por los recuerdos de Pittsburgh.

A los amigos de mis años de la Nueva Inglaterra, a la que volví para escribir esta novela: Beatriz, Elizabeth, Rosa, Isabel, José, Gema y su hija María, Paloma, Israel, James, Edu, Francine, Rachel y Peter.

A Carmen Esteban y Paco García y a su Festival de Panticosa «Tocando el cielo».

A Jesús Rodríguez y a su librería La Buena Vida, por los talleres y el apoyo al leer el manuscrito.

A Alexa Portillo Capelli y a mis cinco actores: Alberto Jiménez, Fanny Gautier, Violeta Rodríguez, Juan Díaz y Guillermo Llansó, por creer en *La redención* y por un verano lleno de peripecias.

A Beatriz Ruibal, por el arte, y a Miguel Linares, por la música.

A Antonio Álamo, por el teatro, por dirigir actores como nadie, por los consejos dentro y fuera de escena y por saber matizar los finales.

Índice